Lucile.

LE BAISER

DU MÊME AUTEUR

Le Cercle des femmes, roman, Julliard, 2014

Camping-car, roman, Julliard, 2016

SOPHIE BROCAS

LE BAISER

roman

Julliard

Ouvrage publié sous la direction
de Betty Mialet

Avis au lecteur

Le Baiser est une sculpture en pierre de l'artiste Constantin Brancusi. L'œuvre et son socle forment la stèle de la tombe d'une jeune femme, au cimetière du Montparnasse. Autour de l'histoire de cette sculpture, l'auteure a créé une œuvre imaginaire sans lien avec la réalité, de sorte qu'aucun rapprochement ne saurait être esquissé entre les faits racontés dans ce texte et les personnes et institutions dont les noms ont été empruntés à des fins purement fictionnelles.

ISBN 978-2-260-03048-5
Dépôt légal : janvier 2019

À Catherine, Jim et Pilou
À Betty

– 1 –

Camille

Hassan l'avait déposée à côté de la place François-Ier, que bloquait un camion-poubelle de la Ville de Paris. Elle avait dépassé l'engin de son grand pas décidé en évitant de respirer à plein nez le diesel et le remugle de la pourriture organique que l'on y déversait.

Neuf heures approchaient. Elle avait joué de malchance ce matin. Depuis douze ans, Hassan, son chauffeur de taxi marocain, l'attendait à 8 h 15, sa Peugeot tremblante garée en double file au pied de son immeuble, à l'ombre du Sacré-Cœur. Hassan la conduisait ensuite au cabinet d'avocats McAnton, où elle exerçait depuis son retour en France. Il n'y avait guère que le samedi qu'elle s'autorisait à partir plus tard pour le bureau.

Elle avait fait de Hassan son chauffeur particulier et savait pouvoir compter sur lui chaque matin et chaque soir, quelle que soit l'heure à laquelle elle quittait le travail. À la fin du mois, Hassan adressait sa facture au cabinet McAnton, qui réglait la somme sans barguigner avant d'augmenter d'autant les notes d'honoraires des clients pour lesquels elle travaillait. Ainsi en allait-il de tous les actes de sa vie quotidienne. Ses sushis de 13 heures, sa soupe pho de 21 heures – contrairement à certains de ses collègues, elle avait un caractère économe et veillait à ne pas commander ses coffrets-repas chez Hédiard ou chez Fauchon –, comme la plus modeste de ses notes de frais, étaient ainsi systématiquement refacturés aux clients du cabinet.

Or ce matin, alors qu'elle venait de quitter son studio, un impromptu avait introduit un microbouleversement dans son emploi du temps d'ordinaire précis comme du papier millimétré. Marc Comard, le voisin du premier avec qui elle avait échangé quelques mots lors de la fête des voisins, l'avait arraisonnée. Il barrait de son gros ventre la porte de l'immeuble. Impossible de s'y soustraire.

« Bonjour madame.

— Ah, bonjour.

— Pardonnez-moi de vous interpeller ainsi, mais j'aurais besoin de vos lumières d'avocate.

— C'est-à-dire, je ne sais pas. Tout dépend. Si c'est dans mon domaine de spécialité », avait-elle répondu sans amabilité.

Elle n'avait pas souri pour mettre à l'aise l'importun. D'ailleurs, elle ne souriait jamais, ou si peu. Elle avait seulement songé en son for intérieur que ce dérangement allait la mettre en retard. Son esprit avait visualisé instantanément la pile des dossiers en souffrance sur son bureau. Ses analyses juridiques, pointues comme de la microchirurgie, devaient être livrées sous forme de mémoires argumentés. Les décisions de justice, notes de doctrine et articles de loi, dûment référencés selon le code graphique immuable du cabinet McAnton, viendraient à l'appui du raisonnement. Le tout était attendu avant la fin de la semaine pour ne pas bloquer la mécanique de haute précision de la firme, l'un des groupes juridiques anglo-saxons les plus en vue de la place parisienne.

Mais Marc Comard n'avait pas remarqué son agacement.

« Voilà, avait-il repris. Comme je vous l'ai expliqué l'autre jour, je suis directeur des cimetières de la Ville de Paris. Et là, voyez-vous, j'ai reçu une demande qui m'intrigue beaucoup.

— Je ne suis pas spécialiste du droit funéraire, avait-elle répliqué sèchement, certaine de mettre ainsi un terme définitif à cette conversation contrariante.

— Je le sais bien. Vous, c'est le droit de propriété. Néanmoins, vous pourriez peut-être me donner votre avis sur cette étrange demande. Vous savez, les sépultures, c'est une affaire toujours très sensible, très délicate. Une tombe, c'est une histoire de famille, avec ses jalousies, ses mythes, ses secrets, ses trahisons. Si vous aviez idée des luttes familiales qui peuvent exister autour de la possession d'une simple fosse ! Il y a...

— Écoutez, je suis pressée. On m'attend au bureau. Je suis déjà en retard.

— Oui, oui, bien sûr, excusez-moi. Alors, voici en deux mots l'affaire qui m'amène. J'ai reçu une demande d'un marchand d'art qui prétend agir au nom d'un donneur d'ordre dont il refuse de révéler le nom. Il dit être dûment mandaté pour démonter l'œuvre de Constantin Brancusi qui orne la tombe d'une jeune Russe du nom de Tatiana Rakoska. Vous imaginez, rien que ça ! Vous connaissez Brancusi ?

— Non.

— Peu importe. C'est l'un des plus grands sculpteurs du XXe siècle. Bref, pour en revenir à la tombe, on dit que la jeune Russe qui y est enterrée était une aristocrate, anarchiste et étudiante en médecine. Elle aurait vécu chez une tante à Paris. Elle s'est suicidée en 1910 suite à un chagrin d'amour. On raconte qu'elle aurait aimé en vain un médecin roumain, un certain Dr Bémard, lui-même ami de Brancusi. D'autres affirment que c'est par amour pour un aviateur américain disparu en mer qu'elle aurait mis fin à ses jours. Bref, ce qui est certain, c'est qu'elle est morte d'amour.

— Et donc ? reprit sèchement Camille.

— L'œuvre de Brancusi qui orne sa tombe au cimetière du Montparnasse, c'est le célèbre *Baiser*, une des œuvres majeures de l'artiste. Vous connaissez *Le Baiser* ?

— Non.

— Peu importe. C'est la première fois que je suis confronté à une telle demande. Il y a d'autres œuvres dans ce cimetière. Bien plus encore que le Père-Lachaise, vous savez, Montparnasse est le cimetière des artistes contemporains, des écrivains, des sculpteurs, des peintres. Franchement, dans toute ma carrière, je n'ai jamais vu personne vouloir récupérer la sculpture d'une tombe. Je ne sais vraiment pas quoi en penser. Et encore moins quoi faire. C'est pourquoi j'aimerais avoir votre avis. Vous savez, je redoute un enlèvement.

— Un enlèvement de la suicidée ? rétorqua-t-elle, soudain interloquée.

— Mais non, un enlèvement du *Baiser*, de la statue, quoi !

Ce faisant, il lui planta une enveloppe de papier kraft entre les mains.

— Merci, merci beaucoup, madame. Vous me ferez part de votre sentiment, n'est-ce pas ? » répétait-il, alors qu'elle avait déjà tourné les talons.

Elle était partie en le saluant à peine et s'était engouffrée dans la Peugeot du vieil Hassan aux banquettes défoncées. La voiture avait démarré en tanguant comme un danseur ivre. Elle sentait le cumin et la crasse mêlés.

À ce léger retard au départ de sa journée s'était ajoutée une circulation dantesque, pare-chocs contre pare-chocs, klaxons énervés, voitures bloquées au milieu des carrefours dans un désordre navrant. Paris glissait sous un crachin glacial et la capitale s'était transformée en un de ces monstrueux embouteillages dont elle a le secret.

– 2 –

Le journal de Tania

30 janvier 1910

J'ai passé plus d'une heure sur le pont de l'Alma. Quel désastre. La Seine, d'ordinaire si indolente, est en furie. J'étais magnétisée par ses eaux grosses de boue. Des courants mystérieux se faufilaient au fond de son lit comme des serpents noirs. Des saletés écumantes s'agglutinaient autour des arches comme si elles voulaient dévorer les piles du pont.

Un instant, le cadavre d'un chien a flotté à la surface, emprisonné par un siphon d'eau. Un instant, j'ai vu son pauvre petit corps, au poil fauve tout collé, s'agiter comme l'aiguille d'une boussole qui aurait perdu le nord. Puis, soudain, pfitt, il a disparu dans un bouillon d'eau.

L'image effrayante de mon corps tombant dans l'eau, emporté, noyé, désarticulé par la colère du fleuve s'est formée en même temps dans mon esprit.

J'aurais pu en mourir de peur ! Sans le vouloir, j'ai reculé d'un pas au milieu de la foule des badauds.

Dieu, que j'ai eu froid ! J'étais toute grelottante malgré mon paletot et ma toque de loutre. Après les trombes d'eau qui nous sont tombées sur la tête depuis dix jours, l'atmosphère est comme empesée d'humidité. Elle vous baigne le corps et vous poisse les cheveux.

Qu'importe, quel spectacle, un fleuve qui prend de force une ville tout entière, la violente et l'oblige. L'eau a tellement gonflé. Elle a trouvé la force d'une évidence que nul ni rien ne peut plus arrêter. Elle veut, elle prend. Voilà tout. Il y a deux jours qu'elle a jailli de son lit, ivre de rage et de vigueur. Depuis, elle s'immisce, envahit, inonde, brise, souille. Rien ne résiste à une telle force de la nature. Sa puissance liquide ouvre des voies au milieu des pierres, tranche des chemins dans les chantiers du métropolitain qui éventrent Paris depuis des mois, tord des palissades de bois. J'ai même vu un petit pavillon baigné d'eau jusqu'aux fenêtres du premier étage. Cela m'a fait songer à un sucre en train de fondre dans une tasse de thé noir.

Certains, qui assistaient médusés comme moi au spectacle de cette Seine hors d'elle, ont raconté des choses bien terrifiantes. Une fillette aurait été emportée par une vague sous les yeux de sa nourrice impuissante. Un homme aurait été englouti par une langue de boue. Comment meurt-on sous la boue ? Étouffé, écrasé ? L'écrire dans mon journal me donne encore des frissons.

On dit que le Jardin des Plantes et l'Hôtel de Ville sont envahis. Mon cher Quartier latin, la rue Jacob et la rue Bonaparte glougloutent. La cour majestueuse de l'École des beaux-arts doit s'être transformée en un bassin à l'italienne. Comme cela doit être romantique, cette nappe immobile d'eau entourée de statues antiques.

Un homme à chapeau rond affirmait que, de mémoire de Parisien, on n'avait jamais vu une telle crue. Huit mètres en quelques heures ! Mais les Français sont tellement orgueilleux. Pour paraître les premiers en toute chose, ils sont prêts à bien des vantardises. J'ai entendu un ouvrier dire que les communications par pneumatiques étaient coupées. Il paraît que les tunnels du métro sont devenus des rivières souterraines. Sur les horloges publiques, je ne sais pourquoi, les aiguilles sont obstinément arrêtées à 22 h 53.

À la maison, nous n'avons plus de lumière. Tante assure que c'est parce que les usines à gaz du quai de Passy ont été inondées. Qu'importe, ce soir, dans notre appartement de l'avenue George-V, je me sens protégée. Dans la cheminée, le feu allume des éclats d'or sur le samovar. Les bûches claquent sèchement. Le cercle de lumière cramoisie qui coule des abat-jour en soie m'apaise. Les murs chargés de tableaux et de portraits des aïeux lourdement encadrés me parlent de mon enfance russe. Je me rassure.

Je me souviens de la Neva saisie dans les glaces lorsqu'elle scintille dans l'air polaire. Je pense à Maman qui, depuis Pétersbourg, doit bien s'inquiéter pour moi.

1er février 1910

Je me suis encore disputée avec Tante. Elle m'insupporte. Elle m'étouffe sous ses interdits, ses règles, ses rites. Elle me traite comme une enfant. Pis, comme une idiote frissonnante, effarouchée, incapable de penser par elle-même. Elle me refuse la liberté élémentaire d'une jeune fille de vingt-deux ans. Pour elle, la jeunesse est une maladie infantile dont il faut surveiller le moindre épanchement avec une attention constante. Elle se méfie de moi. Elle ne me comprend pas. Elle ne voit pas qu'un siècle nouveau vient. J'enrage. J'enrage de dépendre d'elle, de son argent, de son hospitalité. Je voudrais être libre de mes pensées, de mes mouvements, de mes amitiés. Au lieu de cela, elle me corsète avec le lacet étroit de ses convenances.

C'est pour une peccadille que je lui ai dit des sottises. J'avais formé le projet d'aller jusqu'à la faculté de médecine. Il me fallait absolument vérifier si les cours avaient repris. J'avais surtout envie de prendre le large, alors que Tante s'agitait à la préparation d'une de ses soirées mondaines si ennuyeuses. Elle était, une fois encore, en train de tancer Émilie, sa femme de charge, après avoir découvert quelques pauvres grains de poussière sur la théière en argent du petit salon.

J'ai choisi ce moment de drame domestique pour tenter une sortie. Pour ne pas grelotter dans mes robes comme hier au pont de l'Alma, j'avais enfilé mes pantalons et mes bottes de cavalière. Mais à l'instant où je m'apprêtais à quitter l'appartement, Tante m'a barré la porte de son corps épais. Interdiction formelle de sortir. Pas dans un tel accoutrement, Tatiana ! Pas fagotée comme un vulgaire palefrenier, Tatiana ! Que pensera-t-on de vous, Tatiana ? J'ai défendu mon urgence à sortir. Je devais savoir si les cours avaient repris à la faculté de médecine. Et puis, que m'importe l'opinion des gens ! Mes cours avant tout.

La vieille bigote n'a pas varié dans sa détermination.

« Oh, mais ma petite, a sifflé la fielleuse, si votre mère a fini, après tant d'hésitations, par accepter que vous étudiez la médecine, ne croyez pas que c'était pour que vous en fassiez votre métier. Voyez-y plutôt un passe-temps studieux en attendant de trouver un mari. Il est d'ailleurs plus que temps, ma chère Tatiana. Vous aurez bientôt vingt-trois ans et naturellement, avec votre caractère, pas l'ombre d'un prétendant digne de notre rang. »

J'ai hurlé.

« Oui, j'ai une peau de femme, mais à l'intérieur je veux être comme un homme ! Un homme ! Un homme ! Je veux être libre comme un homme, aller où bon me semble comme un homme, apprendre comme un homme, travailler comme un homme. Vous ne me réduirez pas à une femme que l'on vend. Jamais ! »

Tante m'a fixée sans ciller. Sa robe de taffetas noir n'a pas frémi. Pourtant, je sentais bien qu'elle était ulcérée par ma sortie. Ah, si une apoplexie avait pu la terrasser, là, devant moi ! Mais la vieille carne est solide. Sauf à en venir aux mains, je ne pouvais forcer le passage. J'ai préféré claquer la porte de ma chambre. Une fois encore, j'en suis réduite à raconter mes malheurs à mon journal.

Allez, ne fais pas ta bête, Tania. Tu sais que tu devrais être reconnaissante à Tante de t'avoir recueillie comme sa propre fille. Que serais-tu devenue sans ce port d'accueil ? Déportée dans un camp. Emprisonnée au secret. Passée par les armes peut-être.

Mais je n'arrive pas à être gentille. Je n'y parviens plus. Mes bons jours, je supporte cet étouffement avec indifférence. Mes mauvais jours, comment dissimuler mon exaspération ? Tout me tourmente. Pour apaiser mes nerfs, je rêve de scènes tragiques, d'insultes coupantes, de portes claquées. Cependant, j'ai de l'éducation. Je retiens ma langue. Et c'est dans mon journal quotidien que je déverse mes agacements.

Ce pauvre cahier est mon seul ami, ma sœur, ma main droite enserrant ma main gauche, mon confesseur, mon tabernacle. Ces lignes violettes me libèrent. J'y enferme mes secrets, mes découvertes, mes sentiments. J'y retrace les discussions avec mes amis. J'y dessine à l'encre les vues de Paris que j'aime tant. La grande tour Eiffel, le Pont-Neuf, la Sorbonne, la petite place arborée de la rue de Furstemberg. J'y colle mes billets pour l'Opéra ou les gravures des derniers modèles de Poiret. Je confie à ce journal ma vérité. Tous les espoirs et les colères qui hantent mon âme. Ah, comme j'aimerais avoir le cran de les hurler à la face de Tante ! Quel délice ce serait.

Car Tante est tout entière engagée dans une compréhension étriquée de l'existence. Dans la face lumineuse de son monde, il y a l'ordre. Dans la face obscure et dangereuse, le désordre. Tout en elle l'affirme, le crie. Jusqu'à ce visage de cire sur lequel le masque de l'ascèse se mêle au masque de l'âge. Carrée comme une armoire normande, elle enferme son corps dans des robes boutonnées haut. Si haut, d'ailleurs, que son col étroit forme désormais un ressaut sur lequel vient se répandre son double menton. Comme si un homme pouvait encore désirer ces chairs affaissées !

Qu'est-ce que l'ordre de Tante ?

La dévotion absolue au czar et à Dieu qui l'a choisi. L'admiration révérencieuse de la maison des Romanov. Que certains d'entre eux soient des fous ou même des vicieux, qu'importe, pourvu qu'ils soient nés Romanov.

L'ordre de Tante, c'est aussi le respect dû à chaque famille aristocrate. Mais attention, Tante pèse avec une précision d'apothicaire l'intensité de sa déférence selon l'ancienneté de chaque clan dans l'histoire de la Grande Russie et sa position dans l'échelle des titres. Un baron ne vaudra jamais un prince, fût-il borgne et unijambiste.

Tante voit dans le mariage un impératif catégorique, bien qu'elle n'ait jamais connu d'union. Elle prie pour que chaque alliance connaisse une vaste descendance, bien qu'elle n'ait pas eu d'enfants.

Tante pense chaque geste, chaque parole, chaque décision, afin de préserver l'entre-soi du monde aristocratique auquel nous appartenons. Le calendrier intangible des mondanités est programmé avec une année d'avance. La liste des invités ne varie jamais. La parentèle, quelques relations anciennes. Et c'est un événement considérable si une connaissance de passage à Paris vient, imprévue, s'y ajouter. Rien ne saurait perturber le rythme éternel de ces agapes. Aucune invitation spontanée ne saurait être acceptée, pour que Tante n'ait pas à rendre la pareille.

Dans le monde d'ordre de Tante, chaque être a une place immuable qui lui a été assignée par Dieu et qui l'accompagnera jusque dans la froideur du tombeau. Ce qui ne l'empêche nullement de jouer la généreuse avec « ses pauvres », parce que l'aumône aux mal-nés est aussi dans l'ordre des choses. Lorsque le printemps revient, elle dirige le grand nettoyage de l'appartement. Tapis battus à la raquette d'osier, matelas retournés, fenêtres béantes pour faire pénétrer l'air neuf, placards vidés et récurés : l'ordre des opérations ne varie jamais. Pour remercier la domesticité de ces grandes manœuvres, Tante offre alors aux bonnes ses jupons du dessous. « Elles s'y tailleront de beaux caracos ou des napperons », m'inflige-t-elle, ravie d'elle-même. Les chanceuses doivent immédiatement se confondre en remerciements, en étonnements, en gloussements de joie, sinon gare ! Tante, qui est un chef-d'œuvre de pingrerie, se croit sainte parce qu'elle offre ses grandes culottes à sa caméristе et à sa cuisinière ! Mais sa fausse complicité s'arrête là. Car toute expression personnelle en public, qu'elle soit du cœur ou du caractère – et dans laquelle, affirme Tante, la populace aime tant à se vautrer en vociférant son amour, son ivresse ou son malheur –, est strictement bannie.

Dans le monde d'ordre de Tante, des rites perpétuels scandent le jour comme la nuit, l'été après l'hiver. Le matin, il y a la prière de 7 heures, le thé noir fumant, le tracas incessant des bonnes, le pain du déjeuner qu'il faut grignoter pour ne pas s'abîmer les dents tant il est ranci. L'après-midi, le goûter avec des veuves jacassantes qui, pour leurs ragots, ont besoin de se nourrir des autres comme un grand feu a besoin de beaucoup de bois pour rugir. Les nuits, des insomnies pleines de prières devant les icônes et la tisane au thym. L'hiver, le refroidissement de la poitrine. Aux jours chauds de mai, les plaisirs comptés sur l'escarpolette. À l'été, la villégiature à Biarritz dans la demeure de la princesse Dolgorouski qui contemple les verts si fins de l'océan. À l'automne, le spectacle de rentrée au Châtelet. Rien ne change jamais.

Deux fois l'an, dans une soudaine magnificence, Tante offre un dîner à ses cousins et au comte Oulianoff. Ah, comme la table croule alors sous l'abondance des mets, des zakouski, des pâtés, des jambons, des coupes en argent remplies de concombres à la crème, des soupières fumantes, des légumes croquants, des gros cornichons au vinaigre. Ah, les petits piroscki si fondants, les poissons blancs délicatement fumés à travers leur peau nacrée, l'ikra grise et crémeuse servie sur lit de glace. Les vins fins, les conversations, la chaleur, l'odeur âcre du cigare : ces agapes me rappellent tant Pétersbourg, la joie, l'excentricité de l'âme slave.

Et l'univers du désordre pour Tante ? Tout le reste, naturellement. Ceux qui refusent de rester à leur place pour poursuivre leur rêve. Les fils d'ouvriers qui font des études, comme s'ils pouvaient espérer meilleure condition que celle dictée par leur naissance. Les prénoms d'aristocrates dont on baptise les enfants de paysans, signe absolu de l'amollissement des temps aux yeux de Tante. Les révolutionnaires qui contestent l'ordre établi et le pouvoir sacré du czar. Les communards de Paris qui ont tant inspiré ce diabolique M. Lénine. Les voleurs de pain, même s'ils commettent leur crime poussés par la faim. Les actrices, ces demi-mondaines, qui ondulent et minaudent pour se faire passer la bague au doigt par quelque aristocrate ayant perdu le sens commun. Les femmes qui sortent en cheveux et celles qui portent la coiffure à la garçonne. Les grisettes qui hurlent d'une fenêtre à l'autre, déroulant comme une nappe au-dessus de la rue l'insignifiance de leurs conversations domestiques. Les Ballets russes et Nijinski qui danse comme une femme au point de troubler tous les mâles de la salle du Châtelet. Le téléphone qui permet d'entendre une personne que l'on ne voit pas. Le chemin de fer qui menace nos pauvres vies avec ses terribles déraillements. Enfin, M. Victor Hugo, ce républicain qui n'a de cesse de vouloir sauver les miséreux et d'établir un ordre fraternel entre les hommes. Moi aussi, sans doute.

Maman savait bien que cette tante venimeuse me chaperonnerait de près lorsqu'elle m'a expédiée à Paris.

2 février 1910

Allez, je connais bien le moyen d'échapper à mon pauvre sort. On me l'a mille fois répété depuis deux ans. Un seul horizon, un accomplissement unique, un rêve exclusif : le mariage. Le mariage que l'on prépare des mois durant en faisant broder des dizaines de draps de flanelle et de percale, des centaines de serviettes en coton et de nappes en dentelle. Il en faut tant et tant ! Nul ne le dit jamais, mais c'est qu'on se lave peu chez les riches. Le mariage avec un prince, ou un comte à la limite, à peine entraperçu lors d'un bal, d'un thé ou d'une promenade au bois, qui vous enroule dans ses regards luisants ? Je ne veux pas de cette libération. Je refuse ce marchandage. Jamais je n'accepterai de passer de la tutelle de Tante à celle d'un mari. Je ferai, quoi qu'il m'en coûte, un mariage d'amour ou je resterai sans bague au doigt, frappée de l'infamie des vieilles filles. Je l'ai juré.

4 février 1910

Je repense à ma dispute avec Tante. Qu'il fut bref le temps où nos relations étaient aimables.

Lorsque Tante m'a accueillie à Paris, j'étais anéantie, pleine du tourment de ma fuite précipitée de Pétersbourg.

Tout m'effrayait alors. Un bruit, un fracas de roue dans la rue, un pas empressé derrière moi, le regard sévère d'un gardien de la paix. J'avais le sentiment qu'au rouge de mes joues, chacun pourrait lire les pensées séditieuses qui agitaient mon esprit. Je redoutais que ma bouche ne prononçât des mots irréparables qui révéleraient en pleine lumière, comme un soleil au zénith, mes réflexions intimes. Alors, pour ne rien laisser deviner de ce chaos intérieur, je souriais. Je souriais à chaque instant. Et je me taisais. Ce pâle étirement des lèvres était devenu ma cellule volontaire, mon bâillon consenti. On me croyait nostalgique de Pétersbourg. Mais non ! J'étais seulement dans le regret des combats que je n'avais pas livrés.

Il était loin le temps de mon enfance où j'avais tant rêvé de Paris. Ah, Paris !

Petite fille, j'avais prié avec ardeur mes bons anges pour m'y promener un jour. Je m'étais appliquée à apprendre le français. Comme toutes les filles bien nées, j'avais étudié la langue de Voltaire, assise, bien entendu, dans un fauteuil Voltaire à haut dossier qui était alors du dernier chic dans la bonne société russe.

J'avais écouté les récits de voyage de Maman qui me contait par le menu cette vie de plaisirs parisiens, de soupers fins, de spectacles, de robes élégantes et de promenades aux jardins. Maman parlait la langue comme une Française et exaltait ce pays comme personne. Pour elle, Paris possédait la culture la plus spirituelle, la liberté la plus fantasque, la beauté la plus sublime qu'on pût connaître.

Enfant, j'avais lu les carnets de voyage d'un aristocrate russe durant la campagne de France. Il y racontait le siège de Paris à l'hiver 1814. Soixante mille militaires russes stationnaient dans la capitale, au milieu des autres armées d'Europe, soudés contre Napoléon et alliés des rois de France. Les officiers habitaient en ville. Les cosaques bivouaquaient sur les Champs-Élysées. J'avais scruté à m'en piquer les yeux les eaux-fortes qui illustraient ces récits. Pittoresques à Pétersbourg avec leurs petits chevaux et leur balle de foin accrochée à la selle, nos rudes cosaques paraissaient grandioses à Paris. On les voyait barbus, torse nu, monter à cru et baigner leurs chevaux dans la Seine. Qu'elles devaient être étonnées nos Parisiennes espiègles devant un tel spectacle ! On y voyait d'élégants officiers dans des bals somptueux.

Sur une autre illustration, c'était la cathédrale Saint-Alexandre-Nevski, rue Daru, le jour de sa consécration en 1860, qui apparaissait en majesté. Je rêvassais devant la gravure des chantres richement vêtus de vêtements sacerdotaux rebrodés d'or, escortés par les porteurs de bannières et ces messieurs en hauts-de-forme. Je me voyais au milieu d'eux, un extravagant chapeau peuplé d'oiseaux jaune poussin sur la tête. Il y avait aussi les illustrations du czar sur le pont Alexandre-III avec sa truelle d'or aux côtés du président Félix Faure. Les Parisiens sur les bateaux, sur les quais, sur les berges, célébraient l'amitié franco-russe dans la liesse des grands jours.

Je m'imaginais plus tard dans les salons de l'ambassade de Russie à Paris, où l'on donnait des bals somptueux pour les têtes couronnées et des soupers joyeux à minuit passé. J'avais surpris des conversations entre Papa et ses amis, tandis qu'ils étaient assis au fumoir, parlant des danseuses et des bistrots. Ils se félicitaient de l'emprunt russe qui avait, disaient-ils, ouvert grand les coffres français. J'imaginais la vie d'une jeunesse dorée, argentée, enivrée de plaisirs, éclairée par les Lumières françaises.

Paris, pour moi, c'était l'aventure.

J'aimerais Paris et Paris m'aimerait en retour.

Mais ce n'est pas pour jouir des mondanités françaises ni pour parfaire mon éducation que je suis venue à Paris.

Voilà que je grelotte. Mon corps est parcouru de frissons. Pourtant, j'ai les joues en feu. Aurais-je donc attrapé un refroidissement sur le pont de l'Alma à regarder trop longtemps la Seine en crue ? Je vais remettre une bûche dans l'âtre et me glisser sous la courtepointe.

5 février 1910

Dans mon crâne cogne un marteau. Mes muscles sont douloureux comme après des heures de gymnastique. J'étouffe. Et pour arranger l'affaire, une douleur vive plante un clou sous mon omoplate gauche. Tante a pris de mes nouvelles avec cet air dramatique qu'elle affectionne tant. Elle redoute la pneumonie. Elle voulait faire chercher le bon Dr Duperrey. J'ai refusé en prétextant un immense besoin de sommeil.

J'ai envie d'être seule. J'aime ma chambre, mon antre, ce ventre chaud de soie et de souvenirs russes.

J'aime la toile de Jouy rose et blanc tendue aux murs, répétant à l'infini son motif de musicien chinois qui fait danser des enfants au son de son pipeau, voler des poules faisanes, frémir des arches de verdure sous des pavillons aux toits pointus. J'aime sentir mes pieds nus sur le velouté du parquet qui enlace et croise ses carrés de bois, comme un cannage. J'aime les deux chenets en bronze, tête d'angelot aux fossettes enfantines, corps de poisson aux écailles larges, qui sont les sentinelles de la cheminée. J'aime la console étroite, au tablier marqueté d'ébène et de délicates fleurs d'ivoire, qui tient je ne sais comment sur ses deux grandes jambes arquées, comme si elle était une autruche.

J'aime être malade. Sentir des muscles dont j'ignorais tout, des nerfs insoupçonnés. J'aime cette indolence qui m'empêche de revoir mes leçons. Mes cheveux dénoués qui cascadent en boucles. L'odeur épicée de mon corps quand je ne le lave pas. Mes petits seins en liberté sous la robe de nuit. J'aime la certitude que ces douleurs seront bientôt anéanties, terrassées par ma jeunesse. Demain ou dans deux jours, j'aimerai, je le sais, la paix de la bonne santé recouvrée.

Ce temps qui vaque me laisse du temps. Du temps pour repenser à tous ces événements tragiques qui m'ont conduite jusqu'à Paris.

La vérité, c'est que Maman a voulu me cacher. Depuis que la police secrète s'était mise à me surveiller, elle ne dormait plus. Maman ne l'a jamais admis publiquement, mais je sais qu'elle tremblait à l'idée que les hommes du czar m'arrêtent. Comment aurait-elle pu d'ailleurs reconnaître sa terreur ? Je ne peux le lui reprocher. Avouer cette angoisse, c'eût été pour elle comme trahir son milieu, son éducation, sa fidélité au czar. C'eût été admettre que son univers n'était pas parfait. Pis, qu'il pouvait même dévorer ses propres enfants.

Dans les salons qu'elle fréquentait à Pétersbourg, en cet hiver 1905, chacun condamnait vivement l'agitation politique, les grèves des ouvriers, les révoltes des paysans, les mille résistances du peuple à former des bataillons pour aller à la guerre contre les Japonais. Ah, nos ennemis les Japonais, ces « macaques jaunes », comme mon grand-oncle les appelait. On trouvait naturels et légitimes les actes autoritaires du gouverneur Trepov pour ramener l'ordre et défendre le prestige du czar. À la maison, chacun trouvait même rassurant et sain l'état de siège permanent dans lequel il tenait Pétersbourg. Car, dans ma famille, la Russie est éternelle. On reste entre soi, seulement préoccupé par le prestige de la famille, la prochaine villégiature, la dernière fête de la princesse Petrouska ou la grandeur du czar.

Surtout, ne rien changer à nos règles, ne rien questionner de nos croyances, ne pas remettre en cause l'ordre des choses, ne pas œuvrer pour un monde plus juste, plus partageux.

Cette capacité à ne rien voir, rien entendre de la réalité est encore plus verrouillée depuis que mon grand-oncle Tolstoï a fait des siennes. Depuis ce drame familial, Maman se méfie terriblement des rêves de fraternité. Elle se crispe instantanément devant toute critique de l'ordre établi. Pour elle, toute quête de pureté conduit à la mise en cause radicale du monde tel qu'il va. Tout idéaliste est suspect. C'est devenu chez elle un réflexe. Et je lui ai fait revivre ce cauchemar. Moi, sa fille adorée.

Lorsque je suis née en 1887, mon grand-oncle Lev Nikolaïevitch Tolstoï avait déjà choisi de vivre en ermite. Je n'ai pas connu l'écrivain respecté de tous, encensé, jouisseur de la vie. Je n'ai pas connu le père présent qu'il fut au début, le mari attentif, l'aristocrate gérant avec aisance son immense domaine.

Ce passé glorieux, nul n'en parle plus aujourd'hui à la maison. Il a été balayé par le déshonneur de l'excommunication, le scandale de son mysticisme révolutionnaire, la honte de l'abandon de sa famille, après qu'il eut dilapidé ses biens en libéralités insensées auprès des paysans.

Pour la petite fille que j'étais, ce grand-oncle était un scandale. Dans les récits de Maman, il formait une tâche honteuse sur la réputation de notre clan. Un sujet d'infamie dont on ne parlait qu'à voix basse une fois les enfants et les bonnes couchés. On le disait fou, ou pour le moins tombé en neurasthénie profonde. Une façon d'expliquer la brusque quête de cet homme engagé à cinquante ans passés, avec une énergie et une détermination hors du commun, dans une recherche éperdue de justice. Mais, je l'avoue, Oncle Tolstoï était dans mon esprit d'enfant une énigme terriblement excitante aussi.

Plus tard, lorsque j'eus dix-sept ans, je pus enfin le rencontrer dans son domaine d'Iasnaïa Poliana. Ce fut un choc. Le voir en chair et en os fut une découverte. Soudain, tous les récits familiaux me semblèrent sans fondement. Car, à moi, il me fit une si forte impression avec son regard noir qui fouillait votre âme, sa barbe immense, sa tranquillité de sage. Cet homme sentait la terre. Il était profond, puissant, vrai.

À la maison, peu de temps après cette rencontre qui m'avait frappée, j'avais découvert, dissimulé au fond d'un tiroir de commode, un livre qu'il avait signé : *Que devons-nous faire ?* La page de garde portait la date d'impression : 1898.

Je l'ai lu en cachette. C'était quelques mois avant le Dimanche rouge. Ce fut un choc. Une révélation. Les mots, la pensée, la compréhension profonde des êtres et des choses : chaque ligne trouva son chemin en moi. Chaque idée fit sens avec une absolue évidence. Chaque précepte dessilla mes yeux.

Soudain, un membre éminent de ma famille affirmait clairement ce que je percevais confusément depuis des mois. Dans son livre, le grand Nikolaïevitch Tolstoï dénonçait la misère massive des ouvriers des villes. Il condamnait l'inégalité des conditions sociales, le contraste insupportable entre la richesse de quelques-uns et la misère des innombrables. Et il en tirait des conclusions claires. Les riches aristocrates devaient cesser d'être la cause de la misère des pauvres en cédant leur fortune aux gens de peu. Demain, les classes seraient abolies. La terre reviendrait à ceux qui la travaillent. L'artiste créerait pour la masse. Nul ne recevrait davantage que le nécessaire pour assurer sa subsistance. Demain, un homme moral résisterait à l'État comme à l'Église.

J'étais exaltée. Fascinée. Emportée. J'avais découvert un secret immense qui épanchait comme une source généreuse ma soif intime de passion, d'élévation, d'audace. Il était là, ce secret de famille. Cette critique radicale du monde, de mon monde, me fit l'impression d'une révélation réservée à quelques esprits audacieux. Nous étions à la vieille d'un bouleversement immense. Il fallait que ma famille le comprenne aussi. Pour renouer avec son humanité. Pour se sauver aussi.

Mais Maman ne savait pas. Elle n'avait jamais goûté la nourriture avariée qu'on servait aux ouvriers. Si elle avait croisé des files interminables de mères de famille devant les échoppes, elle ne devina jamais qu'à l'intérieur manquaient en vérité cruellement sur les étals les saucisses, les pains, les gâteaux, poêles ou couteaux promis par les dessins naïfs et colorés peints sur les devantures. Elle ne savait pas que le peuple avait faim. Elle n'avait pas perçu la puissante aspiration à la liberté qui travaillait en secret le pays. Elle n'avait pas compris l'énergie débordante des jeunes diplômés qui ne voulaient plus être écartés de la marche des affaires. Elle avait tourné la tête, comme agacée par une guêpe, pour ne pas lire les slogans des banderoles accrochées ici et là à quelques fenêtres : « Travail de huit heures », « Vote des femmes », « Terre et liberté », « À bas le mariage ».

Plus l'aristocratie pensait s'éloigner de l'abîme en ignorant le vide, plus ses pas l'en rapprochaient inexorablement.

Moi, je savais. J'avais dix-huit ans. J'avais la conscience d'un monde que ma famille n'avait jamais entraperçu. Je savais qu'un feu terrible couvait.

C'est qu'à l'université où j'étudiais, depuis plusieurs mois, j'assistais à des débats fiévreux sur le socialisme. Quelques étudiants nous exhortaient dans de grandes assemblées générales à prendre exemple sur les ouvriers qui étaient en train de s'organiser dans un mouvement mené par Lénine. On réclamait le droit de se syndiquer. On exigeait un partage plus juste des richesses. J'écoutais. Les écrits de mon grand-oncle Tolstoï résonnaient en moi comme un pouls qui bat. Je sentais qu'un mouvement d'une puissance inouïe était en route, que rien n'arrêterait. Un peu comme la Seine aujourd'hui.

Et puis il y eut ce terrible dimanche de janvier 1905. Le Dimanche rouge.

J'y étais par hasard. Tout près du palais d'Hiver. L'immense cortège d'ouvriers me hante encore. Combien étaient-ils ? Cent mille ? Deux cent mille ? Davantage ? Je ne sais pas, mais la cohorte noire des manifestants s'étirait jusqu'à l'horizon. J'y repense souvent lorsque je suis seule. Ce souvenir funeste, ces images douloureuses, cette grande peur me donnent envie de pleurer. Et parfois je pleure. Je peux bien le dire à mon journal, sinon à quoi sert-il ?

Je revois le pope Gapone qui conduisait cette foule, regard fiévreux et profil sombre de martyr. Je revois les icônes et les portraits du czar qui flottaient au-dessus de cette marche de pauvres diables. Je me souviens de la neige. J'étais là. Je regardais ces hommes de rien, qui défilaient. Avec un immense respect pour leur empereur, ils demandaient de gagner un peu plus, de travailler un peu moins.

C'est alors que la troupe a chargé. Je la revois comme si c'était aujourd'hui. Les cavaliers lancent leurs montures, aigrettes au vent, sabres au clair. La neige étouffe le claquement des sabots. Seul le cliquetis des armes prévient de l'imminence du drame. La troupe tire. Elle tire dans le tas. Sans sommation, sans hésitation. La foule fuit, éperdue. C'est un désordre inouï.

Les premiers tombent, puis d'autres et d'autres encore. La neige saigne. Un homme s'écroule auprès de moi, face contre glace. Je tremble de tout mon corps. J'ignore où je trouve le courage de me baisser pour le retourner. « Respire, respire. » Il est jeune, à peine plus âgé que moi. Je soulève son torse pour l'adosser à ma cuisse. La moitié de son visage est emportée par la mitraille. Je ne parviens pas à détacher mon regard de la plaie béante. C'est horrible. Dans les chairs rouges éventrées, ourlées du noir de la brûlure, des esquilles d'os et de dents sont plantées comme des pieux. Son corps s'alourdit entre mes bras à mesure que la vie s'en écoule. Son torse pèse, vaincu. Mais son regard résiste encore d'une puissance stupéfiante comme pour crier l'injustice d'avoir été abattu tel un chien.

Cette vision de l'enfer s'impose encore à moi lorsque je cherche le sommeil. Elle me hante. Elle me terrifie. Alors, j'essaie de la duper en fixant un immense ciel bleu sous mes paupières closes jusqu'à ce que le sommeil m'emporte. Cependant, je ne parviens pas à oublier. Et l'image revient, toujours et toujours, avec la régularité de la vague sur la grève. Peut-être qu'avec le temps, l'image se brouillera, s'estompera, disparaîtra. C'est ce que j'espère ce soir en confiant, encore une fois, ce terrible souvenir à mon journal.

Après l'homme défiguré, je ne sais plus. Je ne sais plus comment je suis rentrée jusqu'à notre palais sur les bords de la Neva. Je délirais. Je brûlais. On m'a couchée. Le lendemain, en larmes, j'ai raconté l'indicible à Maman, à sa cousine, à la bonne, qui entouraient mon chevet. L'homme mort entre mes bras, les chevaux fous sans cavaliers, les ouvriers affolés, en tous sens. Je hurlais devant tant d'injustice. Je dénonçais la lâcheté de Nicolas II enfui de son palais sans même avoir écouté la supplique de la rue. Je criais contre la barbarie de la troupe.

On m'a ordonné de me taire, de ne jamais évoquer en public ce que j'avais vu. J'ai promis. Au fond de moi, pourtant, la révolte battait comme le pouls les jours de fièvre. Au fond de moi, les idées socialistes avaient trouvé une voie. Je rêvais de justice et d'un nouveau monde. Je voulais me battre pour plus de partage, d'égalité, de fraternité.

M'est revenu alors en mémoire le livre de mon grand-oncle Tolstoï. Puisque je ne pouvais seule changer le monde, j'ai décidé d'appliquer à ma mesure les idéaux de pureté que j'avais découverts dans l'ouvrage et qui m'avaient si fortement impressionnée.

J'ai commencé par refuser de dîner autrement que les domestiques. Maman s'est mise en colère. Elle m'a consignée dans ma chambre. Elle m'a privée de cours à la faculté et de chant. Rien ne m'a fait changer d'avis. Je n'ai pas desserré la bouche, refusant obstinément de me nourrir aussi longtemps que je ne partagerais pas la nourriture du cocher et de la cuisinière. Maman a eu beau s'énerver, gémir, menacer, j'ai réussi à tenir trois jours entiers sans m'alimenter. Je me suis sentie légère et héroïque. Elle a cédé. Tandis que, dans la grande salle à manger aux boiseries, on servait des filets de sole nacrés de sauce au beurre, je me contentais d'un bortsch délavé auquel les morceaux de pain donnaient un peu de consistance. J'avais faim en quittant la table, mais j'étais fière de mon sacrifice.

Forte de mon premier succès sur moi-même, sur ma mère, sur ma caste, j'ai décidé d'étendre le champ de ma désobéissance. J'ai accompagné ma révolte domestique d'un discours bien senti sur la fraternité et la fin de l'exploitation des pauvres par les riches, qui a laissé Maman ahurie devant tant d'insolence.

Pour ne pas justifier que la masse travaillât à satisfaire les attentes d'une poignée d'aristocrates, j'ai choisi de ne plus porter les délicieuses robes qui flattaient ma taille et mon teint. Adieu, les dentelles mousseuses, les soies changeantes, les velours frappés. Ainsi, je ne contraindrais plus une pauvre couturière à se tenir à mes pieds pour marquer l'ourlet ou réajuster le crevé d'un pli. Désormais, je ne porterais plus que des robes de batiste l'été et de laine blanche l'hiver. Aucune fantaisie.

Puis j'ai poussé le raisonnement jusqu'à refuser que la bonne vidât à l'avenir mon vase de nuit.

J'accomplirai moi-même cette besogne. Je l'ai décrétée naturelle pour moi et dégradante pour elle. J'ai décidé d'aller à pied à la faculté, refusant le service du cocher. Mais j'ai dû accepter la présence de ma dame de compagnie sous peine qu'elle fût renvoyée dans sa campagne. Je sais bien, rien dans ces menus signes ne pouvait changer le monde. Néanmoins, je me voyais comme une rebelle.

Maman s'inquiéta-t-elle d'une possible contagion de sa fille unique par les idées redoutables de Tolstoï ? Elle a eu sans doute l'impression que je lui avais échappé et que mes foucades pouvaient conduire à l'irrémédiable. Elle a voulu sans doute déployer un cordon de protection entre moi et les « rouges », comme on disait alors à la maison. Peut-être a-t-elle espéré que la frivolité de Paris saurait me détourner de mes audaces de jeunesse. À moins que ce ne fût l'atmosphère générale si pesante qui plaçait Pétersbourg sous un ciel d'orage permanent depuis le fameux Dimanche rouge qui a fini par décider Maman.

Car le sang versé des ouvriers avait levé la colère partout dans le pays. Il y a eu des scènes de terreur. Les moujiks que l'on pensait si doux ont pillé, tué, torturé des bêtes. Il y a eu des fusillades, des arrestations, des conflits en série. Jusqu'à la grande grève d'octobre. Grève générale.

Le czar avait perdu la confiance du peuple. Sa police secrète traquait les adversaires du régime avec zèle. On chuchotait que le fils d'une baronne avait été envoyé dans des camps en Sibérie pour avoir osé le critiquer. Pour un geste, pour un mot, on pouvait être perdu ! On dénonçait, on empoisonnait, on pendait, on déportait à Perm ou en Sibérie. Sans même un procès. Chaque famille pouvait compter un exilé ou un espion. Chacun se méfiait de tous. Devant les étrangers ou les gens dont on n'était pas sûr, il fallait mesurer ses propos, ses regards et chaque intonation. Les silences pouvaient coûter plus cher que les paroles. On suspectait chacun d'être payé pour traquer, débusquer, déraciner une pensée ou un sentiment séditieux. On prétendait que les femmes qui portaient des lunettes étaient suspectes par principe. Car les lunettes sont le signe incontestable d'idées progressistes, apprises dans les livres. Même les aristocrates n'étaient plus à l'abri. Maman a pris peur. Pourtant, je ne porte pas de lunettes.

On m'a expédiée en urgence à Paris. Maman se tordait les mains sur le quai de la gare et son regard lavé de larmes m'enveloppait. J'étais crucifiée par la culpabilité du mal que je lui infligeais. Ma petite mère adorée.

Je me souviens à peine de ce départ honteux. De solides porteurs de bagages dans leurs vastes tabliers blancs et leurs bottes raides ont transporté mes malles jusqu'au train. Il a fallu montrer passeport et visa à des soldats aux sabres. Olga, la vieille bonne qui sent le chou et ne parle jamais, m'accompagnait. Je me souviens d'un wagon inconfortable aux sièges en bois à peine rembourrés par des coussins fatigués de velours brun.

À la frontière allemande, il a fallu changer de train. Les rails russes ne sont pas conçus pour parler avec les rails européens. C'est idiot, mais ces rails ont été pour moi le signal que je sortais d'une prison pour rejoindre la liberté. J'étais seule dans mon wagon équipé d'un lit aux draps blancs et d'une toilette. Olga était installée dans la cabine voisine, qu'elle partageait avec une autre bonne. Par les fenêtres du train rapide, j'ai vu défiler les fumées industrieuses de l'Allemagne, Cologne, la campagne française. Puis il y a eu l'arrivée en gare du Nord, vaste comme une cathédrale républicaine, le panache du train, et au bout du quai le cocher et le majordome de Tante.

Qu'ils étaient déjà loin les bulbes de Pétersbourg, colorés et ronds comme des ballons prêts à s'envoler, les flèches d'or du palais rouge, la cathédrale de la Résurrection. Par la vitre du fiacre, je dévorais Paris des yeux. Le temple grec de la Madeleine qui fait face à son jumeau de la Chambre des députés, le Châtelet et sa fontaine centrale, la Conciergerie si intimidante, les quais de la Seine, la transparence du Grand Palais, le pont Alexandre-III avec ses décors raffinés.

10 février 1910

Je rêve de m'échapper. D'ailleurs, je m'échappe. Parce que je mens. Je mens tout le temps. Me laisse-t-on d'autre choix ? Non. Tante n'a pas confiance en moi.

Tante a peur de moi. Comme Maman, elle s'est peut-être dit que j'étais embrigadée par les socialistes, une contestataire qui lui attirerait des ennuis.

Que j'étais incontrôlable et qu'il fallait me surveiller de près. À moins que ce ne soit sa conception de la jeune fille convenable qui l'ait conduite à me chaperonner comme la vieille douairière qu'elle est.

Oui, c'est ça. Tante est du vieux monde. Tante a des certitudes. Je pouvais aller au Bois en calèche, assister aux défilés de Paul Poiret, passer des heures dans un salon d'essayage, assister aux féeries du Châtelet, et qu'importe si elles se ressemblent toutes, à condition que ce fût accompagnée de Tante et prévu de longue date.

Une jeune fille de mon milieu doit suivre la mode, mais sans trop d'audace.

Elle doit s'éduquer, mais d'abord au talent de la conversation et aux arts ménagers.

Elle doit soigner son apparence, mais se laver habillée.

Méfiez-vous de votre corps, mesdemoiselles, il est un volcan assoupi qui ne demande qu'à exploser en immenses gerbes incandescentes. Cachez votre corps, mesdemoiselles, pour ne pas trop bien le connaître. Gardez votre corps, mesdemoiselles, pour qu'il soit pur le jour où votre mari le prendra.

Au bout de deux mois, cette existence millimétrée a été ma bastille. Le mutisme souriant dans lequel je m'étais enfermée pour mieux enfouir mes pensées révoltées, l'appartement silencieux de Tante, cette vie sans frisson m'ont donné l'impression d'être entrée déjà dans la longue nuit du renoncement qui conduit à la mort.

Je suis tombée malade. Je restais figée dans mon lit comme si la flamme de la jeunesse avait été soufflée et que le sang de la vie s'était caillé dans mes veines. Tante, alarmée, a fait venir son médecin qui, ne sachant mettre un mot savant sur mon mal, a conclu à une mélancolie sévère. Il a prescrit alors le plus merveilleux des remèdes, la plus inespérée des pommades, la plus magique des chimies : sortir, rencontrer des jeunes gens de mon âge, découvrir, apprendre, profiter de la vie. Ah, heureux docteur, vous avez été mon bienfaiteur !

Tante, dont je comprenais bien quelle bataille furieuse se livrait en elle, avait échangé une correspondance nourrie avec Maman avant de céder et d'entrouvrir la lourde porte de la prison où elle me tenait captive depuis mon arrivée à Paris. J'allais étudier à la faculté. Comme à Pétersbourg, c'est la médecine qui a eu ma préférence. Pour Maman et Tante, disposer de quelques rudiments d'anatomie ne pouvait nuire à la future épouse et mère. Pour moi, c'était la promesse de Paris et de la liberté.

Depuis cet acte de renaissance, Tante me passe ma fantaisie de vouloir suivre des cours de médecine à condition que j'accepte les bals blancs où elle m'emmène à la chasse au mari une fois l'an.

Je la sens bien, dans sa noirceur racornie de vieille fille, qui soupèse, calcule et chiffre la fortune et le prestige des jeunes aristocrates qui fréquentent ces réceptions. Son regard évalue à toute vitesse le patrimoine du prétendant. Nombre d'immeubles de rapport, de manoirs en province, de villas en Normandie. A-t-elle jamais été heureuse, légère, fantasque ? Sans doute une fois ou l'autre, au casino de

Biarritz, une des rares fois où elle s'est autorisée à y jouer.

C'est affreusement ennuyeux, ces valses qui n'en finissent pas. Et ces robes compliquées en dentelle blanche avec leurs cols si haut fermés qu'on jurerait avoir déjà la corde au cou ! Mais cela n'est rien encore à côté de ces moustaches raides qui vous piqueront, de ces haleines chaudes qui glissent déjà sur votre joue, de ces regards mouillés de désir qui vous tiennent serrées tout le temps de la danse.

Tante veut me marier. Comme si j'étais un meuble. Mon état de femme me révolte. Je ne consacrerai ma liberté qu'à un homme que j'aimerai à la folie. Sinon, je m'enlaidirai pour échapper aux liens. Je me ferai anarchiste pour faire exploser le bal des prétendants, les tasses en porcelaine et les pendeloques en cristal. *Boum ! Boum ! Boum !*

Ce monde est en train de craquer. Tant mieux.

En attendant, je mens. Je mens pour grappiller de la liberté. Je prétexte des cours imaginaires. J'invente des révisions inutiles. Je prétends avoir rendez-vous avec des professeurs qui n'existent pas.

Je mens pour m'échapper. Si Tante savait tout ce que je glisse de désobéissance dans ces interstices de liberté !

– 3 –

Camille

Tandis que Hassan pestait contre l'amas insensé de voitures qui bloquait toute circulation à l'approche de la place François-Ier, Camille retourna l'enveloppe que le directeur des cimetières lui avait remise d'autorité.

Elle ressentit instantanément de la colère. Car lire son nom tracé au feutre, le vrai nom de son état civil et de sa boîte aux lettres, avait le don de la mettre en fureur : Mme Vénus Ravani.

Vénus ! Elle haïssait ses parents de l'avoir affublée d'un tel nom de baptême. Qu'ils soient des admirateurs de l'art antique, qu'ils prenaient pour une marque de bon goût sans en posséder les premiers rudiments, n'était en rien une excuse à ses yeux.

Si elle s'était trouvée jolie, gracile, féminine, peut-être l'aurait-elle aimé ce Vénus si suggestif. Or elle ne s'aimait pas. Elle se trouvait trop grande, trop carrée, sans taille, la poitrine sans relief, la canine trop pointue. C'était justement ces canines acérées qui l'avaient convaincue de ne pas sourire.

À la vérité, elle ne se considérait jamais avec bienveillance, ne se passait rien, ne se pardonnait rien. Elle ne voyait que ses défauts, qu'elle exagérait, jamais son charme qu'elle sous-estimait. Elle jugeait son nez trop long sans admettre qu'il donnait du caractère à son visage. Elle estimait ses cheveux filasse, et les portait strictement serrés dans une longue queue-de-cheval basse depuis l'âge de douze ans. Lorsqu'une touffe blanche était apparue, en quelques mois, se nicher sur le côté gauche de son crâne, il ne lui était pas venu à l'esprit de la teindre. Comme il ne lui venait pas davantage à l'esprit de poudrer ses yeux pour mettre en valeur les éclats d'or de ses prunelles délicatement noisette. Pour elle, il n'y avait rien à faire : s'appeler Vénus lorsqu'on se croit massive comme un cheval de trait, cela n'évoquerait jamais la splendeur, le charme, l'harmonie.

Elle compensait ce qu'elle considérait comme un manque de grâce par de coûteux vêtements anglais, taillés dans de confortables tweeds ou des crêpes de soie, qui lui donnaient un air raide et endimanché. C'était là sa seule coquetterie, sa seule faiblesse dispendieuse. Jamais un bijou, un sac à la mode, encore moins de chapeaux. Elle utilisait une crème hydratante de supermarché, rechignait à l'exercice sportif, ne faisait jamais la cuisine, n'avait jamais jugé utile d'emménager dans un appartement plus bourgeois que son studio d'étudiante, portait toujours sa chaîne en or de communiante sous ses chemisiers, fumait des petits cigarillos au goût de vanille.

Ainsi donc, elle détestait son prénom au point de l'avoir renié. Elle s'en était accordé un autre plus conforme à l'idée qu'elle se faisait d'elle-même : Camille.

Camille, un prénom indéfini, mi-homme, mi-femme, qu'elle trouvait à la fois distingué et décontracté. Elle-même avait oublié d'où lui était venue cette invention. Mais après des années difficiles au collège, durant lesquelles ce Vénus lui avait valu tant de railleries, son Camille androgyne lui avait permis de ne plus s'attirer les moqueries tout au long de ses études à Sciences-Po comme à la faculté de droit d'Assas et de se glisser dans un anonymat de passe-muraille lorsqu'elle avait rejoint Harvard pour son Legum Magister. Au moins son manque de charme avait eu ceci d'avantageux qu'elle avait cherché d'abord à briller sur le terrain de l'esprit plutôt que sur celui de la séduction. À l'heure où la jeunesse exulte, elle avait surinvesti dans ses études. Les livres ont la politesse de ne pas être des miroirs de soi-même.

Elle avait cravaché dur pour suivre en anglais les cours de droit avancé sur les brevets. Elle avait décroché le fameux LLM. Pour faire bonne mesure, et parce qu'elle savait que cela serait un viatique précieux pour sa carrière, elle s'inscrivit au barreau de New York en même temps qu'au barreau de Paris. Qu'elle ne plaidât jamais outre-Atlantique n'avait aucune importance. L'essentiel était de pouvoir l'afficher sur sa carte de visite.

À son retour en France, bardée des diplômes si prisés des cabinets anglo-saxons, elle n'avait eu aucun mal à se faire recruter comme collaboratrice chez McAnton. Avec 8 000 euros nets par mois comme salaire de départ, elle avait pu rembourser sans trop peiner les 40 000 dollars qu'elle avait empruntés pour payer sa scolarité à Harvard. Car ce n'étaient pas ses parents, modestes exploitants agricoles de la Beauce, qui auraient pu la financer. D'ailleurs, ils ne comprenaient pas exactement l'objet de ses études. Ce qui ne les avait pas empêchés de l'accompagner fièrement au Crédit agricole pour y négocier son crédit étudiant. Pendant une année, elle n'avait rien vu de Cambridge, n'avait pas participé à la Christmas Party ni aux week-ends, au bord des lacs, mais elle avait gagné le précieux sésame pour entrer dans la firme.

Treize ans après son entrée dans le prestigieux cabinet d'avocats, elle appartenait toujours aux trois cents collaborateurs de McAnton. Camille n'était pas devenue associée. Autant dire qu'elle n'avait pas accédé au statut si envié de déesse dans l'olympe des avocats d'affaires. Fermage contre grands propriétaires terriens : décidément, l'histoire familiale la poursuivrait toujours.

Elle n'en concevait aucune amertume. Elle était appréciée pour sa solide expertise en matière de propriété industrielle. Elle traitait sa part sans état d'âme. Elle ne se plaignait jamais de n'être qu'un simple maillon appelé à travailler sur un dossier, dans son étroit domaine d'excellence, sans pour autant être mise dans le secret de la négociation, autrement dit sans jamais connaître l'ensemble des enjeux d'une affaire, ni même le bénéficiaire final de ses analyses. Elle ne se lassait pas davantage du côté répétitif des contentieux de Private Equity dans lequel le cabinet McAnton excellait pour faire gagner toujours plus d'argent à ses clients. Elle n'avait guère d'orgueil professionnel. Elle avait encore moins l'ambition des grandes carrières. Elle était un artisan honnête et méticuleux du droit, au service d'une marque prestigieuse dans une économie mondialisée menée par l'espérance du profit, voilà tout.

En treize ans d'exercice, elle avait néanmoins accédé à la catégorie des collaborateurs seniors. Elle avait du même coup amélioré substantiellement ses émoluments, donc ses économies dont elle ne savait que faire sauf les placer sur une multitude de comptes d'épargne mal rémunérés mais sans aucun risque. S'ils l'avaient appris, ses patrons de McAnton auraient pris cette gestion financière de bon père de famille pour une mollesse de caractère. De temps à autre, elle envisageait d'investir cet argent accumulé dans un appartement. Acheter de la pierre à Chartres, l'une de ces maisons cossues et poétiques du bord de l'Eure avec leurs petits ponts privatifs de fer forgé qu'elle avait si souvent observés enfant, lui apparaissait alors comme le signe d'une réussite accomplie.

En treize ans, donc, de bons et loyaux services, elle n'avait jamais été cooptée par les soixante-treize associés pour rejoindre leur Saint des Saints. Elle n'avait pas les manières attendues, cette rage de gagner des jeunes loups, ce goût affirmé pour les coups tordus dès lors qu'ils permettent d'améliorer la marge, ni le sourire facile, vertu indispensable pour qui doit naviguer dans le monde des affaires. Elle n'avait pas l'habitude d'adresser des mails aux clients à 1 h 22 du matin, parce que c'est tellement chic de travailler jusque tard dans la nuit. Elle n'avait pas cette capacité des grands cyniques d'échanger aimablement sur le dernier ballet de l'Opéra avant d'assassiner juridiquement la partie adverse avec un sourire de Caligula. La longueur toujours excessive de ses jupes et le flou peu flatteur de ses robes anglaises avaient fait le reste auprès des associés. On avait fini par ne plus la voir ni même l'inviter aux week-ends d'intégration du cabinet. Elle travaillait avec la régularité du métronome, rendait ses notes sans double espace comme le voulait l'usage de la firme, connaissait la moindre ressource de la jurisprudence, avait le calme des vieilles troupes, facturait à la hauteur attendue, était classée parmi les excellentes ouvrières, basta.

Ce matin-là, elle était arrivée à la course chez McAnton. L'immense logo du cabinet en laiton brossé, le bouquet de roses blanches, l'œuvre contemporaine d'un artiste chinois au nom imprononçable, le canapé italien, l'hôtesse derrière son guichet d'accueil, tout ce décor luxueux offert aux clients comme une promesse des succès à venir lui avait fait instinctivement ralentir le pas, et c'est au rythme posé de la promeneuse qu'elle avait traversé l'immense salle d'attente de chez McAnton.

Une fois dans son minuscule bureau de douze mètres carrés éclairé par un haut soupirail, elle avait jeté l'enveloppe kraft du directeur des cimetières de

Paris sur une pile de dossiers et appuyé sur le bouton encastré dans son bureau. Celui-ci, relié au logiciel de facturation de la firme, déclenchait le compteur des honoraires. Camille pensait à son premier dossier de la journée. À partir de cet instant, chacune des minutes de sa réflexion coûterait 15 euros au client de McAnton.

Elle avait travaillé jusqu'à la nuit, face à ses deux écrans d'ordinateur, l'un sur lequel elle rédigeait ses notes, l'autre pour consulter les banques de données juridiques en ligne, avait croqué une pomme ridée qui traînait dans un tiroir en guise de déjeuner et rattrapé ainsi le retard du matin. Mais alors qu'elle s'apprêtait à quitter le bureau, sa mémoire lui présenta soudain un mot inattendu : enlèvement.

Elle attrapa l'enveloppe que lui avait remise le directeur des cimetières, la décacheta et en retira une liasse de documents à l'en-tête d'un marchand d'art parisien, International Art. Elle lut la lettre de couverture qui énonçait avec fermeté le souhait de desceller la sculpture de la tombe qu'elle accompagnait depuis plus de cent ans. Elle feuilleta les pièces jointes sans les détailler, reposa le tout et éteignit la lumière pour retrouver Hassan.

En dînant d'un bol vapeur dans sa cuisine minuscule, le mot, insistant, revint encore à son esprit. Pourtant, des enlèvements, elle en avait déjà connu dans sa carrière d'avocate. Mais il s'agissait d'enlèvements de machines-outils qu'un patron faisait déménager nuitamment avant que les ouvriers ne découvrent, effarés, leur usine vide à l'heure de la pointeuse. Elle avait alors rédigé des notes pour alimenter la plaidoirie qui justifierait les titres de propriété des actionnaires sur l'outil de production et leur libre disposition de celui-ci. Le fait que le journal télévisé relaie ces actes de sabordage en les présentant comme le fait de patrons voyous ne l'avait jamais troublée. Elle avait admis depuis longtemps que son rôle consistait d'abord et surtout à maximiser le profit des clients du cabinet en exploitant toutes les ressources du droit. Que des investisseurs utilisent les facilités juridiques qu'ouvrait la loi pour acheter des usines fragiles, les restructurer à coups de plans sociaux avant de les revendre avec une substantielle plus-value ne constituait pas à ses yeux une faute morale. Elle se voyait comme une ouvrière spécialisée du droit entraînée à en exprimer la quintessence, non comme l'artisan de la loi. Si celle-ci était mauvaise, si elle reflétait un rapport de force inégalitaire, si elle était immorale, le législateur n'avait qu'à en changer. Ce n'était pas son affaire. Elle était là pour faire parler les textes, non pour les penser.

Pourtant, cet enlèvement-là, celui d'une sculpture dédiée à une morte, le rapt de ce *Baiser*-là, la troublait étrangement.

Peu portée à l'introspection, Camille ne s'interrogea pas pour comprendre pourquoi le mot venait avec une insistance incongrue frapper à la porte de son esprit. Elle ne se dit pas que c'était l'énigme romantique de l'affaire qui la touchait. Camille ne fit pas davantage le lien entre l'œuvre si poétiquement dénommée et le souvenir électrique de son premier baiser.

C'était l'été de ses dix-neuf ans. Camille avait trouvé un emploi de monitrice de colonie de vacances dans les Pyrénées. Les courses au trésor dans le village de montagne qu'il fallait organiser, les chorégraphies des filles qu'elle devait inventer pour le spectacle de clôture, la petite qui pleurait chaque soir, parce qu'elle se languissait de sa mère, le dimanche des parents au milieu du séjour, ceux qu'il fallait consoler parce qu'on ne venait pas les voir, les genoux couronnés, les siestes, les rires, tout ce bouillonnement de vie, toute cette nouveauté pour Camille qui n'avait connu que la fête des moissons en Beauce, le sentiment d'être utile et importante aux yeux de tous ces enfants, tout cela l'avait plongée dans un bain d'énergie jamais retrouvé depuis.

Est-ce cet enthousiasme qui l'avait rendue attirante ou la vigueur des premiers désirs qui avait fait son œuvre, toujours est-il qu'elle avait découvert l'amour cet été-là. Jean. Vingt ans, joueur de guitare, fan des Beatles, étudiant en chimie, T-shirt blanc, sourire lumineux et boucles d'ange sur les yeux. Elle n'en revenait pas qu'un si joli garçon puisse la regarder, rechercher sa présence, la considérer, aimer le noisette doré de ses yeux. « Comme un morceau de nougatine ma Camille », disait-il. Camille le trouvait si beau, si parfait, si drôle qu'elle avait vécu ce premier épisode amoureux comme s'il s'agissait d'un rêve, comme si elle allait se réveiller, comme si c'était une méprise. Ils s'étaient embrassés un soir dans la cantine désertée qui sentait le poisson frit.

Les mains de Jean autour de son visage, ses lèvres qui picoraient sa bouche, sa langue qui tutoyait la sienne, ces aimables polissonneries l'avaient électrisée. Depuis ce baiser, elle le couvait d'un regard éperdu, s'abîmait dans sa contemplation. Au dernier jour de la colonie, une fois le dernier enfant grimpé dans le bus et le dernier lit rangé, Jean était rentré à Montpellier. Elle avait rejoint la ferme familiale. Ils s'étaient écrit aux premiers temps, puis les lettres de Jean s'étaient espacées avant de s'arrêter. Elle en avait conçu un grand chagrin, une immense déception, mais avec résignation, comme si elle savait bien que la fin était toute tracée depuis la première seconde. Lui restait le souvenir émerveillé de ce premier baiser.

Ce ne furent pas les relations sexuelles qu'elle eut par la suite avec quelques hommes de passage, rencontres éphémères emportées par le flot de la vie comme des bouchons sur un fleuve, qui firent pâlir le souvenir vibrant de ce premier baiser. Ce ne fut pas davantage la liaison qu'elle eut durant quelques années avec un assureur marié, homme taiseux et peu caressant qui frôlait rapidement ses seins pour satisfaire, croyait-il, à l'exigence des préliminaires avant de la pénétrer, cet homme qui ne l'avait jamais fait tressaillir sous ses doigts, qui n'avait jamais su lui offrir des baisers à se perdre, qui lui faisait l'amour toujours de la même façon et selon le même ordonnancement des gestes, cet homme qui ne l'avait jamais emmenée en vacances, non, ce ne pouvait être cette liaison adultère qui eût pu effacer la vénération de son premier baiser.

Camille savait bien qu'il lui manquait un homme pour que sa vie fût vraiment épanouie depuis la rupture avec l'assureur marié. Bien sûr, elle menait une carrière réussie. Bien sûr, elle vivait confortablement. Bien sûr, elle était libre de ses mouvements. Mais, au fond d'elle-même, elle savait aussi que cette démesure professionnelle n'était qu'un leurre pour masquer la vacance du cœur. De loin en loin, elle repensait à Jean. L'instant d'après, la résignation la cadenassait à nouveau : jamais plus, elle ne connaîtrait une telle intensité, c'était ainsi.

Camille ne fit pas davantage le lien entre *Le Baiser* et la douloureuse histoire de famille qui avait bercé sa petite enfance. Le secret en avait été enfoui pour ne plus alimenter les disputes des fins de fête. Comme les divisions politiques qui déchirent les repas de famille, on avait décidé chez les Ravani d'oublier ce vieux tourment. On savait, on n'en parlait plus, voilà tout. Camille elle-même l'avait remisé si loin dans sa mémoire qu'elle ne comprit pas ce que *Le Baiser* faisait soudain résonner en elle. C'était du temps de son oncle Marcel, un grand gaillard roux que Camille n'avait jamais connu. Sauf en photo dans les albums aux feuillets de papier cristal. Il était de quinze ans l'aîné d'Yvette, sa mère.

Tout le destinait à reprendre la ferme. La tradition, son apprentissage, la nécessité. En Beauce, on était céréalier de père en fils. Le sujet ne souffrait aucune discussion. Mais Marcel, lui, vibrait à un autre appel que celui de la terre. Il rêvait de sculpture et des Beaux-Arts, de glaise et de gloire. Tempêtes et menaces, pleurs et ordres : rien n'y fit. Marcel quitta la ferme un petit matin. On n'eut plus de nouvelles de celui qui passerait toujours pour un traître. Nul ne sut s'il avait brillé dans son art ou végété dans la figure de l'artiste maudit. Néanmoins, la famille abandonnée eut toujours la conviction intime qu'il s'était forcément perdu loin de sa terre.

Les grands-parents de Camille n'eurent alors d'autre choix que de se résoudre à transmettre leur bail rural à Yvette, seule enfant restée enracinée aux champs. Il y avait là, à cette époque du moins, une bizarrerie, comme un affaiblissement et presque une honte. Honte de n'avoir pas su retenir le garçon, de n'avoir pas su se faire obéir de lui à défaut de s'en faire aimer. Honte de devoir transmettre l'outil de travail à une fille qui manquait de la force physique comme du savoir-faire en matière de semis et de labours.

Ce fut un dimanche, le jour où Yvette revint au bras d'un amoureux italien, que la coupe fut pleine. Ce Ravani, c'était « l'accouru », l'étranger, le voleur de dot, de terre, de fille, de sang. Mais il était vaillant, dur à la tâche. Avec le temps, avec la patience et la droiture, il sut se faire admettre de sa belle-famille beauceronne. Il n'empêche, pour les grands-parents de Camille, c'est bien à cause d'une folie d'artiste qu'un étranger entra un beau jour sur leur terre de fermiers. Longtemps, durant sa petite enfance, Camille rêva du retour de Marcel, couvert d'or et de cuir. Longtemps, elle espéra que son départ ne fût pas vain. Puis elle oublia.

Mais de cela, pas plus que du baiser de ses dix-neuf ans, Camille ne perçut l'importance au moment où, sans le savoir, elle se laissa harponner par Tatiana et son destin tragique.

Quoi qu'il en soit, la menace d'enlèvement du *Baiser* au cimetière travailla son âme de manière mystérieuse. Sans crier gare, sans se révéler à sa conscience mais avec la force d'une évidence, cette affaire la poussa vers le cimetière du Montparnasse. Le dimanche suivant, elle y pénétra pour la première fois de sa vie.

C'était un événement assez considérable pour Camille. D'ordinaire, elle réservait son seul jour de repos de la semaine à sa passion absolue, solitaire et secrète : le tricot. Certes, cela lui valait quelques souvenirs cuisants de railleries, du « Ça va, mamie ? », à « Vise cette ringarde ! », qui étaient venus encore enrichir la collection des quolibets dont elle avait été la cible durant son enfance avec les « Vénus, poil à l'anus » ou les « Vénus, tête de prépuce ».

Cependant, toutes ces moqueries n'avaient jamais entamé sa vénération pour ce loisir silencieux qui captivait ses mains et vidait sa tête. Deux mailles à l'endroit, trois mailles à l'envers. Le chuchotement métallique des aiguilles que l'on croise la délassait. Compter les mailles puis les rangs la reposait. Laisser filer le brin de laine entre ses doigts remplissait sa solitude.

La passion lui venait de sa grand-mère beauceronne. À la ferme, les femmes avaient toujours tricoté au coin du feu. Des chaussettes, des pulls trop grands et même des culottes qui, petite fille, la grattaient honteusement. C'était plus chaud et moins cher que d'acheter des vêtements prêt-à-porter sur le marché.

Elle avait gardé du goût pour ce travail de recluse. Elle en aimait tous les préparatifs. Le choix des pelotes de laine, rêches ou mousseuses, d'angora ou de coton. L'achat des aiguilles, fines ou épaisses. La réflexion entre les modèles plus ou moins fantaisie. Elle se réjouissait comme d'une gourmandise à venir quand elle s'installait enfin dans son fauteuil baigné par la lumière de la fenêtre et branchait son lecteur de CD. C'était son grand plaisir : fredonner un après-midi entier avec Véronique Sanson, Camille Saint-Saëns, Bowie ou Brahms tout en tricotant.

Les points jersey, côtes anglaises, les points « petits pots de confiture », étoile, entrelacs, vannerie bicolore, points de groseille, nid-d'abeilles, points de feuillage n'avaient aucun secret pour elle. Elle s'était tricoté quantité de gilets, bonnets, étoles, châles et même une descente de lit noir et blanc dont elle était particulièrement fière. Mais à force de variations de modèles, elle n'avait plus su que faire de sa production intensive, ni où la ranger dans les placards bourrés de son studio.

Aussi Camille s'était-elle mise à tricoter et à offrir écharpes, bonnets et couvertures aux errants de son quartier. Chaque dimanche, vers 18 heures, elle partait au hasard des rues, sa cargaison laineuse pliée dans un sac à dos. Elle comptait ses habitués. Elle adorait surtout les gamins de la famille rom, assis sur le trottoir au 32 de la rue Custine. Pour la petite, celle à la bouille ronde et à la frange sur ses grands yeux étonnés, elle tricotait des bonnets surmontés par des oreilles de chat ou de minuscules bois de renne qu'elle prenait grand soin à fabriquer. Elle passait aussi des heures à concevoir pour l'enfant et ses frères de petits personnages en feutrine et tricot que l'on pouvait enfiler sur ses doigts pour jouer des saynètes de marionnette. À la jeune droguée de la rue Caulaincourt qui souffrait d'asthme, elle offrait de larges écharpes et de longues chaussettes. Avec chacun, elle parlait du temps, prenait des nouvelles, glissait une pièce.

Ce dimanche-là, pourtant, elle avait abandonné pelotes et aiguilles pour le cimetière du Montparnasse. Le temps était au gris. Des promeneurs déambulaient en silence. Elle apprit sur un panneau d'information que la nécropole parisienne avait été créée par ordre de la préfecture en 1824 sur les terres agricoles de l'ordre des hospitaliers de Saint-Jean-de-Dieu, puis agrandie en 1847 sous la monarchie de Juillet. Dix-neuf hectares en plein Paris sagement ordonnés, contrairement au Père-Lachaise ou à Montmartre, rayonnant en larges allées paisibles. Comme elle était bonne élève, Camille lut jusqu'au bout le grand panneau avant de se mettre en route, plan des tombes célèbres en main.

Elle entama sa promenade au milieu de destins étonnants. Henri Langlois, père de la Cinémathèque, repose ici à l'ombre d'un mur constellé de portraits de grands acteurs que vient encadrer la silhouette du Trocadéro. Honoré Champion dort au pied de sa bibliothèque idéale, comme Larousse et Flammarion. Ricardo, l'ami de Niki de Saint Phalle, et son gros chat souriant aux mosaïques colorées. L'Homme-Centaure de César, l'Ange du Souvenir au milieu du grand rond-point, des bouquets de stylos déposés en hommage à Duras qui gît loin de Sartre et de Simone de Beauvoir, les cigarettes, les tickets de métro et les dédicaces en espagnol pour Julio Cortázar, une simple tombe mangée par le lierre pour Jacques Demy et un charmant petit banc pour lui faire la conversation.

Camille fit aussi, cet après-midi-là, une balade à travers les siècles. Un aviateur mort au combat, buste victorieux posé sur un aigle. La fosse commune des morts du choléra que nul n'avait jamais réclamés. Il y avait des déclarations grandiloquentes exhibées au vu et au su de tous. Cette *Fin d'un rêve*, par exemple, une œuvre acquise au Salon d'automne en 1910 pour célébrer dans des proportions monumentales une femme emportée par une ombre voilée, loin de son mari dévasté. Venaient les chapelles néogothiques de fantaisie, aux portes ouvragées en ferronnerie, avec une profusion de tourelles, gargouilles et arcatures réalisées par les meilleurs artisans de l'époque, ceux-là mêmes qui avaient édifié les portes de Notre-Dame. Tout un monde d'académisme figurait avec un réalisme pointilleux la douleur, la gloire, la grandeur. Ici ou là, des algues mousseuses dévoraient des tombes, preuve qu'un air marin souffle toujours sur Paris. Il y avait encore ce monument aux morts de la Commune, lové dans un petit jardin, et ses mille deux cents hommes tombés pendant la semaine sanglante. Au beau milieu de cet hommage à la création et à l'histoire venaient se loger ici et là de grandes tombes récentes faite d'un seul bloc de granit luisant. Camille se dit que ces sarcophages modernes devaient être fabriqués pour résister aux siècles, même si nulle famille ne venait plus les entretenir. Mais elle les trouva sans charme, sans histoire, sans récit de la vie de ceux qu'elles abritaient.

Et Tatiana ? Au milieu de ces quarante-deux mille sépultures, Camille n'avait toujours pas trouvé la tombe au *Baiser*. Elle avisa un gardien qui marchait, mains nouées dans le dos. Celui-ci lui indiqua d'un geste autoritaire la deuxième partie du cimetière, située au-delà de la rue sans numéro qui fend la nécropole par sa hauteur. Un cimetière plus confidentiel, moins fréquenté, avec son carré israélite. Camille dut encore remonter jusqu'au coin extrême de ce jardin du souvenir pour découvrir la petite tombe de Tatiana, coincée entre le mur du cimetière et la façade aveugle d'un grand immeuble du boulevard Raspail.

Ce fut un choc. Après toute cette chantilly de décors finement ouvragés, ces odes au patriotisme et à la bravoure, après le triomphe de l'académisme, *Le Baiser* de Brancusi lui fit l'effet d'une eau claire et vivifiante de torrent.

Elle vit dans le long bloc un poème résolument moderne, une déclaration d'amour à la vie, à l'ardeur, à l'union. Elle fut frappée par cette sculpture naïve, presque enfantine, ou brute dans son rendu, qui vous pénétrait instantanément du sentiment de la passion absolue. On était loin des visages éplorés, des drapés, des tourelles, des ferronneries. On était dans un ailleurs, celui des êtres liés par l'indicible des sentiments.

Camille prit le temps d'observer chaque détail. C'était un bloc carré, trois fois plus haut que large, un bloc de calcaire gris un peu grossier parsemé d'éclats noirs. Les amants y étaient pris entiers. Nus. Enlacés étroitement. Fondus l'un dans l'autre. Deux amants assis, face à face, leurs bras encerclant tendrement l'autre, sans pression, sans excès. Pieds à plat, cuisses repliées, jambes de l'homme enserrées avec douceur, imbriquées avec naturel entre celles de la femme. Quelques détails, à peine suggérés : une chevelure longue séparée en bandeaux dévalant le dos de la femme, le haut relief des bras, le doux rebondi du sein. Ils sont là, front contre front, regard contre regard, nez contre nez, lèvres à lèvres. C'est un baiser immense. Un amour absolu. Un acte sexuel intense et innocent à la fois. Évident.

Camille était troublée, aimantée. Une telle représentation païenne a dû choquer le Tout-Paris en 1910, se dit-elle. Aujourd'hui, oserait-on dédier une telle sculpture à une morte ? A fortiori à une jeune fille de bonne famille. Camille réalisa alors l'exil auquel on avait condamné Tatiana, rejetée dans le coin le plus septentrional du cimetière. Était-ce dû à l'infamie de son suicide ? Était-ce par honte de cette sépulture ? Camille n'aima pas ce bannissement.

Elle fit le tour de la petite tombe dénudée, se dit qu'elle aurait dû apporter un de ces cierges coulés dans un porte-bougie de plastique rouge et frappé d'une vierge qui éclairent longtemps l'obscurité. Camille aperçut une photo en médaillon, celle de Tatiana. Une petite jeune fille au regard triste, au nez droit, menton fin et cheveux en boucles. Dessous, à la base du socle qui portait la sculpture comme un totem, une inscription gravée dans le bloc. Un nom, deux dates, trois mots. Elle comprit que les dates correspondaient à la courte existence de Tatiana, mais ne sut déchiffrer la phrase gravée en caractères cyrilliques. L'épitaphe était signée de Constantin Brancusi.

Et quoi, se dit soudain Camille, on voudrait enlever ce poème d'amour à la petite princesse ? On voudrait la faire mourir une deuxième fois ? Oublier qu'elle a quitté la vie par amour ? L'abandonner, anonyme parmi les anonymes. Non. *Le Baiser* est là. Il veille sur le sommeil de Tatiana et il y restera, pensa Camille.

Vénus Ravani, alias Camille, juriste sans état d'âme, experte dans l'art de réaliser des plus-values, tricoteuse de compétition, venait de basculer dans un camp inconnu : celui des combattants pour une cause. Mais elle ne le savait pas encore.

– 4 –

Le journal de Tania

10 février 1910

M'échapper. M'échapper le long de la Seine jusqu'au pont des Arts, tourner le dos à la rive droite, oublier ses hôtels particuliers, filer vers le Quartier latin. Aux premiers temps de mon rétablissement, quand j'ai recouvré l'énergie et la liberté d'aller et venir, tout m'émerveillait. Car, en toute chose, Paris fait vibrer l'absolu. J'étais si joyeuse de ma nouvelle vie. Si heureuse que j'avais envie de saluer chaque ouvrier croisé, chaque grisette entrevue, chaque crieur de journaux.

Les quais, la Seine qui coule à pleins bords, le rythme soutenu des ponts qui n'arrêtent jamais le regard, la ligne accidentée des toits sur les quais hauts, trouée, ici et là, par une flèche d'église, la proue du square du Vert-Galant avec la statue équestre d'Henri IV. Mon chemin préféré.

Je dois l'avouer, je me suis faufilée bien vite dans ma vie de Parisienne. Une aigrette impertinente au chapeau, une courte veste cintrée à la taille sur une vaste jupe pleine de secrets et le regard des hommes lorsque je les croise : je trace ma route, légère, avec une gaieté enfantine.

Sur ma route, je longe d'abord les lavoirs municipaux qui forment une charmante petite cité lacustre. Amarrés au port des Saint-Pères, les voilà serrés les uns contre les autres, crachant de gros bouillons de vapeur. Les blanchisseuses s'y cachent derrière leurs persiennes. À voir leurs bateaux si coquettement ornés de lauriers, de terrasses minuscules, de liserons roses et blancs qui s'enlacent aux hublots de cuivre, je me dis que les laveuses aiment leur labeur.

Aux lavoirs succèdent les bateaux venus de Belgique ou de Hollande. En longeant leurs longues coques sombres, on aperçoit parfois le flanc laiteux d'un âne dont l'écurie anémique se tient au milieu des stères de bois. Il m'arrive aussi de surprendre le regard curieux d'un gamin pâle qui vous fixe comme une petite bête sauvage. Plus loin, la péniche du *Petit Journal* annonce avec fierté « Piano à bord ». Un jour, je me le suis juré, je m'aventurerai à l'intérieur.

Viennent les boîtes de livres anciens, l'odeur sèche et poudreuse du papier des bouquinistes du quai Conti. L'été, à l'ombre de l'hôtel de la Monnaie, sous les platanes centenaires qui bruissent dans le vent, coule un air de vacances. On a tout son temps pour y feuilleter les *Lettres persanes*, discuter avec le vieux bouquiniste à la pipe. Je n'ai jamais vu ses longs cheveux fatigués quitter le calot noir. On a tout loisir d'examiner du bout du doigt les médailles, les pièces, les pierres fines ou les mille bibelots qui s'alignent dans les boîtes. Au milieu de ce fatras, je glisse souvent un œil rapide à l'ouvrage *Hygiène et physiologie du mariage* du Dr Debay pour y percer un peu le mystère de la chose.

Il faut ensuite prendre à droite vers la rue Mazarine jusqu'à l'immeuble qui sectionne de sa proue effilée la rue de Seine. J'adore ce vieux Paris. Ses murs encollés de réclames, ses cafés, ses ruelles, ses cours crapoteuses, ses odeurs de café qu'on brûle et de soupes qui cuisent. Les commères qui s'interpellent sur le pas de porte, le claquement du fouet sur les croupes des vieux chevaux, les cochers qui jurent, le petit tramway jaune qui gronde.

Une fois dépassée la papeterie Au Griffon d'or, dans la rue de Buci, me voilà presque rendue. Quand le boulevard Saint-Germain est en vue, c'est la faculté de médecine qui s'annonce. J'éprouve une intimité presque familiale avec ce quartier des écoles. Ce quartier est le royaume de la jeunesse. Il est ma nouvelle patrie. On dit que le lieu n'est plus ce qu'il était. On dit que les étudiants d'aujourd'hui n'ont pas eu, comme leurs pères, à arracher leur liberté à la force de la poudre. Mais moi qui viens d'un pays mis à l'étau par son czar, je l'aime ce coin de Paris, ce Quartier latin, avec ses cavalcades, ses billards, ses beuveries, ses boutiques étranges où l'on peut acquérir un squelette comme un luth, ses débats enfiévrés, « La Marseillaise » contre « L'Internationale ». Je le trouve libre, affranchi, joyeux.

Ici, c'est le monde entier qui se presse, se croise, se hèle, s'interpelle, se moque, se découvre, se renifle, s'aime, se quitte, se retrouve, s'évite, s'invite. Tant d'accents rauques, de belles langues, d'inflexions chantantes, d'outrages à la grammaire, de verbes maltraités, d'expressions inventées, de moues à la place des mots tricotent un langage cosmopolite, coloré, poétique, vivant. Le Quartier latin, c'est Paris qui relève la tête avec la fierté orgueilleuse de la jeunesse et qui éclate d'un rire franc à la face du vieux monde.

Ici, les filles ont droit de cité. Certes, nous sommes encore peu comparées aux garçons. Moins d'un millier à coup sûr quand ils sont dix fois plus nombreux. Mais à la Sorbonne comme à la faculté de médecine, les étrangères sont les plus nombreuses. Beaucoup de Russes, de Roumaines, souvent riches ou nobles. Je m'en suis étonnée l'autre jour auprès de mon amie Vera. Pour elle, à coup sûr, ce sont les mesures antijuives adoptées par le czar et le numerus clausus des universités russes qui auraient poussé tant de jeunes aristocrates à se réfugier ici. J'en suis restée interdite. Je n'avais jamais réfléchi à de telles choses. J'ignorais même que l'on pût être écarté parce qu'on est juif. Si cela est vrai, j'en suis révoltée. Moi aussi, en quelque sorte, je suis une exilée, une sans-terre, une bannie. Pour mes idées, bien sûr, mais aussi parce que je suis une femme et que les femmes ne sont pas prioritaires pour les études en Russie. Heureusement, Paris cultive un humanisme raffiné et la fraternité de l'accueil.

Allez, je sais bien que la France n'est pas toujours un havre de paix. Je ne suis plus une enfant.

Je m'intéresse à la politique. Je lis la presse. J'ai bien vu l'an dernier combien les facteurs en grève avaient été maltraités. Ceux qui ont osé rejoindre le syndicat ont été jetés dehors comme de vulgaires criminels. Huit cents révocations sur-le-champ ! J'ai vu comment la Chambre des députés avait condamné cette révolte et interdit aussitôt le droit de grève des fonctionnaires. Mais quelle énergie tout de même ! Quelle vitalité ! Quelle liberté d'idées, de débats, de convictions. Quels tribuns ! Ce n'est pas comme en Russie où l'on vous emprisonne pour un regard de travers. À la Chambre, les députés socialistes n'ont pas hésité à entonner « L'Internationale » et à conspuer Clemenceau. Elle a tant d'allure cette République qui se cabre quand on s'avise d'encager sa liberté !

Aujourd'hui, mon périple jusqu'à la faculté de médecine n'a pas été une promenade aussi agréable que d'habitude. Il y a toujours beaucoup d'eau. Les arbres déplumés frissonnent. J'ai découvert une église qui d'ordinaire doit se cacher derrière le houppier de quelques marronniers. Elle a raison de se faire discrète car elle est bien laide. J'ai dû traverser le cours de la Reine sur une planche bringuebalante pour ne pas mouiller ma robe. Un ouvrier m'a aidée. Sous le pont des Arts, la Seine battait encore hargneusement les arches de fer. Au-delà, impossible d'avancer. J'ai profité d'un bateau qui passait par là. C'était tellement amusant de remonter en barque la rue des Saints-Pères.

La grande cour pavée de l'École de médecine était déserte. Pas âme qui vive dans les couloirs qui mènent aux amphithéâtres. Personne sur les bancs non plus. J'ai couru jusqu'au bureau du Dr Bémard. Depuis qu'il est arrivé de Roumanie pour préparer sa thèse de médecine, le Dr Bémard est devenu un converti du progrès. Depuis deux mois, j'ai la chance incroyable de lui servir d'assistante dans ses recherches. Il travaille sur les pneumobacilles et mène l'enquête comme le ferait un inspecteur de police. Quelle foi en la science, quel enthousiasme ! Comme je l'admire.

Il a beau être encore jeune, il a l'air revêche dans sa redingote noire avec son col dur, sa cravate sombre, sa moustache raide. Il semble si grave, si lourd de responsabilités. Mais lorsqu'il parle de ses travaux, son visage s'éclaire. Il a alors comme une flamme dans les yeux qui réchauffe tout son être. À l'écouter, j'ai l'impression de participer à une mission de salut public, à une course contre la mort, à une œuvre plus grande que moi-même, à l'avenir !

C'est que la France a déclaré la guerre aux microbes. Des hommes comme le Dr Bémard sont les vaillants généraux de cette bataille. Leur guerre est totale, absolue, sans quartier. Le docteur m'a raconté la révolution pastorienne, la création des égouts pour évacuer les eaux putrides, les avenues qu'on perce pour aérer, les vaccins qu'on rend obligatoires, les gants en caoutchouc pour éviter la contamination, les anesthésiques qui endorment les malades. Sauf les enfants, puisqu'ils ne sentent pas la douleur. Quand il parle de la découverte par Robert Koch du bacille de la tuberculose, le docteur est emporté par sa ferveur. Moi, je trouve cela furieusement moderne. Mais cela ne suffit pas, estime le docteur. Il faut agir plus vite, plus fort. La tuberculose fait des ravages. Personne ne sait la guérir. Nul n'est à l'abri.

Aujourd'hui, le Dr Bémard n'était pas dans son bureau. J'ai décidé de pousser jusqu'à la rue du Dragon pour voir si Marthe, mon amie piqueuse de bottines, était à son ouvrage.

J'aime bien Marthe. Dans le velours noir de ses prunelles se lit la riche grammaire de ses sentiments : rage, rire, sidération, affection. Je l'ai aimée au premier regard. Et que Tante, qui affirme avec dédain que la jeunesse est l'âge où l'on s'amourache de n'importe qui, aille au diable. Lorsqu'elle marche, avec ses longues jambes, Marthe remue fermement ses jupons et tient son buste légèrement penché comme si elle allait battre le pavé. Lorsqu'elle parle, son vocabulaire, frotté à la langue de la rue, est une caverne pleine des trésors de l'argot de Paris, d'images saisissantes, d'interpellations intimidantes. Dans ses récits, je découvre la dureté de la vie des gens de peu, la rudesse des sentiments de ceux qui savent tout des noirceurs humaines, même le crime, même la trahison, la boue des innombrables forfaits dont sont capables les hommes, mais le tout est mêlé de cette joie bravache et de cet entrain qui font Paris. Impossible d'avoir le dernier mot dans une dispute avec Marthe, elle a trop de ressources pour ne pas vous clouer le bec.

Je l'ai rencontrée dans un bouillon bon marché, alors qu'elle venait de lancer des bordées d'injures à une femme. Une femme bien mise et bien nourrie qui lui avait mal parlé, avec une pointe de condescendance, comme si elle était une servante. Marthe ne l'a pas supporté.

C'est une acharnée, Marthe. Une guerrière du droit des ouvrières. Une farouche qui se considère libre, parce qu'elle gagne péniblement 6,50 francs par jour quand la nourriture lui coûte 1,50 franc et le transport jusqu'à sa mansarde des Halles, 60 sous.

Même si elle peste contre son patron qui la fait trimer douze heures par jour et plus, même si elle grogne contre le froid et l'air empuanti de l'atelier, même si elle crache sur les syndicats qui font la part belle aux hommes et ne voient dans le travail des femmes qu'une concurrence méprisable, elle est fière de n'avoir à dépendre de personne. Marthe n'a peur de rien, parle comme un charretier et n'hésite jamais à insulter le malotru qui ne lui a pas tenu la porte. Marthe est une reine.

Marthe est un puits sans fond de révolte. Marthe manifeste pour le droit de vote des femmes. Marthe refuse de se perdre dans le mariage et prend les hommes quand ça lui chante. Marthe n'a pas besoin du regard des autres pour s'y mirer ou s'y aimer. Marthe se moque du qu'en-dira-t-on. Marthe est précise et pragmatique comme un géomètre. Marthe n'a qu'une obsession : mettre assez d'argent de côté pour, un jour, ouvrir un petit commerce à Chartres, où elle est née. Marthe me fascine.

« Être bonne chez les riches ? Plutôt crever, m'a-t-elle dit l'autre jour. Je m'en fous pas mal d'être au chaud dans une belle demeure. Je ne veux pas des mains aux fesses et des caresses du patron chaque fois que sa bourgeoise lui ferme au nez la porte de sa chambre. » Je n'avais pas imaginé que de telles privautés existaient. Dans ma famille, je ne parle pas de Tante, bien sûr, on traite les domestiques avec générosité, comme s'ils étaient de la famille.

C'est après une conversation sur la tuberculose qui décime les ouvriers mal nourris et épuisés que Marthe m'a adoptée. Pour elle, je suis un génie, sa « p'tite tronche », comme elle m'appelle. Elle jure qu'un jour, avec le Dr Bémard, nous sauverons les pauvres ouvriers du terrible mal de poitrine qui les jette dans la misère avant de les précipiter au caveau. Tante ne l'aimerait pas. Pour elle, Marthe appartiendrait à cette race de femmes qui finiront mal puisqu'elles pensent trop.

Mais aujourd'hui, Marthe non plus n'était pas à son atelier. Paris est comme figée par la crue.

Ce soir, j'ai accompagné Tante à l'église. Je ne voudrais pas que l'on me prenne pour une nihiliste.

15 février 1910

Ce matin, au lieu d'aller en cours comme je l'ai fait croire à Tante, je suis allée aux Gobelins voir mes camarades russes de la faculté de médecine.

Pour arriver jusqu'à leur mansarde, il faut emprunter le passage Moret, puis la rue des Tanneurs, qui rejoint la rue Croulebarbe. Mais la crue était aussi passée par là. Quelle apocalypse !

En temps ordinaire déjà, tout au long de ce passage industrieux et lugubre, les milliers de peaux accrochées aux séchoirs intérieurs exhalent une puanteur diabolique que les façades en bois à claire-voie peinent à retenir. Les écorchés conservent une vague apparence animale. Du moins, tant que la putréfaction n'est pas trop avancée. Cet air de mort vous entre dans les narines, la peau, la gorge et dans chaque cheveu, jusqu'à vous chavirer l'estomac. Il faut traverser le passage au plus vite, en retenant sa respiration pour échapper à cet énorme abcès qui déverse sa puanteur inépuisable dans l'atmosphère.

Mais l'eau de la crue s'est glissée dans ces terriers fétides qui tiennent lieu de maisons aux tanneurs. L'enfer doit ressembler à cela : des charognes aux pestilences aigres, leurs entrailles pourries, leurs yeux saisis d'effroi dans l'agonie, échouées ici et là dans les recoins de la rue à mesure que la Seine se retire. J'ai couru, un mouchoir sur le nez, pour échapper à ce chaos.

Pour voir Sergueï et Youri, j'étais prête à endurer cette épreuve. Mes chers camarades sont aussi pauvres que je suis riche. Pourtant, ils m'accueillent toujours comme une sœur. Je leur en suis reconnaissante. S'ils se moquent parfois de mes tenues, de mes manières, de mon vocabulaire, jamais ils ne me traitent en étrangère. Ils me parlent comme à une égale.

Je ne leur ai jamais raconté les raisons de ma fuite de Pétersbourg, ma famille, mon grand-oncle Tolstoï, Tante la fielleuse, les robes de Poiret, Olga qui sent le chou. Je n'aime pas parler de moi, me dévoiler. Question d'éducation, sans doute. Chez les aristocrates, c'est si vulgaire d'étaler ses émotions, ses inquiétudes, ses espérances. Chez les aristocrates, on traverse l'existence avec retenue et élégance. Même l'extravagance de certains de mes compatriotes n'est qu'un masque posé sur l'intimité des sentiments.

Ma discrétion, je le sais bien, tient aussi à une peur immense d'être jugée, rejetée comme une nantie. Ma naissance est mon fardeau. Je veux que l'on m'aime pour moi-même, non pour le faste de notre palais. Je veux réussir par moi-même, non grâce au nom que je porte. Je veux être respectée pour la femme que je suis, non pour ma parentèle prestigieuse. Sergueï et Youri savent, j'en suis certaine, à mes regards, à mes silences, que je suis de leur famille, celle des nomades et des déracinés. Ils me prennent telle que je suis sans jamais poser de questions.

À les regarder vivre, à les écouter en silence, je mesure chaque jour davantage combien il faut de volonté et d'astuce pour survivre quand on n'a pas le sou. Ils logent dans une pension de famille tenue par une patronne soupçonneuse, au 4, rue du Fer-à-Moulin, payent leur mansarde 25 francs et dînent pour 2 francs les soirs de gala. Sinon, ils se contentent d'un bout de pain et d'une fricassée de légumes préparée à la va-vite dans la cuisine commune avec un thé étendu d'eau brûlante. Ils gagnent un maigre revenu avec des traductions, du courtage en librairie, des cours de français pour certains de nos compatriotes. Ils passent leur journée à courir, entre la faculté, la Pitié, leur chambre, les amis. Mais jamais la joie ne leur fait faux bond.

J'aime aller dans leur quartier. C'est ma petite Russie. Partout, des tavernes où l'on sert nos pirojki aux légumes et du bortsch fumant, des librairies, des tailleurs, des commerces aux enseignes peintes en russe, ornés de rubans jaunes et noirs grossièrement décorés, des étudiants venus de Pétersbourg, de Moscou ou de Kiev. On est loin des fastes de la baronne Ottingueiv qui reçoit dans son salon, avec ce mélange d'excès oriental et d'agilité intellectuelle qui fascine tant les Parisiens. Il y a bien deux Russies à Paris. Celle des aristocrates et celle des étudiants pauvres. J'appartiens à la première, mais j'aurais aimé être de la seconde.

Sergueï et Youri ne se plaignent jamais. Ils m'impressionnent. Ils sont certains de forcer leur chance, de devenir des médecins géniaux. Ils resteront à Paris aussi longtemps que la démocratie ne l'aura pas emporté en Russie. Ils n'ignorent pas combien il est difficile de s'installer ici sans susciter jalousie et rejet de l'étranger. Ils s'en moquent. Ils ont confiance. Je crois que je ne déplais pas à Sergueï. Parfois, je surprends son regard qui me fixe. Il ne m'attire pas vraiment. Trop malingre, trop fiévreux. Je me fais une autre idée de l'homme que j'aimerai.

Ce qui me touche surtout chez Sergueï, ce sont ses indignations. Il s'est lancé dans un travail de statistiques digne d'un bénédictin. Il décompte un à un les tuberculeux des quartiers ouvriers et ceux des quartiers chics. Sergueï est persuadé que la misère sociale fait le lit de la maladie. Hier, il était plus excité que jamais. Car il la tient enfin sa preuve mathématique. Sergueï a décompté six fois plus de malades rue Riquet, du côté de la Villette, que rue d'Anjou, près des Champs-Élysées. Six fois plus ! Il entend désormais rencontrer les hommes politiques du camp progressiste pour leur présenter ses résultats. Il veut les convaincre de prendre des mesures radicales. Une loi, par exemple, qui donnerait ordre de détruire les taudis, de construire des logements salubres, d'augmenter le salaire des ouvriers, de lutter contre la sous-alimentation qui affaiblit l'organisme, d'instaurer des durées limitées de travail. Et commencer par interdire à chacun de cracher par terre, partout, tout le temps, pour stopper la propagation de la maladie ? Non, cela Sergueï n'y pense pas. Mais c'est pour ses utopies que j'aime Sergueï.

1er mars 1910

Cela fait longtemps que je n'ai pas eu une minute pour mon journal. Il s'est passé tant de choses époustouflantes ces derniers jours.

Il y a dix jours, je suis passée voir Marthe à la sortie de mes cours. Elle s'acharnait à recoudre une paire de bottines épuisées par la vie, le front froissé par l'effort. J'ai observé ses doigts rêches et tout écorchés par les aiguilles qui poussaient et tiraient le fil de cuir dans la semelle. Le dimanche suivant, elle avait rendez-vous à Meudon pour une réunion avec une Américaine. « Viens avec moi », m'a-t-elle proposé sans m'en dire davantage.

L'idée de passer du temps avec Marthe me plaisait. Un dimanche tout entier, son sacro-saint jour de repos.

Elle voulait prendre le bateau au pont Royal pour remonter la Seine. Ce serait tellement plus amusant que d'y aller en tramway. Elle m'avait donné rendez-vous, non loin de son logement, devant les marches de l'église Saint-Eustache à 9 heures, avant de retrouver son amie Jeanne, qui est pavillonneuse aux Halles.

Aucun instant de ce dimanche n'a échappé à ma mémoire. Chaque minute m'a impressionnée. Ce jour-là m'a façonnée pour la vie comme un sculpteur le ferait d'une glaise.

J'ai servi un mensonge à Tante, prétextant des révisions d'anatomie avec mon amie Vera – sainte Anatomie, priez pour ma liberté, amen !

Je suis sortie tôt. Sous un ciel lilas, j'ai trottiné, légère, jusqu'aux Halles.

Je n'y étais jamais allée mais, Dieu, c'est si vrai que palpite là le ventre de Paris. Dix pavillons de fer aux transparences de verre, séparés par la rue Baltard, des charrettes à bras abandonnées dans un désordre indescriptible, des forts des Halles silencieux, soufflants et ensanglantés jusqu'aux coudes, des coups de scie pour débiter des demi-bœufs suspendus aux crochets, des maraîchers alignés sur leur carreau. Et puis cette explosion de verts dans le pavillon des primeurs ! Le vert, noir des épinards, ou jaune des haricots, vif des asperges, tendre des salades, grisé des choux, un émerveillement pour le regard.

J'ai dû retrousser haut ma jupe et poser avec attention le talon de ma bottine pour ne pas glisser sur le pavé luisant de graisse, de sang et de feuilles de laitue que l'on nettoyait déjà à amples coups de seau. Marthe m'attendait. Elle a attrapé mon bras pour me guider vers le pavillon de Jeanne, au milieu des rires de femmes, des boniments des vendeurs, des cuisiniers qui soupèsent, des crémiers qui marchandent. Quelle fourmilière !

Ce n'est rien comparé à la nuit, m'a expliqué Marthe. Il paraît qu'il faut le voir pour le croire : les charrettes qui déboulent par la rue Montmartre, la rue Montorgueil et la rue d'Aboukir, le train qui descend des hauteurs de Montrouge, des monceaux de nourriture que Paris dévore tout crus en un jour.

Jeanne travaille au pavillon des fleurs. Un immense jardin en plein Paris, une palette de roses, de tulipes, de mimosas, de violettes ; des odeurs délicates de vanille et de tubéreuses, après le boyau nauséabond des bouchers. Jeanne terminait sa vente. À côté des autres matrones ventrues qui détaillaient à larges mains leurs bottes de fleurs avec des gestes rudes, elle paraissait si fragile, enroulée dans un grand tablier de cotonnade bleue, barré par une sacoche en cuir.

Nous sommes partis rapidement, encadrant Jeanne, par les trottoirs encombrés de passants qui marchaient, marchaient, marchaient, se croisaient comme une houle devenue folle, s'épanchaient un instant sur la chaussée le temps d'éviter un déchargement, couraient presque pour traverser la rue, protégés par le bâton blanc levé du sergent de ville, tandis que les fiacres et les taxis, serrés en une longue caravane, attendaient le signal pour s'ébranler à nouveau.

Jeanne avait un pâle sourire aux lèvres et une rêverie dans le regard, comme si elle regardait au-dedans d'elle-même. Face aux questions pressantes de Marthe, elle a fini par confesser son tourment.

Elle avait rencontré un étudiant en droit. Jeanne vivait une extase. Il était si beau avec ses cheveux noirs. Et cette main gantée, tenant fermement le pommeau rutilant de sa canne, quelle élégance ! Et cette promesse de promenade en barque, quelle délicatesse ! Et cette élocution soignée, quelle intelligence ! Ils avaient fait un bout de chemin l'autre jour. Il était revenu depuis, chaque matin, lui avait acheté plusieurs dizaines de roses pour les lui offrir au moment de la quitter. Il la faisait rire, la complimentait sur son corsage, commentait son teint fleuri. Elle était fière. Au frôlement qu'elle sentait dans son ventre, elle savait bien qu'elle était en train de tomber amoureuse. Amoureuse d'un avenir radieux qui la tirerait du pavillon des fleurs pour l'installer dans un appartement coquet. Elle aurait une bonne. Elle lui donnerait des ordres du soir au matin. Ce serait même là son seul travail. Elle aurait des enfants. Elle posséderait une armoire de corsages en soie bien ajustés et les hommes se découvriraient devant elle.

Marthe fulminait : « C'est comme ça que commence notre malheur à nous, pauvres ouvrières. Croire au miracle, autant croire en la Sainte-Trinité et à tout le saint-frusquin des curaillons. Ton étudiant en droit, une fois qu'il t'aura bien gamahuchée et furieusement troussée, il disparaîtra dans sa famille de province pour toucher son héritage et s'y marier avec une p'tite bourgeoise. Et toi, tu seras brisée menue, gâchée, peut-être même embarrassée. Tu n'auras plus que tes yeux pour pleurer et le trottoir comme patron. Jeanne, aime-le si tu le veux, ah ça oui, donne-toi du bon temps, mais ne crois jamais qu'il te passera la bague au doigt. Ne compte que sur toi. D'ailleurs, l'Américaine qu'on va voir te le dira mieux que moi. »

Ainsi avait parlé Marthe.

Après cet échange vif, nous sommes passées à autre chose. Le bateau de 11 heures nous attendait. L'air était frais, le ciel plein de bleu. Une famille nombreuse, agglutinée au bastingage avec son pique-nique et ses gamins malpolis, rendait, comme une photographie inversée, notre trio plein de grâce. Seine, péniches, tour Eiffel, petit train montant au palais de Chaillot, colline de Passy, bourgeons serrés, coude du fleuve, entrepôts : j'avais oublié la sortie de Marthe. Tout m'était récréation.

À Meudon, Marthe nous a guidées jusqu'à une auberge. Le déjeuner battait son plein et la vaste salle aux nappes à carreaux grondait de mille conversations. Marthe nous a poussées au milieu des tables et des buveurs vers une arrière-salle qui s'ouvrait sur un jardinet. Trois tables en bois, une douzaine de chaises, quelques grisettes en train de défaire leur capeline en laine et, assise au bout, Elle.

Elle, une femme immense, impassible, impériale.

« Une A-NAR-CHIS-TE », a chuchoté Marthe à mon oreille, comme un grand secret.

Je savais vaguement ce que cela signifiait pour avoir entendu Sergueï en parler de temps en temps. Peu m'importe à présent. Cette femme a déclenché un séisme en moi. D'un violent coup d'épaule, elle a ouvert à la volée une porte dans ma tête. Cette porte ouverte a libéré une lumière intense qui a coulé dans toutes les anfractuosités de mon esprit. Mon esprit a vu l'évidence. Et l'évidence s'est imposée à moi comme une vérité absolue, une révélation éblouissante. Comment avais-je pu passer à côté ?

Je retrace ici les paroles de cette femme et les événements fous de cette journée. Je recopie dans mon journal les notes que j'ai prises tout au long de cette conférence bouleversante. Il faut que je puisse relire et comprendre l'essence profonde de son propos.

La femme, dans sa robe noire sans fantaisie, s'est présentée dans un français impeccable comme une disciple de Voltairine de Cleyre, sa maîtresse à penser. Elle réalise un tour de France pour divulguer les idées de cette grande anarchiste américaine. Elle court les tavernes et les soupentes pour faire partager son combat en faveur du droit des femmes.

Voici la première phrase qu'a prononcée la femme de Meudon.

« La propriété, c'est le vol, disait Proudhon. Qu'est-ce qu'une femme ? Une propriété. »

Je me souviens du long silence qu'elle a ménagé alors pour que les mots nous pénètrent dans leur crudité.

Puis, sans souffrir le moindre commentaire, elle s'est mise à développer les thèses de Voltairine de

Cleyre avec des emballements de tribun. Pour elle, l'utérus n'est pas un organe privé appartenant à chaque femme, mais un espace public que se disputent tous les pouvoirs en concurrence pour sa maîtrise : l'Église, les gouvernements, les hôpitaux, les patrons d'usine et même les maris. Pourquoi ? Parce que cette cavité est une fabrique à reproduire. C'est dire si la femme est un enjeu politique. Non pour son être mais pour son sexe.

Et la femme anarchiste de condamner avec colère le mariage. « C'est une façon moderne, légale et perverse de justifier l'esclavage et la soumission de la femme par l'homme. » Et de poursuivre, cinglante comme un coup de fouet sur la croupe d'un cheval : « Restez à la maison. Reprisez leurs chaussettes, cousez leur chemise, lavez leur vaisselle, servez leur repas et, bon sang, occupez-vous des enfants ! Vos jolies voix ne sont pas là pour que vous charmiez le public. Votre génie inventeur n'a aucune place dans le domaine professionnel. Votre goût pour l'art ne doit pas être cultivé. Votre sens des affaires n'a pas à être développé. Vos maris, avec le soutien de l'Église et de l'État, veillent sur vous. Ils vous assurent protection ! Mesdames, soyez donc patientes et obéissantes ! »

Alors, la femme de Meudon nous a invitées à nous poser quelques questions.

« Pourquoi mon cerveau n'est-il pas l'égal du sien ? Pourquoi mon labeur n'est-il pas rétribué comme le sien ? Pourquoi faut-il que je lui consente les faveurs sexuelles qu'il exige ? Pourquoi me fait-il payer avec mon corps le fait de rester à la maison pendant qu'il travaille alors que je le sers déjà comme une domestique ? Pourquoi peut-il me priver de mes enfants comme s'ils étaient sa pleine propriété ? Pourquoi considère-t-il que, par le mariage, je signe un contrat de fidélité éternelle quand lui peut me tromper sans vergogne ? »

Comme elles paraissaient innocentes, ces questions ! Mais elles ont inoculé dans mon esprit un virus insidieux qui, depuis, me fait considérer mon avenir, le destin de ma mère, la place de ma pauvre Olga ou les ruades de Marthe sous un jour nouveau.

Puis la femme anarchiste a enchaîné : « Vous ne pouvez courir car vos pieds sont entravés. Vous ne pouvez crier car vos bouches sont bâillonnées. Vous ne pouvez fuir car l'État et la loi des hommes décident pour vous de l'opportunité de vivre ou de ne pas vivre. La majorité des femmes n'y voient pas de mal. La majorité des femmes acceptent que leur rêve d'amour se transforme en cendres sitôt que le mariage l'étreint. La majorité des femmes préfèrent la servilité et l'apathie au menton fièrement dressé. »

La femme anarchiste a conclu alors, sur un ton guerrier. « Si vous souhaitez que l'amour et le respect durent, ayez des relations peu fréquentes et peu durables. Restez séparées des hommes pour permettre à votre personnalité de croître et de s'épanouir. Notre société ne sera pas libre, juste, égale, tant que la féminité sera achetée, vendue, logée, vêtue, nourrie et protégée comme un bien mobilier ! Révoltez-vous ! Rebellez-vous ! »

Alors, sitôt qu'elle eut terminé sa diatribe, la femme en noir, immense, impassible, impériale s'est levée, a ajusté son chapeau minuscule, a enfilé ses gants et, d'un signe de tête, nous a saluées, pressée de nous quitter comme s'il y avait urgence pour elle à courir évangéliser d'autres âmes.

Nous sommes restées toutes silencieuses, comme frappées par un coup de tonnerre dans un ciel bleu. Nous n'osions plus bouger ni respirer de peur qu'un rire moqueur et hideux ne nous transperce depuis la voûte céleste. Même Marthe semblait sidérée. Il a fallu qu'une femme de l'assistance nous propose de trinquer avec un peu de vin rouge pour que nous émergions de cette tornade de mots et d'idées.

2 mars 1910

J'ai veillé bien tard hier pour consigner dans mon cahier l'aventure de Meudon et les propos de la femme anarchiste. Mais, depuis lors, je le sens bien, ses mots ne cessent de tambouriner à mon esprit, avec une urgence impérieuse, comme si un grand incendie s'y était déclaré. J'y ai songé une partie de la nuit. Et les voilà de nouveau là.

Combien cela a été violent ! Lumineux aussi ! Pour la première fois, des mots ont exprimé avec une précision stupéfiante mes tourments inarticulés, mes intuitions brouillonnes, mes clairvoyances obscures. Pour la première fois, j'appréhende la vie, l'ordre des choses, les traditions de mon clan, la condition de mon sexe avec une acuité jusqu'alors inconnue.

Je crois que les propos de la femme anarchiste ont touché le fond de mon âme. Infiniment plus, je le sens bien, que toutes les théories socialistes longuement débattues avec mes amis étudiants de Pétersbourg ou avec Sergueï et Youri. Je le mesure à présent, avec lucidité et un peu de tristesse aussi.

À vrai dire, le sort de mes camarades n'est pas le mien. Leur combat me touche, mais je ne le ressens pas dans mes tripes comme une évidence. J'adopte leur colère, mais c'est par procuration. Je partage leur misère, mais c'est par compassion. Je communie avec leurs drames, mais c'est par haine de l'injustice.

Non, cette fois, c'est différent. Pourquoi ? Parce que la femme en noir a parlé de moi. Elle a parlé à Tania. À Tania, à Marthe, à toutes les femmes. Les différences de classe, d'âge, de fortune n'existent plus. Elle a mis des mots et un sens aveuglant sur ce que mon cœur me murmurait sans que je l'entende, ce que ma chair ressentait sans que je le comprenne, ce que mon esprit concevait dans la confusion. Pour la première fois, je comprends ce que signifie avoir une lecture politique du monde. Je me sens galvanisée. Je me sens moderne. Je suis une femme de l'époque qui vient. Le vieux monde se meurt. Le nouveau germine en silence. Il éclatera au grand jour dans un furieux bouillonnement qui renversera tout sur son passage. Il sera demain, j'en suis certaine, mon monde à moi.

J'ai l'impression d'avoir découvert un secret immense. Il était là, tout près, mais je ne le savais pas. J'ai levé un voile et, désormais, je contemple d'un regard enfin affranchi la totalité de la puissante machination sociale par laquelle les hommes qui fabriquent la loi, défendent les traditions qui se lèguent de génération en génération, assignent une place et un rôle à chacun, je vois enfin tout ce qui conspire pour tenir les femmes au foyer. Non, je ne me laisserai pas condamner à n'être qu'un ventre fécond en échange de la protection paternelle de mon mari.

Soudain, tout s'éclaire. Mon ventre, mon esprit comprennent mon dégoût pour les bals blancs où Tante me traîne pour y flairer les bons partis. Ah, comme Maman a dû avoir peur face à mes révoltes qui bousculaient tant l'ordre établi. Soudain, je suis fière d'avoir voulu être un homme, érudite comme un homme, indépendante comme un homme. Ma hargne à suivre les cours de la faculté prend un sens nouveau comme si une langue étrangère, que mon intuition aurait tutoyée en secret depuis longtemps sans que je le sache, devenait audible à ma conscience. Ma colère face au corset que Tante veut m'imposer devient évidente et heureuse.

Cette révélation me remplit de courage. Elle m'effraie aussi. Il faut que je la taise, que rien ne transpire, que je donne le change pour ne pas être interdite de sortie par Tante. Je ne veux pas risquer de voir les liens dans lesquels elle cherche à me tenir captive se tendre brusquement et le lacet se refermer sèchement sur mon cou. Paraître toujours la bonne petite Tania, insolente à l'occasion, audacieuse parfois, mais incapable de remettre en cause les règles de mon clan et le principe du mariage bienfaiteur, de la descendance bénie, telle sera ma couverture. Il ne s'agira que d'une mascarade. Bien protégée derrière le loup de ces apparences, je poursuivrai avec entêtement ma quête de liberté et d'indépendance.

Aujourd'hui, j'en fais serment : je ne serai jamais la propriété d'aucun homme. La femme en noir m'a fourni la clef : me tenir éloignée et séparée des hommes pour donner à mon être tout l'espace nécessaire à son épanouissement. C'est décidé : je serai la guerrière fiévreuse de mon indépendance.

3 mars 1910

J'ai vu Marthe aujourd'hui avant mes cours. Je lui ai reparlé du dimanche à Meudon. Je lui ai raconté, pleine de fierté, le serment que je m'étais fait à moi-même.

Mais Marthe m'a douchée. Pourquoi s'échauffer ainsi ? m'a-t-elle demandé rudement. Elle y avait bien réfléchi elle aussi. Pour Marthe, la femme en noir est une noble combattante des droits des femmes, qui force le respect. En revanche, elle est trop sévère, trop étroite, enfermée dans son dogme, incapable au fond de regarder la liberté des femmes en face. Je n'en revenais pas.

« Alors quoi, m'a dit Marthe, une femme libre serait forcément une bigote ? Une femme sans homme ? Mais quelle pitié que cette vie-là ! Oui, nous devons pouvoir travailler comme les hommes, gagner autant qu'eux, décider comme eux, voter comme eux. Mais, p'tite tronche, on doit aussi pouvoir aimer, être aimée, avoir des enfants si ça nous chante, prendre et donner comme bon nous semble, avoir des émotions et des sentiments. Sinon, c'est au désert qu'on nous condamne. Si notre liberté nous réduit à la solitude, aurons-nous réussi à être les égales des hommes ? Non ! »

Je n'y comprenais plus rien !

« Non, tu ne peux pas comprendre, toi, parce que tu viens de la haute, a poursuivi Marthe avec un regard consterné. Qu'une grisette qui se lève chaque jour avant l'aube, trime pour manger, qui gagne sa fameuse indépendance au péril de sa santé soit tentée, un beau jour, de dire oui devant M. le curé, juste pour souffler un peu, pour avoir moins froid, pour avoir une petite cuisine à elle, qui pourrait lui en vouloir ? Être libre, p'tite tronche, c'est pas tous les jours facile. Crois-moi, le travail à l'atelier ou derrière le comptoir, c'est aussi un satané esclavage. Les nuits sans dormir parce qu'on n'a plus de quoi payer la chandelle et le feu, le rouge aux joues parce que la concierge a ricané sur votre passage, les bottes percées, les pires corvées acceptées pour éviter le trottoir, parce qu'une femme, après trente ans, elle n'est plus bonne qu'à ça, ma petite mademoiselle, tout ça, tu ne le sais pas. »

Ainsi donc, Marthe n'était pas contre le mariage !

« Vingt dieux, non ! Ce n'est pas le mariage qui est le souci, c'est nous. C'est d'abord dans nos propres esprits qu'il faut faire le ménage. Arrêtons de croire qu'être une femme aimée, c'est être une domestique. On peut être heureuse sans faire un mioche une fois l'an tout de même. Usons du divorce plutôt que de casser la vaisselle. Et puis, p'tite tronche, un conseil d'amie : il faut goûter beaucoup hommes avant d'en choisir un et le bon, de préférence. Ces messieurs ne courent-ils pas les bordels avant de convoler ? Faisons de même. Ce n'est pas moi qui le dis, c'est M. Blum en personne. »

Je suis repartie en courant vers la faculté où m'attendait le Dr Bémard. J'étais perturbée par les propos de Marthe. À peine venais-je de découvrir de grandes vérités sur la place des femmes et voilà déjà que Marthe ébranlait le bloc de mes convictions. Mais Marthe se trompe. La liberté des femmes a un prix, un seul : leur indépendance économique. Comment lui en voudrais-je ? Je peux comprendre qu'elle en ait assez certains matins de courir réparer des bottines, rue du Dragon. Moi, je serai médecin. Je soignerai, je sauverai des vies et nul ne pourra me dicter ma conduite. Tiens, il faudra aussi que je lise ce M. Blum.

Le Dr Bémard était très gai lorsque je l'ai retrouvé. Son accent roumain se fait alors plus clair. Son expérience sur le test du bacille de Koch venait enfin de réussir. Il a voulu que je l'aide à la reproduire, une fois, dix fois, vingt fois pour écarter tout aléa.

Nous avons travaillé longtemps à la paillasse. Mes jambes étaient lourdes comme de la fonte à force de me tenir debout. Pourtant, il était si enthousiaste que j'ai oublié ma fatigue. J'admire tant le docteur ! Cette volonté de lutter contre la fatalité, ce combat de la science contre la nature, cette foi dans le progrès. Pour me remercier, il m'a proposé de l'accompagner prendre un verre chez l'un de ses amis artiste. Un compatriote roumain qu'il aime à fréquenter pour retrouver un peu de ses origines dans ce Paris en perpétuelle métamorphose. Un certain Constantin Brancusi. Le Dr Bémard dit que son ami sculpteur est d'une radicalité moderne époustouflante.

Je sais que Paris est la nouvelle Athènes des artistes. Une effervescence, une imagination, une audace, une énergie nouvelle s'y affirment. Elles secouent l'académisme des Beaux-Arts comme un prunier, condamnent la peinture figurative comme un archaïsme, lui opposent la photographie qui saisit le réel bien mieux que le meilleur des peintres et cherchent à appréhender cette époque de vitesse, de progrès, d'industrie qu'apporte le nouveau siècle. J'ai lu des choses dans le journal sur ces artistes des temps actuels. Les noms de Derain, Matisse, Picasso me reviennent en tête. On prétend qu'ils mènent une vie d'excès dans les bars de Montparnasse où ils boivent, se droguent, déclament des vers, se déguisent, embrassent à pleine bouche les femmes qui les accompagnent, travaillent la nuit et dorment le jour.

De peur de passer pour une idiote, je n'ai pas osé dire au Dr Bémard que je voyais mal à quoi correspondait la radicalité moderne époustouflante dont il parlait. Au lieu de cela, j'ai enfilé mon manchon et j'ai suivi le docteur.

Brancusi vit au 54, rue du Montparnasse. En descendant du fiacre, j'étais terriblement impressionnée à l'idée de découvrir un monde scandaleux. Mais c'était délicieusement excitant. Le docteur a tapé à une porte en bois qui porte un numéro tracé à larges traits de peinture blanche. Constantin Brancusi est apparu.

Jamais je n'aurais imaginé un artiste ainsi. Pour moi, un artiste, c'était un ogre qui vous dévore à la moindre banalité prononcée. Un être à part qui perce des secrets insondables au fond de nos âmes. Un écorché vif, prêt à toutes les déviances pour épancher ses douleurs ou sa folie. Une intelligence hors du commun qui saisit l'essence du monde dans son œuvre. Un être sombre et extravagant, brillant et absurde. À coup sûr, il ne verrait même pas la petite étudiante bien mise que j'étais. Bref, un artiste, pour moi qui n'en connaissais aucun, était un homme hors norme qui ne ressemble ni à mes oncles, ni aux amis de papa, ni à rien d'autre de connu. J'étais terrorisée. Je me sens tellement insignifiante en comparaison avec de tels êtres.

Or Brancusi n'a rien à voir avec tout cela. Plutôt homme des bois. Il en a l'obscurité, le calme, la simplicité rustique en même temps que la puissance contenue. Il doit avoir près de quarante ans. Tout m'a paru touffu chez Brancusi : les sourcils épais comme un trait de fusain gras, la chevelure dense comme un champ de blé au printemps, la barbe broussailleuse comme un taillis sauvage. Le nez est long et droit à la façon d'un profil de médaille grecque. Les mains sont larges et rêches comme celles d'un paysan. Le regard est sombre et vous fixe paisiblement.

Brancusi nous a invités à nous asseoir le plus aimablement du monde. Encore fallut-il trouver un espace libre entre les troncs d'arbres, les blocs de granit, les meules de pierre et les œuvres qui forment dans son atelier une chorégraphie minérale et brouillonne. Au mur blanchi à la chaux, au-dessus du long établi, sont accrochés dans un fouillis invraisemblable des scies égoïnes à poignée en bois de toutes tailles, des lames dentelées, des ciseaux, de longues pinces, des haches, sans parler d'une série compliquée de poulies dont j'ignore l'usage.

J'ai mis un certain temps à distinguer dans ce chaos les lignes d'un arrangement qui m'a semblé, après coup, précisément réglé, entre des sculptures droites comme des cris et des œuvres rondes comme la terre. Les unes et les autres reposent, figées, sur leur socle de pierre ou de bois. Sur la cheminée, une pivoine charnue jetait une tache de couleur inattendue au milieu des marbres clairs.

La lumière du jour coulait entre les verrières de l'atelier et enveloppait d'un voile de clarté les œuvres de bronze mordoré, de bois blond ou de pierre blanche.

Jamais je n'avais vu des sculptures aussi simples, aussi pures, à peine effleurées par le ciseau de Brancusi, dépouillées des détails surchargés de l'art classique, comme pleines d'une tension intérieure prête à exploser.

Tandis que le docteur discutait avec Brancusi, j'ai longuement observé un buste d'enfant. Comme il semblait avoir mal, ou peur, les yeux fermés, les sourcils crispés, la tête rejetée sur l'épaule comme pour échapper aux coups ou à la terreur d'un cauchemar. On avait envie de le prendre entre ses bras pour le consoler.

Il y a aussi posé là, à même le sol, le bronze d'une femme, les genoux enracinés au sol, le buste penché, la tête abaissée, une main en prière. Il lui manque un bras. On ne sait rien de son âge, de sa beauté, de son histoire, mais on communie avec elle dans la ferveur de sa supplique, dans le cri silencieux de son espérance. Avec elle, le réalisme du visage, le plissé savamment exécuté d'une robe, la convention de l'académisme deviennent superflus. La piété est là. Elle est la piété.

Plus loin, sur une stèle en pierre, repose une dormeuse. Elle est d'une blancheur d'aube. L'œuvre tient tout entière dans l'ovale du visage. Pas de buste, non, juste un visage, couché sur le côté. Un visage endormi, apaisé, serein. C'est à peine si le nez est esquissé. Une crête, légère, droite et fine, suffit à l'évoquer. Une bouche délicate, le renflement suggéré d'une paupière close, l'arc étiré d'un sourcil, le sillon charmant d'une chevelure rejetée en arrière. Faites silence, elle dort, un rêve magnifique passe derrière son front. Est-elle faite de marbre ou de granit, je l'ignore, mais elle paraît veloutée à force d'avoir été polie par les doigts patients de Brancusi, exactement comme une eau de torrent arrondit à force de temps les angles des cailloux de son lit ou comme une longue caresse apaise toutes les peurs de l'âme. J'ai eu envie de frôler du bout des doigts le satin de sa peau, la pulpe renflée de ses lèvres. Je n'ai pas osé. Elle est belle. Qui est-elle ?

Brancusi nous a offert du vin rouge et s'est proposé de faire cuire des œufs. Nous n'avions pas le temps de dîner. Nous avons promis de revenir. Me voilà avec un secret de plus. Je me garderai bien de le révéler à Tante. Elle qui aime tant l'art classique du XIXe siècle, avec ses ornements précieux, ses excès de réalisme, ses règles intangibles d'équilibre, serait horrifiée par la force intérieure, brute, presque naïve des œuvres de Brancusi. C'est pourquoi il est moderne. C'est pourquoi j'ai ressenti la puissance de ces œuvres. Moi, Tania, je suis de ce temps-là.

10 mars 1910

Je suis repassée aujourd'hui avec le Dr Bémard chez son ami Brancusi. Cette fois, nous avons accepté de déjeuner d'une côtelette d'agneau qu'il a fait griller sur une longue pique dans son four d'artiste. C'était si joyeux, si simple que je me suis sentie toute à mon aise. J'ai même oublié la magnifique femme au songe qui m'avait tant émue la première fois.

Brancusi nous a raconté sa vie. J'écoutais sans dire un mot, bien heureuse que le Dr Bémard relance la confidence par une question, un commentaire, un souvenir commun. Dans sa simplicité, Brancusi me fait songer à nos moujiks et aussi à mon grand-oncle Tolstoï. Il parle lentement, sans chercher à briller, avec la langue simple des gens de souche paysanne. Cela me touche.

Comment devient-on un artiste de Montparnasse quand on est né dans un village des Carpates ? C'est cela que je trouve prodigieux à notre époque. Tout y est possible ! Pourtant, cela ne fut pas simple pour ce cher artiste.

Pauvre Brancusi qui fut obligé de devenir berger dès son plus jeune âge. Il avait sept ans à peine. Oh, mais il ne s'en plaint pas ! Il dit même que cette époque fut bénie. Il dit que la nature lui a tout appris. La naissance des étoiles, la course des nuages, le secret des forêts, le fourmillement de la terre, le souffle de la montagne. Il dit que les hommes devraient s'inspirer davantage de la nature qui offre une place à chacun, contrairement au monde tel qu'il va où les puissants n'ont de cesse de réduire en esclavage les plus faibles. Il dit que, dans la nature, l'homme ne lutte pas avec les éléments. Non, dans la nature, l'homme est partie prenante du cycle de la vie, maillon infime du grand tout, ruisseau fragile qui rejoint le vaste océan.

C'est sur les gourdins des pâtres que Brancusi s'est initié à la composition de motifs géométriques. Avec les glaces de janvier, il a appris à sculpter des bêtes fantastiques. Il dit que ces premiers émois artistiques l'ont marqué à jamais. Ils le hantent encore.

C'est précisément cela qu'il veut atteindre dans ses œuvres : l'essence de la beauté naturelle, le principe même du miracle de la vie, l'âme sous l'apparence des choses.

Nul besoin pour cela d'évoquer le vrai, le réel, affirme-t-il. L'essentiel n'est pas de figurer ni même de voir, mais de contacter l'essentiel, d'aller à l'invisible. C'est pourquoi il refuse de représenter les passions humaines comme le fait aujourd'hui l'académisme le plus répandu.

« À quoi bon tailler les montagnes pour faire de leurs pierres des cadavres ou du bifteck enragé ? a-t-il tranché. Que sont les statues classiques qui représentent nos héros, nos poètes, nos rois et nos saints si ce n'est un morceau de viande morte et figée dans le marbre ? »

Ce ne sont pas les larmes de l'orphelin qu'il veut montrer, c'est donner à comprendre la douleur de son âme. Ce n'est pas la plume soyeuse de l'oiseau qu'il veut représenter, c'est la liberté de son vol. Ce n'est pas le détail d'un visage qui l'obsède, c'est l'étincelle de l'esprit. Voilà ce que dit Brancusi.

La femme en prière m'est revenue alors en mémoire. Tandis que Brancusi poursuivait son récit, je me suis retournée pour la revoir. Il avait raison. Je voyais la douleur de son âme, le buste ployant sous la détresse, suppliante et résignée devant la mort. L'absence de traits, le trou sombre des orbites, le bras amputé n'y changeaient rien : j'entendais son imploration.

Brancusi a fait mille métiers avant de choisir, en liberté et en conscience, de devenir sculpteur. J'écoutais son épopée avec fascination. Apprenti teinturier à neuf ans, laveur de bidons, fabricant de couleurs, il s'est engagé comme domestique dans un estaminet à onze ans, loin de son village, privé de sa famille. Il a appris à lire, écrire, sculpter tout seul, à force de travail, de répétition, de patience. Il a raconté en riant qu'il était même parvenu à construire un violon dans une caisse d'oranges. Dieu, que tout cela m'impressionne. Je me sens minuscule à côté de ce géant aux mains si fortes. Mais je suis un peu de sa famille, celle de la rupture et de l'exil.

Puis il y a eu cette rencontre décisive avec un riche industriel qui, émerveillé par son habileté, l'a pris en protection et l'a inscrit à l'École des arts et métiers de Craiova. Il y eut ensuite Bucarest, qu'il n'a guère aimée, puis Berlin, qu'il a moins goûtée encore.

Ce fut au printemps 1904 qu'il a décidé de rejoindre Paris, à pied et en chantant, dormant ici dans une ferme, là dans une auberge. La route a été longue. Zurich, Bâle, Mulhouse, Épinal, Langres, Paris, enfin, où il est entré un 14-Juillet, découvrant des rues et des places en liesse. Et moi qui avais peur de tout en arrivant ici, quelle enfant je fais !

« Ah, Paris, mes amis, a-t-il soufflé. Quelle audace, quelle bohème ! »

Il a trimé dur comme plongeur dans une taverne de la place de Clichy. Il a interprété les chants grégoriens à la chapelle orthodoxe de la rue Daru et en a été chassé pour avoir donné du pain aux rats ! Il a sué toutes les eaux de son corps pour remonter à dos d'homme, sur cinq étages bien raides, les sacs de glaise jusqu'à sa soupente de la place Dauphine. Bien des fois, il a préféré sauter le dîner plutôt que de manquer d'argent pour acheter une pierre. « J'ai cherché, tâtonné, admiré M. Rodin pour sa liberté. Mais j'ai refusé de rejoindre son atelier, car je crois qu'il ne pousse rien sous les grands arbres. Aujourd'hui, j'ai trouvé mon chemin. Je suis heureux. »

Comme si cette longue confidence l'avait épuisé, il a pris son violon et, adossé au mur de son atelier, s'est mis à jouer une vieille mélodie populaire. L'après-midi tirait à sa fin. C'était un moment d'une exquise poésie.

Au moment de prendre congé, Brancusi m'a dit : « Tania, voudriez-vous poser pour moi ? Il y a dans votre regard une joie mélancolique que j'aimerais capter. »

Je crois que j'ai bafouillé un vague accord. J'étais troublée par sa demande. Inquiétude et fierté mêlées.

Je reviendrai au 54, rue du Montparnasse.

– 5 –

Camille

Depuis la visite au cimetière, une question taraudait Camille. Qu'était-il arrivé à cette jeune Tatiana pour qu'elle décide ainsi de mettre fin à ses jours ? Il en faut du désespoir, se disait-elle. Un désespoir indépassable. Et aussi bien du courage pour passer à l'acte, accepter par avance la peur et la douleur, acquiescer à l'irrémédiable.

Camille tenta de se souvenir de ses propres vingt ans. Des impressions gazeuses d'angoisse revinrent à sa mémoire, un manque insondable de confiance, surtout ne pas se faire remarquer, un prénom qui lui était un calvaire, mais rien qui l'ait jetée dans la trappe de l'accablement au point de n'envisager d'autre issue que l'anéantissement d'elle-même.

Au bureau, elle prit le temps de consulter les sites Internet qui évoquaient Tatiana. Elle voulait mieux la connaître, la comprendre peut-être, tenter de percer les chemins noirs du découragement qui l'avaient menée jusqu'à la mort.

Camille china ici et là quelques lignes indigentes sur cette étudiante de l'aristocratie russe. Partout, on la disait morte d'amour pour ce médecin roumain, le Dr Bémard. Toujours, on faisait d'elle une figure romantique. On racontait que son amant éploré avait voulu ériger ce *Baiser* éternel en mémoire d'elle. Les rares récits ne variaient pas. Comment ces experts autoproclamés le savaient-ils ? Aucun n'en fournissait le moindre début de preuve.

Tatiana était expédiée comme un fait divers. Elle était évoquée comme une curiosité touristique, une destination de balade. Camille eut le sentiment désagréable que son suicide servait surtout de faire-valoir à l'œuvre de Brancusi. Alors que le parcours de Tatiana demeurait une énigme, *Le Baiser*, au contraire, était abondamment analysé, commenté, encensé sur tous les sites. Elle trouva cela injuste. Sans le savoir, depuis sa visite au cimetière, Camille s'était fait harponner par un fil invisible lancé par Tatiana, Tania, Tanioucka, depuis les entrailles de la terre et les replis de l'histoire.

Camille se posait mille questions. Pourquoi Tatiana avait-elle émigré à Paris ? Étudiante en 1910, elle devait être sacrément émancipée pour son époque, se disait-elle. Où vivait-elle ? Qui étaient ses amies ? Quels étaient ses espoirs ? Comment ce docteur roumain avait-il pu la plonger dans un tel chagrin ? Avait-elle connu Brancusi ? Comment avait-elle vécu le bouleversement de ces années qui avaient vu l'irruption du téléphone, de la voiture, de l'avant-garde artistique, et les prémices d'une guerre mondiale ? Pourquoi avait-elle ce regard si triste sur la photo en médaillon de sa tombe ? Et pourquoi sa famille avait-elle abandonné sa dépouille loin de sa terre natale ?

Le mystère de son suicide l'attirait. À défaut d'en comprendre le secret, elle conçut l'idée qu'en défendant la sculpture dédiée à Tatiana, elle honorerait au moins la mémoire de la disparue, restituerait un peu de sa vie dans le souvenir des gens, veillerait sur sa mort. Camille venait de le décider : elle serait l'avocate du *Baiser*. Elle agirait en tant que conseil au titre de sa clientèle privée, comme le permettait son contrat chez McAnton. Car, depuis sa première visite au cimetière, elle avait acquis la conviction que si *Le Baiser* quittait la tombe, c'en serait fini de Tatiana. Une stèle anonyme, recluse au plus loin du cimetière du Montparnasse, qui ne dirait plus rien du sacrifice consenti d'une jeune Russe un 5 décembre 1910.

Le jour même, sans attendre leur rituel coup de fil du dimanche, elle confia sa décision de défendre le dossier à sa vieille copine Ameline. Cet empressement était le signe d'une agitation intérieure inhabituelle. Ameline lui manquait depuis qu'elle était partie vivre à Rodez pour s'occuper de son frère handicapé mental. Depuis la disparition de leur mère, celui-ci ne parvenait plus à faire face au quotidien. Ameline s'était résolue, par sens du devoir, à quitter Paris et son emploi de barmaid dans un bar américain du 14e arrondissement pour retrouver la ferme de son Aveyron natal et son petit frère attardé.

Dans l'existence de Camille, Ameline était la part de douceur, d'abandon, de confidence, de coups de blues avoués, de petites joies partagées, de mauvaise conscience aussi.

Dans son quotidien réglé comme une horloge, dans son asservissement volontaire au cabinet McAnton, dans ses notes juridiques sans état d'âme, dans ses mémoires en défense cousus de mauvaise foi, dans sa vie sans amour, sans fantaisie, dans cette absence crasse de bienveillance pour elle-même, sous le couvercle que Camille avait solidement vissé sur sa vie, Ameline introduisait de la joie, de tendres moqueries, une absence constante de jugement, un fidèle compagnonnage de vacances et de virulentes interpellations.

Ameline était communiste, athée farouche, intellectuelle, fumeuse de gitanes et avait les cheveux teints au henné marocain. Combien de fois avait-elle apostrophé Camille sur son manque de morale, sur son absence d'empathie pour les fragiles, les ouvriers, les gens de peu ? Combien de fois avait-elle sommé Camille d'ausculter les soubresauts du monde, les mouvements telluriques qui travaillaient le corps social en réclamant plus de justice et de fraternité, le besoin de parole des citoyens, l'aspiration à la décroissance ? « Le monde obéit au capitalisme et tu ne pourras rien y changer », finissait toujours par dire Camille pour clore ces conversations qu'elle jugeait stériles.

Mais ce jour-là, lorsqu'elle raconta à sa vieille amie sa décision de défendre au titre de sa clientèle privée *Le Baiser* et la mémoire de Tatiana, Ameline lui répondit avec une verve joyeuse :

« Ma Camille, moi, je dis bravo !

— Pourquoi ?

— Eh bien, ma vieille, parce que, pour la première fois dans ta vie d'avocate, tu vas enfin défendre une affaire, non pas pour, mais contre les puissances de l'argent. Tu vas défendre une idée gratuite, une œuvre accessible à tous dans ce musée à ciel ouvert qu'est le cimetière du Montparnasse. Tu es en train de t'opposer au pouvoir capitaliste que tu t'évertues à servir. Tu es en train d'affirmer que tout ne vaut pas tout et qu'une sculpture dédiée à une morte ne peut être un objet de commerce. Alors moi, je dis bravo ma Camille !

— Ah, je n'avais pas vu ça sous cet angle. Tu sais, ce qui m'importe dans cette affaire, c'est surtout de défendre la mémoire de Tatiana. C'est sacré, une mémoire, surtout la sienne, puisqu'elle s'est suicidée, tu ne trouves pas ?

— Tout comme est sacré le lieu où l'œuvre est déposée. D'ailleurs, tu sais, le cimetière a été conçu pour être la cité des morts, une cité bien séparée de celle des vivants. C'est pour ça qu'on n'enterre pas les gens n'importe où. Tu dis que la mémoire de la jeune suicidée est sacrée pour toi. Tu as raison si l'on considère que Durkheim définit le sacré comme les interdits qui protègent et isolent. C'est bien parce que cette statue est dans une nécropole qu'elle ne peut être vendue.

— Oh, c'est trop compliqué pour moi, tout ça.

— Ce que je trouve génial aussi, c'est que tu te battes pour une œuvre païenne érigée en plein cimetière, poursuivit Ameline sans tenir compte de la remarque de Camille. Car, à t'écouter, j'ai bien l'impression que ton *Baiser* est une ode à l'amour charnel. Quel raffut ça a dû faire en 1910 ! Même aujourd'hui, tous nos bien-pensants seraient choqués si une œuvre érotique était déposée sur une tombe. La mort nous promet un éden certes mais, attention, sans chair. Seulement des âmes en communion. Comme cela doit être ennuyeux à force !

— Espèce de mécréante ! C'est vrai qu'en y repensant, c'est un ovni cette tombe. Par rapport aux mausolées tout tarabiscotés, aux statues académiques plus vraies que nature, aux gisants ultraréalistes, oui tu as raison, *Le Baiser* est une œuvre radicalement différente.

— Rends-toi compte tout de même ! Depuis que les noces barbares de l'art et de l'argent ont été consommées, tout s'achète, se vend, s'échange. Tout est marchandise. Mais grâce à la valeureuse Camille Ravani, le sacro-saint Graal de la spéculation ne s'abattra pas sur *Le Baiser*.

— Arrête de me bassiner avec tes discours de rouge, rétorqua Camille, excédée.

— Tu sais dans les combien ça va chercher sur le marché, cette sculpture de Brancusi ?

— Non, mais bonbon j'imagine.

— Et tu sais qui veut la desceller, au juste ?

— Non, et je dois le découvrir très vite.

— Tu vas t'y prendre comment ?

— Je n'en ai pas la moindre idée. C'est un domaine qui m'est totalement étranger. Mais je vais trouver.

— Excellent. Tu me raconteras la suite de l'aventure, ma Camille ?

— Naturellement. »

Camille cessa de divaguer sur ce chemin de traverse sitôt la fin de son échange téléphonique avec Ameline. Elle appuya sur le bouton qui déclenche l'horloge des honoraires et plongea dans un dossier de fusion-acquisition aux allures de casse-tête chinois.

Dès le lendemain pourtant, Camille donna un discret coup de canif à son contrat avec McAnton : elle s'absenta à l'heure du déjeuner. Un soleil blanc de mars réchauffait le ciel. Elle décida d'aller à pied jusqu'à la Librairie générale de droit et de jurisprudence, vénérable institution de la rue Soufflot, à quelques pas de la Sorbonne. À larges enjambées, Camille descendit la rue François-Ier, rejoignit les quais bas et longea la Seine. Elle nota la douceur du vent sur sa peau, les péniches fleuries qui dodelinaient sur le fleuve, le langage élégant des ponts de Paris. La liberté qu'elle s'octroyait était si exceptionnelle que Camille trouva la balade délicieuse. Elle se sentait libre.

Parvenue à la librairie, elle avisa un étroit rayon consacré au droit funéraire et, après avoir consulté divers opuscules, arrêta son choix sur un ouvrage volumineux fourmillant d'arrêts et de notes de doctrine. Elle repartit ravie de son acquisition, le bras lesté par plus de deux kilos de droit.

Sur le chemin du retour, elle marcha d'un pas vif, l'esprit déjà tyrannisé par le retard pris dans le traitement des affaires du jour. Ce soir, elle dînerait en compulsant le précis de droit funéraire.

Ainsi fut fait. Avec cet ouvrage, Camille plongea dans un monde inconnu et d'un raffinement juridique insoupçonné. Elle y découvrit de grands principes conçus pour garantir le respect dû aux morts, le culte des familles, l'inviolabilité des concessions funéraires. Autant de libertés fondamentales que nul ne pouvait impunément violer. S'y ajoutait le caractère sacré des emblèmes artistiques dédiés aux morts, ces signes inventés par les hommes depuis la nuit des temps pour dépasser l'épouvante de la poussière à laquelle nous étions tous promis et nouer un dialogue distant de vivants à défunts. Au milieu de ces principes éternels, le droit français avait conçu un entrelacs complexe de règles qui tricotait des allers-retours entre droit public et droit privé.

À la fin de sa lecture appliquée, Camille secoua la tête en soupirant, comme pour s'éclaircir les idées. Elle griffonna sur un bloc quelques réflexions :

1. Le cimetière appartient à la Ville de Paris. Le titulaire d'une concession funéraire est celui qui crée la tombe et paye une redevance à la mairie pour avoir le droit d'occuper le domaine public de la commune.
• Qui est propriétaire de la tombe de Tatiana ? Qui a acheté la concession pour elle ? Ses parents ? Le mystérieux docteur roumain ?
• Pour quelle durée ? Trente ans, cinquante, à perpétuité ? Les concessions perpétuelles existent depuis une ordonnance de 1843. À vérifier avec le directeur des cimetières.
• Si elle n'est pas perpétuelle, vérifier si la concession a été renouvelée. Et si oui, par qui ?

2. Le maire ne peut reprendre une tombe que si elle est en état manifeste d'abandon, si elle tombe en ruine,

menace le bon ordre ou la décence. Dans ce cas, il doit rechercher le titulaire original de la concession par une enquête. À défaut, le maire doit vérifier s'il existe des descendants. Pour cela, il faut afficher un procès-verbal d'abandon à la mairie (affichage d'un mois à trois reprises, chaque période étant séparée par un intervalle de quinze jours. Ridicule à l'heure d'Internet !).
• Pas eu l'impression que la tombe soit abandonnée. Le vérifier dimanche prochain.

3. La concession est un droit de location qui n'appartient pas à son titulaire mais reste propriété de la commune. À l'inverse, le caveau et le monument funéraire sont des immeubles (puisqu'ils sont en pleine terre) qui sont la propriété du titulaire de la concession.
• On ne peut donc vendre une concession qui n'est guère qu'un droit d'occupation du domaine public. Le concessionnaire jouit de ce droit d'usage, mais sans bénéficier d'un droit de propriété. La concession est hors commerce (Ameline sera contente de l'apprendre).
• Le fondateur de la concession est le grand maître du droit d'accès à la concession. Il décide qui peut y être inhumé, peut choisir l'héritier qui la gérera, exclure certains parents, exiger l'accord de tous les héritiers pour l'inhumation d'un étranger ! Ces dispositions ne peuvent être modifiées par les héritiers. Vérifier si des dispositions précises ont été émises par le fondateur de la tombe de Tatiana.
• En revanche, le monument funéraire, lui, est la propriété du concessionnaire. Il peut en faire ce qu'il veut (sauf disposition précise du fondateur). Essayer de trouver qui a hérité de la tombe. Car, logiquement, seul l'héritier peut avoir missionné le marchand d'art pour enlever *Le Baiser*.

4. Les emblèmes et signes funéraires, c'est-à-dire les statues, stèles, etc., sont aussi des immeubles appartenant au titulaire de la concession funéraire.
• On peut ainsi en faire ce que l'on veut. Pas bon pour notre sculpture !

• Mais attention, vente interdite de tout monument, emblème dès lors que ces derniers permettent l'identification d'une personne. Peut-on considérer que *Le Baiser* a été voulu, pensé, sculpté pour Tatiana ? Rechercher traces de la volonté des parents. De la volonté éventuelle de Brancusi. Du docteur roumain. Mais où ?
• Si les parents de Tatiana sont bien les fondateurs de la concession, ont-ils voulu ériger *Le Baiser* sur la tombe de leur fille ?
• *Le Baiser* est-il protégé au titre des monuments historiques ? Ce serait l'idéal. À vérifier.

5. Attention, un héritier peut céder son droit de concession à un tiers par simple acte notarié, à condition que ce soit à titre gratuit, puisqu'une tombe n'a pas de valeur marchande.
• Interroger le directeur des cimetières. Qui se cache derrière le marchand d'art ? A-t-il un titre à produire ? Qui l'a mandaté ? On en revient à la question de l'héritier.

Il était presque 2 heures du matin lorsqu'elle referma le précis et le cahier. Elle n'y voyait pas clair, mais au moins avait-elle quelques pistes à explorer. Le lendemain matin, elle glissa sa carte de visite dans la boîte aux lettres du directeur des cimetières. Au dos, elle avait écrit : « J'ai des questions. Appelez-moi. » Au cours de sa journée chez McAnton, elle se fit par deux fois la remarque : Comard, le directeur des cimetières de Paris, ne l'avait pas appelée. Cela l'irrita. Sans se le dire, elle était impatiente d'obtenir des réponses. Lorsque, enfin, son mobile sonna en début de soirée, elle allait quitter son bureau. Elle se rassit dans la pièce déjà plongée dans l'obscurité, engoncée dans son pardessus en poil de chameau trop épaulé pour elle.

« Je me disais que vous n'étiez pas très réactif, dit-elle sans amabilité en guise d'entrée en matière.

— Dois-je comprendre que vous acceptez de prendre l'affaire ? lui répondit le directeur des cimetières sans relever le ton discourtois de Camille.

— À votre avis ? Bon, j'ai une série de points à voir avec vous. Chez moi dans quarante-cinq minutes ? »

Il eut à peine le temps d'acquiescer qu'elle avait raccroché. Une heure plus tard, ils étaient installés chez Camille, perchés sur de hauts tabourets autour du bar américain qui séparait la cuisine du reste du studio, une bouteille de whisky délimitant entre eux une frontière au parfum tourbé.

Camille relut rapidement sa liste de questions, les lança avec la netteté d'une balle de chistera et prit en note les réponses du directeur des cimetières qui, essoufflé, tentait de suivre ce rythme soutenu.

Oui, la concession funéraire avait été accordée au père de Tatiana et non au fameux Dr Bémard. L'enterrement avait eu lieu le 12 décembre 1910, sept jours après la mort. Les registres de la Ville en conservaient la trace. Une concession perpétuelle avait été demandée, comme c'était alors l'usage. « Vous savez, l'idée de déménager les cendres dans un jardin du souvenir pour économiser une redevance n'avait pas cours à l'époque, même si cinq ans à peine suffisent à consumer un corps », remarqua le directeur. Il ajouta : « Aujourd'hui, il faut compter 15 000 euros pour une concession perpétuelle à Montparnasse, beaucoup moins à Pantin. » C'est moins cher qu'un studio à Montmartre, pensa Camille pour elle-même.

Non, la Ville n'avait pas fait de recherche sur les héritiers du droit de concession. La tombe était en bon état, visiblement entretenue sans que nul ne sache par qui, et, jouissant d'une concession perpétuelle, n'appelait aucun renouvellement. Impossible donc, pour la mairie, de reprendre la tombe à son compte.

Le marchand d'art qui avait saisi par courrier la direction des cimetières avait seulement produit, à l'appui de sa demande, copie d'un acte notarié par lequel un certain Igor de Lowerstern, lointain descendant du père de Tatiana, cédait à titre gratuit le droit de concession. Le bénéficiaire de cette cession tenait à rester anonyme. Nulle mention de l'identité de celui-ci. Le notaire se portait garant. Et c'est au nom de ce mystérieux détenteur de la concession funéraire que la société International Art entendait scier *Le Baiser* pour l'emporter.

« Nous y voilà, siffla Camille. C'est donc un tiers qui bénéficie désormais du droit de concession. Et la sculpture est protégée comme monument historique ?

— Non, répondit le directeur en regardant ses chaussures.

— Mais vous êtes dingue ! » pesta Camille.

Puis après avoir secoué vigoureusement la tête avec un air consterné, elle reprit, un éclat nouveau dans les yeux :

« Voilà ce que nous allons faire. Vous allez écrire au notaire pour lui demander d'attester de manière irréfutable que cet Igor de Lowerstern est bien le descendant du père de Tatiana. À lui de le prouver. Qu'il nous fournisse arbre généalogique, certificats de naissance, de décès, ce qu'il veut, mais il doit prouver qu'il est l'héritier légal de la tombe et du droit de concession. Vous mettrez le marchand d'art en copie de votre lettre. De mon côté, je vais demander rendez-vous au ministère de la Culture pour les alerter sur l'imminence du danger et réclamer une protection d'urgence pour l'œuvre. Seulement, pour pouvoir agir de ce côté-là, j'ai besoin que vous me désigniez officiellement comme votre conseil.

— Bien, c'est d'accord », conclut Comard, visiblement épaté par la vélocité de Camille.

Alors qu'il quittait le studio, Camille l'interpella : « En recommandé, bien sûr, la lettre au notaire ».

Camille s'installa confortablement dans son unique fauteuil et se mit à tricoter furieusement. Mais la course de ses doigts ne lui procura pas la détente habituelle. Son esprit fonctionnait à plein. Si Igor de Lowerstern n'était pas l'héritier de la famille, la cession de la tombe à un tiers ne valait rien. Bref, la tombe de Tatiana serait orpheline, pensa Camille. Un sourire flottait sur ses lèvres. Quand elle regarda les nouveaux rangs que son jeu d'aiguilles venait de monter, elle réalisa qu'elle n'avait produit que du point mousse : des mailles à l'endroit à l'infini. C'était bien la première fois qu'elle faisait n'importe quoi avec le tricot ! Elle lâcha l'ouvrage et alla se coucher.

Dans les jours qui suivirent sa déclaration de guerre à l'affairisme culturel, Camille multiplia les recherches sur le marché de l'art. Elle découvrit, éberluée, que la Chine était devenue numéro un des transactions sur le marché mondial avec plus de 2 milliards d'euros de vente, en 2016, loin devant New York, Londres ou Paris qui affichaient des replis spectaculaires. Si Picasso faisait encore monter les enchères jusqu'à des sommets vertigineux de plus de 178 millions de dollars, si une toile de Marcel Duchamp affolait les marchés, les chefs-d'œuvre se faisaient rares. La faute aux quelque sept cents musées qui se créaient chaque année dans le monde et se livraient une bataille féroce pour accrocher des toiles capables d'attirer le chaland. La faute aux temps incertains aussi, qui faisaient de l'art une valeur refuge, donc une valeur à conserver. Résultat, les œuvres en circulation s'arrachaient.

Camille regarda, fascinée, sur son ordinateur un documentaire d'Arte consacré au trafic d'art. Biens volés, négociations secrètes, bras de fer diplomatiques pour recouvrer des œuvres spoliées, surenchères anonymes par téléphone, discrétion de bon aloi sur l'origine d'une pièce, trafics d'antiquités : soudain, le monde lui parut sombre. Tout cela la conforta dans son intuition que *Le Baiser*, précisément parce qu'il veillait sur la dépouille d'une jeune Russe morte d'amour, accédait à un caractère sacré qui le rendait encore plus désirable pour les spéculateurs. C'est vrai, cette sculpture est beaucoup plus qu'une forme esthétique ou touchante. Elle est un testament des valeurs humaines, éternelles, universelles traduites par un artiste : l'amour. Cette œuvre a aimé. Elle raconte l'amour. Et elle raconte l'amour dans la ville la plus romantique du monde ! Voilà pourquoi elle est précieuse. Voilà pourquoi elle a droit à la paix, se dit Camille en s'échauffant intérieurement.

Elle consulta le site Internet du ministère de la Culture pour identifier le chef de service en charge de la protection du patrimoine auprès de qui elle solliciterait un rendez-vous. Elle finit par le dénicher dans un organigramme touffu. Cette nuit-là, sur sa messagerie professionnelle, Jean-Pascal Tuilan, chef du service patrimoine au ministère de la Culture, reçut à 2 h 5 du matin un mail de la part de C. Ravani, avocate aux barreaux de Paris et de New York, qui sollicitait une entrevue urgente. Jean-Pascal Tuilan, énarque, amateur de vins rouges de Bandol, était un excellent juriste, doué d'une rare vivacité pour tracer des chemins inédits dans les méandres du droit. Ces deux-là ne pouvaient que s'entendre. Recevoir une avocate des barreaux de New York et de Paris piqua sa curiosité. Il lui fixa un rendez-vous sous quinzaine. Camille enragea de constater que l'État avait l'éternité pour lui et, pour tromper son impatience, appela le directeur des cimetières dès l'aube.

« Bonjour, maître Ravani à l'appareil. Vous avez eu une réponse du notaire sur son client ? lui demanda-t-elle sur un ton pressé.

— Oui, il y a deux jours. Il indique lui avoir écrit pour obtenir les preuves de sa qualité d'héritier de la tombe. Igor de Lowerstern vit désormais à Agadir.

— À Agadir ? Et on va attendre comme ça gentiment que Monsieur qui se dore la pilule au Maroc veuille bien nous répondre ? Mais ça ne va pas du tout, cette affaire ! Pendant ce temps, Tatiana peut être privée du *Baiser.* »

Camille s'agaçait. Trop bureaucratique, pas assez rapide, pas assez imaginatif.

« Vous avez son adresse à Agadir à Igor de Machinchose ?

— Non, le notaire ne la précise pas.

— Donnez-moi l'adresse de l'étude du notaire, je m'en charge », fulmina Camille.

Elle prit immédiatement rendez-vous. L'énoncé de son titre et du cabinet McAnton firent l'effet d'un sésame auprès de l'homme de loi.

Deux jours après, elle disposait de l'adresse d'Igor de Lowerstern à Agadir, réservait un vol et posait quatre jours de congé. C'est précisément le moment que choisit l'associé en charge des ressources humaines du cabinet McAnton pour l'inviter à passer dans son bureau.

« Ça va, Camille, en ce moment ? lui demanda-t-il, courtois.

— Oui, très bien, pourquoi ?

— Je vois que vous avez posé quatre jours de congé. Cela ne vous ressemble pas en cette saison. Vous nous avez habitués à vos trois semaines en août, pas aux intermèdes de printemps.

— Non, je vous assure, tout va très bien.

— Tant mieux, Camille. Pour être franc, nous avons aussi constaté que, depuis quelques semaines, vous facturiez moins. Votre *bill* est en chute sévère. C'est pourquoi nous nous inquiétons pour vous.

— C'est très aimable, reprit Camille, qui sentait le reproche arriver. Je dois vous dire qu'en ce moment je travaille sur un dossier privé qui me tient beaucoup à cœur. C'est sans doute pour cela pour que mon travail au cabinet est ralenti. Mais cela ne durera pas, rassurez-vous.

— Ma chère Camille, *never explain, never complain*. Faites en sorte que vos chiffres se rétablissent, et au plus vite », lança l'associé comme une menace.

Camille sortit furieuse du bureau. Quoi, voilà treize ans qu'elle offrait au cabinet le meilleur de son intelligence, sa pugnacité de laboureuse, sa connaissance hors pair des brevets, et on la traitait en enfant quand elle osait prendre pour une fois un dossier au titre de sa clientèle privée ? Elle appela Ameline pour partager sa colère.

« Génial, ma Camille ! C'est génial ce que tu es en train d'entreprendre. Ne lâche rien et pars à Agadir le cœur léger. Tu travailles sur un projet bien plus grand que toutes les affaires de ton cabinet McAnton. Comme j'aurais aimé t'accompagner. Surtout, envoie-moi des SMS pour me dire comment tu progresses dans ta recherche. Courage et volonté de vaincre, ma Camille ! »

Rassérénée par son amie, Camille appuya sur le bouton du logiciel de facturation et entreprit de rédiger une note pour un rachat d'affaires. Mais le cœur n'y était pas. En secret, elle conçut d'aller déposer une bougie sur la tombe de Tatiana le samedi suivant, juste avant son départ pour Agadir.

Le soir, alors qu'elle retrouvait Hassan pour rejoindre Montmartre, elle fit part de son projet de voyage à son vieux chauffeur de taxi.

« Ma gazelle va à Agadir », s'exclama-t-il, ravi de cette promesse.

Elle nota que c'était la première fois qu'il la gratifiait d'un tel surnom. Elle trouva que cela sentait déjà la menthe et le désert. Cette complicité la fit sourire. Hassan lui promit de lui donner l'adresse d'un bel hôtel face à la mer et le numéro d'un cousin qui pourrait la transporter dans la ville. Jusqu'à la rue Lamarck, il lui parla d'Agadir, de la vallée du Paradis, du rocher du Diable, de la casbah, du souk, du couscous du vendredi.

Camille réserva une chambre à l'Anezi Tower Hotel. Le samedi matin, elle boucla un sac de voyage et marcha jusqu'à la chapelle de Sainte-Rita qui, à deux pas de la place de Clichy, protège les prostituées, les alcooliques et tous les désespérés de la terre. Elle se signa, par réflexe plus que par conviction, et glissa 5 euros dans le tronc des bougies. Elle fit ainsi l'acquisition de l'un de ces cierges pour neuvaine, fondu dans un pot de plastique rouge et orné d'une effigie mariale, qui illumine d'une lumière vacillante et chaude la caverne des églises et dont elle avait eu envie pour Tatiana. Elle poursuivit ensuite sa route à grandes enjambées vers Montparnasse. Elle déposa sa bougie sur la stèle, observa longuement la photo de la jeune fille dans son médaillon, fit encore le tour de la sculpture et promit en silence qu'elle protégerait Tatiana et son *Baiser*.

Le lendemain, étroitement harnachée dans son fauteuil, elle eut un moment de joie dans l'avion qui l'emportait vers Agadir lorsqu'elle sortit de son sac sa dernière acquisition, réalisée spécialement pour ce voyage : des aiguilles circulaires. Quelle ingéniosité, se dit-elle en formant à toute vitesse ses mailles avant suivies de mailles arrière ! Impossible de gêner le passager du siège d'à côté avec ces aiguilles souples. Et fini les sueurs froides pour monter les emmanchures, le tricot venait d'un seul tenant, sans couture ni rupture.

Lorsque l'appareil entama sa descente, elle délaissa l'ouvrage pour admirer par le hublot l'Atlas saupoudré de neige, les plis amples et bruns des contreforts qui transformaient la montagne en une sorte de sharpeï chinois, les serres de légumes qui luisaient sous le soleil. C'était la première fois qu'elle voyageait seule.

À 17 h 15, Camille franchissait la douane marocaine et s'engouffrait dans l'un de ces taxis jaune et noir qui parcourent en tous sens la ville comme des abeilles industrieuses. L'hôtel tenait ses promesses. Architecture mauresque à l'extérieur, design froid et international à l'intérieur, piscine à débordement et surtout une terrasse de restaurant à couper le souffle face à l'océan. Camille commanda un tajine fondant, un vin de Bordeaux et eut une bouffée de bonheur, seule face aux vagues rondes qui ourlaient l'immense baie.

Dès le lendemain, elle se présenterait à l'adresse indiquée par le notaire comme étant le domicile d'Igor de Lowerstern. Elle prépara mentalement la conversation qu'elle aurait avec lui, les arguments qu'elle mettrait en œuvre pour obtenir les preuves de son statut d'héritier du père de Tatiana, et surtout pour découvrir l'identité du mystérieux acheteur. Elle bâtissait son raisonnement avec gourmandise sans se rendre compte que son cigarillo lui brûlait les lèvres.

Le lendemain, elle se présenta au numéro indiqué par le notaire. C'était un petit immeuble sans charme à deux pas du marché central. Elle sonna. Des pas approchèrent. Un homme ouvrit la porte. Mais ce n'était pas Igor de Lowerstern. C'était un Français, coulant une douce retraite au soleil, qui se montra disert comme le sont souvent les déracinés lorsqu'ils rencontrent un compatriote en terre étrangère. L'homme lui apprit qu'il avait repris le bail d'Igor de Lowerstern trois mois auparavant.

« Il est parti vivre dans un village de pêcheurs. À Tifnit, ajouta-t-il.

— Vous avez sa nouvelle adresse là-bas ? lui demanda Camille qui était terriblement déçue par cette déconvenue.

— Non, mais c'est un tout petit village. Il doit être le seul étranger à y vivre à l'année. Vous le trouverez facilement.

— On peut faire l'aller-retour en une journée ? questionna Camille qui reprenait espoir.

— Oui, c'est à une trentaine de kilomètres d'ici. Je ne sais pas ce que vous lui voulez à ce chrétien-là, mais vous verrez, c'est un drôle de loustic, prévint le retraité. Pas très chrétien, justement, si vous voyez ce que je veux dire.

— Non, je ne vois pas.

— Ben, c'est un homme bizarre, pas causant, qui plane tout le temps, quoi. »

Camille remercia. Elle appela le cousin de Hassan pour savoir s'il pouvait la conduire dans ce village. Rendez-vous fut pris pour le lendemain. Pour occuper son après-midi de liberté, Camille se fit déposer au souk. « C'est le plus grand d'Afrique, lui avait dit avec fierté Hassan, avant qu'elle ne quitte Paris. On y répare tout, on y fabrique tout, on y trouve tout. Et si un marchand n'a pas ce que tu désires, il te conduira à l'autre bout du souk chez une connaissance qui réglera l'affaire. Le mieux, c'est de se faire déposer à la porte 10. »

Camille plongea au cœur du souk. Une ville dans la ville. Elle se perdit dans les larges travées qui séparent les échoppes. Elle passa du quartier des bouchers, qui exposent fièrement sur des crocs immenses des têtes de vaches sanglantes, au quartier des cuirs qui sent l'agneau et la tannerie. Elle longea les ateliers de menuiserie où s'empilent des salons marocains aux bois sculptés. Elle musarda devant les étals scintillants des bijoutiers qui pèsent l'argent avant d'énoncer un prix. Elle admira l'habileté des boulangers qui étalent à mains nues une fine couche de pâte sur des plaques brûlantes de cuivre pour fabriquer des galettes chaudes et fondantes. Dans le coin des vêtements, elle observa des nuées de femmes fouillant de grands bacs à la recherche d'une robe.

Mais c'est surtout le quartier des fruits et légumes qui la mit en joie. Une explosion de couleurs gaies où se mêlaient les laitues, les carottes, les oranges, les céleris, les citrouilles, les tomates, le persil frisé, l'aneth. Des pyramides d'olives étalaient leur chair huileuse noire, verte ou rose. Des monticules fragiles d'épices diffusaient les parfums du cumin, du curcuma, du poivre, du safran et du gingembre. Soudain, Camille eut envie – c'était historique – d'acheter ces merveilles de la terre marocaine pour peler, épépiner, émonder, couper, ciseler, cuire, rissoler, ébouillanter, pocher, déglacer, bref, faire la cuisine. Au lieu de cela, elle reprit un taxi et se fit déposer tout en haut de la casbah que le tremblement de terre de 1960 avait entièrement rayée de la carte. On y avait un point de vue époustouflant sur la baie, la marina, la ville. De son grand pas, elle descendit à pied par un chemin en lacet qui la ramena jusqu'à son hôtel. Elle enfila un maillot et descendit à la piscine où elle flâna, pieds dans l'eau et front au vent – cela aussi était historique. Puis installée sur un large transat, elle sortit ses fameuses aiguilles circulaires. Le bonheur, de nouveau.

Le lendemain, le départ pour Tifnit était fixé à 10 h 30. Ahmed, le cousin de Hassan, était au rendez-vous. Il se faufila dans le flot ininterrompu des bus et des camions. La sortie d'Agadir lui parut poussive. La campagne lui sembla rugueuse. Le ciel bleu était immense. Après une heure de route, Ahmed se gara sur un parking caillouteux. Camille aperçut de puissantes barques bleues rangées sur le sable et se demanda comment les pêcheurs parvenaient à franchir la barre musclée des vagues qui éclataient dans un fracas continu à quelques mètres de la grève. Elle descendit par une ruelle sablonneuse vers la plage.

Tifnit. Un chaos désarticulé de maisons sommaires, à moitié terminées, à moitié écroulées, sans goût ni confort, dotées de toits-terrasses, que venaient rehausser des volets bleu grec, rose délavé ou vert passé. C'était infiniment pauvre, mais elle eut un sentiment d'éternité. Seule sur cette plage, elle se sentit possédée par la sauvagerie de ce paysage qu'un voile de brume adoucissait. Nul touriste alentour. Un dromadaire se reposait, appuyé sur ses genoux cagneux. Avec ses yeux en amande qui lui permettaient de regarder en coin, Camille lui trouva l'air fourbe. À ses côtés, un vieil homme en djellaba recouverte d'un anorak psalmodiait une chanson triste en arabe en marquant le rythme de ses paumes sur un bidon d'eau vide. Elle s'approcha et demanda s'il connaissait Igor de Lowerstern. Sans un mot, l'homme désigna du doigt une maison blanchie à la chaux qui surplombait le village.

Camille observa longuement cette bâtisse mieux finie que les cahutes environnantes. Elle se composait de deux petites maisons carrées. Un linteau crénelé reliait les deux maisonnettes et donnait à l'ensemble un air de forteresse qu'on aurait évidée pour y accueillir le vent du large. L'espace qui séparait les deux cubes à vivre faisait office de vaste belvédère. Parvenue devant la maison, elle découvrit que la terrasse était en vérité une salle à manger d'été, avec des tables de béton entourées de bancs, une cuisine extérieure, une canisse d'osier pour se protéger du soleil. Le sol, les meubles étaient couverts de mosaïques. De drôles de sculptures, aussi brutes que charmantes, étaient accrochées aux volets bleus. La porte était ouverte. Elle frappa au volet.

Une silhouette longue et maigre apparut dans l'encadrement de la porte. Deux yeux noirs qui mangeaient un visage émacié et mal rasé la fixèrent. Camille demanda si elle avait bien affaire à Igor. Dans un français au fort accent russe, l'homme acquiesça avec méfiance. Camille proposa de poursuivre la conversation en anglais. L'homme accepta. Il lui proposa comme à regret de s'asseoir sur un des tabourets chaulés et alla chercher à l'intérieur une bouteille de vin rosé et deux verres.

Tout en glissant sa carte de visite de chez McAnton vers Igor, Camille se présenta comme avocate de la Ville de Paris et exposa l'objet de sa démarche : obtenir la preuve qu'il était bien le descendant du père de Tatiana et, à ce titre, l'héritier de la tombe de Montparnasse. L'homme écoutait en vidant à grandes lampées son verre de rosé. Il avait la cinquantaine, estima Camille. Sans doute en mauvaise santé si elle en jugeait par son regard vaguement hagard, le fond de l'œil veiné de sang, les pupilles dilatées.

Il ne semblait guère décidé à lui répondre. Intérieurement, Camille était en ébullition. Avec la précision juridique dont elle était capable, elle le menaça d'un procès pour fraude à l'identité, ce qui annulerait *ipso facto* la cession de la tombe à laquelle il avait procédé, s'il ne lui prouvait pas qu'il était bien celui qu'il prétendait être. L'argument sembla le réveiller. Il se leva, et d'un pas traînant disparut dans la maison. Au bout d'un long moment, il revint les bras chargés de papiers et d'un album. Il présenta son livret de famille, qui indiquait l'identité de ses parents russes. Même nom que Tatiana. Il ouvrit l'album et raconta l'histoire des photos sépia que protégeait du papier cristal.

Avec un ton monocorde derrière lequel l'on sentait poindre d'anciennes blessures, il fit le récit de sa famille de Saint-Pétersbourg, de ses aïeux du temps de leur splendeur, de la révérence éternelle au czar, du grand-oncle Tolstoï dont le déclin frappa le clan d'une honte éternelle, de la fin tragique de Tania, du scandale du *Baiser*, de la mort du père de Tatiana en 1913, de la révolution rouge, de l'humiliation de voir des bolcheviks installés dans le palais familial, de l'exode, des Russes blancs à Paris qui acceptaient de faire le taxi ou l'imprimeur pour survivre. Ce faisant, il tournait les pages. Camille découvrit une série de photos dentelées où l'on voyait Tatiana entourée de ses parents. Sur une autre, sa mère posait seule devant la tombe de Montparnasse, un pauvre sourire forcé aux lèvres. Elle aperçut un salon chargé de tableaux et de meubles précieux, une photo de la Neva sous la neige, des inconnus en smoking. Camille sentit une pointe de déception dans son ventre, mais le doute n'était plus permis : Igor de Lowerstern était bien le dernier et ultime descendant du père de Tatiana, son arrière-arrière-arrière-petit-fils pour être exact. Il était libre de céder son droit de concession. On n'y pouvait rien. Il restait à découvrir pourquoi il l'avait fait. Et surtout à qui.

Camille gratifia Igor d'un large sourire, qui chassa l'image de l'avocate de fer. Elle s'intéressa aux sculptures qui ornaient la terrasse. Igor s'ébroua. Il faisait de l'art brut, utilisant les bois flottés, les bouts de plastique et de corde, les mille objets rejetés par la mer pour créer et redonner vie à ces déchets de la société de consommation. Il l'entraîna dans la maison pour qu'elle puisse admirer les vaches naïves, les chats roublards, les oiseaux poétiques qu'il avait fait naître ainsi et qui formaient son bestiaire imaginaire.

Cependant, Camille voulait découvrir ce qui avait conduit cet aristocrate russe dans ce village de pêcheurs, solitaire face à la mer. Elle lui demanda si l'on pouvait déjeuner dans le village et si elle pouvait l'inviter. Igor, visiblement rassuré d'avoir mis un terme à la menace de procès et soulagé d'avoir quitté le terrain du souvenir familial, semblait mieux intentionné à l'égard de la visiteuse. Il désigna en contrebas une cabane. Sur le mur rouge, on avait écrit à la peinture blanche « Chez Maxim ». Ils descendirent, Igor chargé d'une nouvelle bouteille de rosé, et choisirent parmi les produits de la pêche du jour les poissons qu'on ferait griller pour eux. Il opta pour des sardines argentées, elle préféra le bar. Sur la plage, on installa une table en plastique et deux fauteuils.

Ils étaient seuls face à l'immensité. Les vagues qui accouraient du large en rangs serrés explosaient en gerbes d'eau sur les rochers dentelés qui émergeaient ici et là tel un monstre marin dont on n'aurait aperçu que la queue et la gueule. L'onde liquide s'étirait vers le ciel avec des transparences de verre. Elle alluma un cigarillo à la vanille, lui une cigarette roulée. Malgré les embruns, Camille sentit tout de suite l'odeur de l'herbe. Elle fit le rapprochement avec les yeux hagards et le pas traînant. Igor de Lowerstern était toxicomane.

Le déjeuner se passa agréablement. Elle l'interrogea avec délicatesse sur sa vie. Il répondit de façon évasive, décousue, énigmatique parfois. Elle comprit que la famille avait été ruinée après 1917, contrainte à l'exil, plongée dans la misère mais sans perdre cette fierté et cette exubérance propres à l'âme slave. Igor avait suivi des cours d'art à Genève. Il avait perdu ses parents et restait le dernier survivant de cette grande famille. Elle comprit aussi qu'il n'avait pas réussi à vivre de son art, s'était enfermé progressivement dans son addiction, jusqu'à ne plus se sentir à sa place dans la communauté des hommes de son temps. Igor dégoulinait d'amertume.

« Vous savez ce qui a poussé Tatiana au suicide ? demanda Camille.

— Pas exactement. Dans la famille, on parlait peu de ces choses-là. J'ai entendu dire que c'était suite à un chagrin d'amour, répondit-il la voix pâteuse.

— Pour Bémard, le docteur roumain avec lequel elle travaillait, si j'en crois ce que j'ai lu ?

— Je ne sais pas. En tout cas, les parents de Tania sont restés très attachés à ce fameux docteur. Ils se sont longtemps écrit après la mort de Tania.

— Ah bon ? Vous ne trouvez pas ça bizarre, des parents qui restent liés à celui qui a poussé leur fille au suicide ? Comment expliquez-vous cette amitié ?

— Je ne sais pas.

— Et *Le Baiser*, l'œuvre de Brancusi qui est sur sa tombe, ce sont les parents de Tatiana qui l'avaient commandée ?

— Non. Dans la famille, on a toujours raconté que cela avait fait un scandale terrible. Les parents ont voulu la faire enlever pour la remplacer par un buste exécuté d'après le masque mortuaire de Tania.

— Et pourquoi cela ne s'est-il pas fait ?

— Je crois que Brancusi ne l'a jamais accepté.

— C'est étrange, vous ne trouvez pas ?

— Je ne sais pas.

— Mais elle le connaissait personnellement, Brancusi ?

— Je crois que oui. Elle avait un journal intime. J'ai entendu une fois ou l'autre qu'elle y parlait un peu de lui. »

Le cœur de Camille s'accéléra. Un journal intime ! Si elle pouvait y accéder, elle découvrirait sans doute ce qui avait poussé Tatiana à la mort.

« Vous savez où il est, ce journal intime ? reprit-elle pleine d'espoir.

— Il a été détruit pendant la guerre. C'est toujours ce qu'on m'a dit. »

Sentant qu'elle n'obtiendrait pas davantage d'informations sur ce sujet, elle orienta la conversation sur sa présence au Maroc.

Soudain plus disert, il lui expliqua avec conviction qu'il avait choisi de vivre à Tifnit pour être libre, avoir la paix, ne plus être enserré dans un filet étroit de règles et d'interdits, créer, rêver devant l'océan, n'avoir de comptes à rendre à personne.

« Pourquoi avez-vous cédé votre droit sur la tombe de Tania ? demanda à brûle-pourpoint Camille.

— Je ne la connaissais pas. Je n'ai plus rien à voir avec cette famille. Elle m'a étouffé pendant cinquante ans. Et puis je vis modestement comme vous le voyez. Je n'ai pas les moyens d'entretenir une tombe à Paris, et aucun lien avec la France, répondit-il.

— Vous ne voulez pas me dire à qui vous avez cédé ce droit ?

— Non. La confidentialité fait partie de notre pacte.

— Vous savez qu'un tel droit ne peut être vendu pour de l'argent, sauf à violer la loi ?

— Oui. »

Elle ne parvint pas à lui soutirer la moindre information supplémentaire sur le mystérieux bénéficiaire de la tombe de Montparnasse. Ils burent leur thé à la menthe en regardant la mer. Elle savait qu'il ne dirait rien de plus et elle n'avait aucun moyen de l'y contraindre. Igor voulait oublier, tirer un trait. C'était sa liberté.

Sur le chemin du retour, Camille se sentit découragée. La pêche était plus maigre qu'espérée. Elle devait trouver un autre moyen d'agir. Pourtant, elle ne croyait pas qu'Igor ait cédé son droit sur la tombe au simple motif qu'il ne voulait plus avoir de lien avec sa famille. Sans doute sa décision avait-elle une contrepartie. Peut-être a-t-il négocié avec le mystérieux propriétaire de la tombe une rente pour lui permettre de vivre tranquille dans son village de pêcheurs, pensa-t-elle. Un fumeur d'herbe, adepte de l'art brut, ça coûte. Elle se réconforta en se disant qu'elle avait néanmoins obtenu de précieux renseignements sur *Le Baiser*. Brancusi tenait absolument à l'œuvre sur la tombe, avait affirmé Igor. C'était un indice. Elle allait chercher de ce côté-là.

– 6 –

Le journal de Tania

15 mars 1910

J'ai dû assister au dîner donné par Tante pour le comte Oulianoff. Sans fin ! La conversation a roulé sur tous les sujets convenus du moment. La crue de la Seine dont on dit qu'elle aurait fait plus de cent cinquante mille sinistrés. L'assurance vieillesse obligatoire pour les pauvres de plus de soixante-cinq ans en débat à la Chambre. Tante trouve parfaitement scandaleux qu'on soit obligé de payer pour des ouvriers qui ne travaillent plus. « Mais où va le monde, ne cessait-elle de répéter. Et ces socialistes dont on dit qu'ils pourraient gagner les prochaines élections législatives ! Mais où va le monde ! »

Tante est terrorisée par l'arrivée des « rouges ». Chaque fois qu'elle prononce le mot « socialiste », ses lèvres tremblantes détachent chaque syllabe. La graisse de ses bajoues oscille en petites saccades pressées au-dessus de son col haut. Qu'imagine-t-elle ? Sans doute des hordes sauvages faisant irruption dans ses salons. Des bottes crottées maculant la soie des bergères. Des doigts épais sur sa porcelaine délicate. Des soudards éructant après avoir vidé ses flûtes de cristal, tandis qu'elle serait tenue prisonnière, humiliée, affamée, sans soins et sans bonne dans sa chambre. Si elle savait que je suis l'amie de Marthe, de Sergueï et de Youri, que je me suis régalée chez un artiste roumain d'avant-garde de délicieuses côtelettes, que j'ai fait serment de défendre la cause des anarchistes américaines, elle en ferait une attaque.

Le comte Oulianoff, sentant le tour lugubre que prenait la conversation, a tenté de faire diversion en racontant la dernière féerie qu'il avait vue au théâtre du Châtelet, avant de commenter le débat enfiévré qui agite les journaux quant au costume des femmes lorsqu'elles se piquent de faire de la bicyclette.

Le comte m'a interrogée par politesse sur mes études. Je n'ai pas réussi à cacher ma fierté de travailler avec le Dr Bémard sur l'une des plus grandes découvertes du siècle.

« Il est fini, comte, lui ai-je dit, le temps où la médecine vous prescrivait des croisières sur le Rhône quand vous souffriez d'un cancer de l'estomac ou de dormir debout dans une écurie pour soigner une maladie de peau. Cette médecine irrationnelle à la Molière a vécu. Nous sommes entrés dans l'ère de la science exacte qui lutte avec la précision du scalpel contre le microbe. Les progrès sont considérables. Il faut aller plus loin désormais. Imposer la déclaration obligatoire de toutes les maladies infectieuses, revoir l'urbanisme, l'alimentation, les réseaux d'eau. »

J'ai dû parler avec fougue. Tante a cessé de respirer. Subitement, elle était blême. Frissonnante d'indignation. Je ressentais physiquement sa rage face à ma liberté de ton, mes allées et venues dans Paris, mes études, mes enthousiasmes. Elle me croit socialiste. Elle n'a pas tort.

Comprenant l'abîme vers lequel nous marchions, le comte a remisé aussitôt ses questions pour commenter le succès inouï du grand emprunt russe qui fait florès auprès des bourgeois parce qu'il est exonéré d'impôt.

Quel ennui !

Pourquoi Brancusi m'a-t-il dit que j'exprimais une joie mélancolique ? J'essaie de sourire au miroir de ma chambre pour capturer cette nuance dans mes yeux. Je n'y vois qu'un regard plein de lumière. Ce soir, je me trouve fraîche à m'en stupéfier.

17 mars 1910

Je suis passée à l'atelier du 54, rue du Montparnasse. J'ai tapé à la porte. Rien. Puis une seconde fois, plus nettement. Brancusi était à son atelier. Il y avait là une femme, qu'il m'a présentée. C'était une baronne dont je n'ai pas saisi le nom. Elle papillonnait au milieu des blocs et des œuvres, riait clair et haut. La baronne a remis son étole de vison et son feutre. Brancusi s'est excusé. Lui et son invitée s'apprêtaient à sortir pour rejoindre leur ami rue Delambre, un certain Henri Rousseau. Il m'a proposé de repasser dans six jours pour notre séance.

20 mars 1910

Il veut que je pose pour lui, soit. Mais comment fait-on pour poser ? Combien de temps sans bouger ? Peut-on se couvrir lorsqu'on a froid ? Faire deux pas de danse lorsqu'on est engourdie ? Et comment disparaître un instant pour aller au petit coin ? J'en serais affreusement gênée.

Mes amis des Beaux-Arts suivent souvent des cours de nu. Leurs modèles ne sont pas toujours jolis, mais ils sont plantureux, avec des cuisses larges comme les vallées de l'Ukraine et des ventres ronds. Ces femmes savent rester immobiles des heures entières, dans une pose inconfortable sur leur estrade, le bras relevé au-dessus du chignon, le pied pointé, la jambe légèrement tordue. Comme cela doit être difficile de s'offrir ainsi, indifférente, aux regards.

Mais je ne me déshabillerai pas, ça non ! J'en mourrais de honte. D'ailleurs, il n'y a pas un seul nu dans l'atelier de Brancusi. Lui-même l'a expliqué : pas question de casser les montagnes pour sculpter des biftecks. Cette attente m'inquiète autant qu'elle m'excite. Non, pour dire le vrai, l'impatience l'emporte sur l'alerte. En devenant modèle pour un artiste moderne, je vais briser un nouvel interdit, passer de l'autre côté du mur, ouvrir une voie inconnue. J'espère que je serai à la hauteur.

Je n'ai rien révélé à Marthe de cette folle perspective. D'ailleurs, Marthe était si furieuse lorsque je l'ai croisée hier qu'elle ne m'aurait pas écoutée. Elle revenait du Palais de justice où une de ses amies ouvrières était jugée. Le récit de sa mise aux arrêts épouvantable m'a glacé le sang.

« Six mois ! Six mois à la prison de la Roquette, non mais t'imagines ? Et pourquoi ? Parce que son mari qui passe son temps à fréquenter les bordels l'a surprise dans les bras d'un autre ! J'aurais mordu l'avocat au sang si j'avais pu. Lui aussi, il doit tromper sa bourgeoise tant et plus. Et je ne te parle même pas des baveux qui suivaient l'affaire en gribouillant des phrases énervées sur leurs cahiers. Un procès exemplaire, ils ont dit. Moi, je dirais plutôt, un procès pour l'exemple. Six mois, ma Mathilde, qu'elle a pris. Et ils lui ont dit qu'elle devait s'estimer heureuse de leur clémence car l'adultère chez la femme va chercher jusque dans les deux ans de prison au pire. C'est, paraît-il, plus grave de tromper son mari que de tromper sa femme. L'infidélité de la femme est plus grave, parce que la femme est faite pour les enfants et un seul homme, qu'ils ont dit en citant un certain Portalis, un soi-disant grand penseur. Sa vocation, qu'ils ont rajouté, c'est la maternité et l'harmonie au sein du foyer. Je t'en foutrais, moi, de l'harmonie. Vrai, quand je l'ai vue partir entre deux pandores, j'en ai chialé de rage ! »

À ce récit terrifiant, j'ai prononcé à nouveau mon serment intérieurement : je ne me marierai pas et je serai libre.

23 mars 1910

J'étais très intimidée, un peu gauche, presque frissonnante lorsque je suis arrivée à l'atelier. Je me sentais comme une enfant idiote, le regard cousu à ses chaussures. Pourtant Brancusi, avec ses gestes lents, son sourire doux et ses manières délicates dans un corps de bûcheron, m'a apaisée. La lumière poudrée de ce bel après-midi de printemps ruisselait par la verrière et couvrait d'éclats changeants les marbres et les bois polis. Dans un jardin proche, on entendait un pinson gai de cette promesse de printemps. Tout était calme. Brancusi m'a raconté son travail, sa technique, son espérance.

Ce n'est pas le réalisme de la chair qui l'intéresse. Il veut saisir l'âme des êtres, donner à voir l'universel dans sa simplicité brute. « Je veux extraire de la pierre votre joie intérieure, m'a-t-il dit. Vous savez, je l'ai immédiatement perçue cette joie de la jeunesse qui irradie de tout votre être. Mais je l'ai vue aussi recouverte d'un voile de tristesse, comme si vous portiez en vous la conscience éternelle que toute félicité est éphémère. »

« Ah ? » ai-je seulement pu articuler, comme une pauvre petite sotte que je suis, devant cet homme magnétique. Heureusement, il m'écoutait à peine, tout entier à son propos d'artiste. Il tenait à l'évidence à m'initier à sa technique radicalement nouvelle de sculpture. Je ne comprenais pas tout, néanmoins, je l'ai écouté religieusement.

« Je travaillerai à même la pierre. Pas contre la pierre mais avec la pierre. Vous comprenez, m'a-t-il expliqué, je veux, en retirant doucement de la matière, aller chercher au cœur du bloc cette expression que vous aviez l'autre jour dans les yeux. »

Brancusi assure préférer cette façon de faire au modelage de la matière qui permet d'ajouter à l'infini pour corriger, effacer, recommencer. Non, lui, il taille, il va vers le centre. C'est plus dangereux, bien sûr, car on peut arriver à un point de non-retour avec la pierre, jusqu'à la perdre sans être parvenu à exprimer le sentiment, cependant, c'est cette exigence qui le porte.

« Il faut en prélever mais le moins possible, a-t-il expliqué, pour que, dans cette masse qui diminue, je puisse atteindre la perfection. C'est une façon neuve d'envisager la sculpture, vous savez. Au fond, c'est comme si j'étais, dans une même personne, l'artiste qui pense la pièce et l'artisan qui la produit. »

Brancusi m'a fait asseoir sur une meule de pierre. Il a écarté légèrement mon corsage. « Pour que l'ampleur de votre cou me soit entièrement donnée », a-t-il précisé.

J'ai suivi ses instructions sans un mot.

J'ai posé sans me demander si la joie mélancolique habitait cette fois encore mon regard. J'espérais qu'elle y était sans savoir comment l'y attirer. Je ne voulais pas le décevoir. Je faisais silence, seulement heurtée par le bruit que produisait son ciseau chaque fois qu'il mordait la pierre. Face à moi, une colonne en bois sculptée de motifs géométriques se répétant à l'infini semblait vouloir déchirer le toit pour atteindre les nuages. Dans un coin, une guitare miniature debout contre le mur. Mes yeux avaient tout leur temps pour détailler l'atelier, mais aussi, à la dérobée, cet étrange artiste. Quant à Brancusi, il était tout entier à l'intérieur de lui-même, tendu dans sa confrontation avec le bloc.

La séance dura plus d'une heure. Lorsque Brancusi reposa ses instruments et retira son drôle de chapeau qui le protégeait des poussières, le bloc de granit n'avait aucune forme lisible pour moi. Brancusi, pour sa part, était joyeux. Il me proposa de trinquer d'un verre de vin rouge et se déclara très heureux de son travail. De notre rencontre aussi. Il m'a demandé de revenir dans trois jours. Je me sens importante. J'adore Paris.

24 mars 1910

Je suis modèle ! Modèle d'un immense artiste moderne ! J'ai l'impression de vivre un moment unique et parfaitement évident en même temps. J'aime l'atmosphère tranquille de l'atelier, alors que tout dans cet art m'est étranger. Je suis fascinée par ses sculptures d'acier si douces, si simples, si pures, qu'il a polies avec patience jusqu'à en faire des miroirs qui capturent les objets de l'atelier dans d'étranges reflets.

Et puis il y a l'homme. Il m'intrigue tant. Comment peut-on être si délicat avec ce corps épais de paysan ? Il me rappelle tant nos bons moujiks. À la fois taiseux, mais avec des yeux si pénétrants. Et ses mains ! Elles sont si larges, si puissantes. Arrivent-elles vraiment à produire de la musique sur la petite mandoline que j'ai aperçue dans le coin de l'atelier ? Je lui demanderai d'en jouer une fois prochaine.

Il a affirmé qu'il adorait mon regard pour tout ce qu'il exprime de mes peurs comme de mes audaces de jeune fille. Le rouge m'est venu aux joues. À ses côtés, j'ai l'impression d'être unique. J'aimerais être déjà à mercredi pour retourner sur la meule de pierre qui me tient lieu chez lui de piédestal.

25 mars 1910

Tante est malade. Elle a attrapé un refroidissement. Elle refuse de quitter le lit et soupire à s'en arracher l'âme qu'elle se sent faible au point d'en mourir. J'ai fait quérir le médecin qui lui a prescrit de nombreuses potions. Cette vieille carne m'a interdit de sortir aujourd'hui. Je dois la veiller toute la journée.

J'enrage de rester cloîtrée dans cette chambre aux rideaux clos à peine réchauffée par la lueur du bougeoir. Je calme mes haut-le-cœur quand je dois partager son haleine lourde d'infection au moment de remonter ses oreillers. Je ferme les oreilles pour ne pas prendre pitié de sa toux caverneuse qui lui arrache les entrailles à chaque quinte. Mais je suis bien décidée à être une gentille fille, pour ne pas être privée après-demain de ma séance de pose chez

Brancusi. Si elle m'interdit de sortir, je m'échapperai.

26 mars 1910

La nuit a été inconfortable sur la bergère de la chambre de Tante. Je suis moulue. Quelle tête affreuse je dois avoir. Brancusi pourrait en être fâché pour son travail. Tante m'a demandé de rester encore auprès d'elle. Or c'est impossible. Je dois absolument trouver une excuse pour aller rue du Montparnasse.

27 mars 1910

J'ai cru que je n'y parviendrais jamais. Pourtant, à force de lui témoigner ma sollicitude, j'ai fini par obtenir de Tante l'autorisation de sortir. Ce fut, bien sûr, au prix d'un nouveau mensonge, mais cela ne compte pas. J'ai proposé d'aller voir le Dr Bémard et de lui présenter les symptômes de Tante. En tant que grand spécialiste des maladies pulmonaires, il saurait bien me dire s'il convenait de s'inquiéter ou pas. La pauvre Tante m'a crue et m'a autorisée à sortir deux heures. Un jeu d'enfant !

Naturellement, je ne suis pas allée à la faculté et j'ai couru à l'atelier de Brancusi. Je suis arrivée soufflante et transpirante malgré ce vent froid qui glace Paris depuis deux jours.

Cette fois encore, le calme serein de l'atelier, les œuvres puissantes et silencieuses ont produit un délicieux effet émollient sur moi. J'ai bafouillé une excuse pour mes yeux cernés, mon teint pâle. La faute à une nuit sur une bergère.

Brancusi m'a regardée longuement, sans un mot, ses yeux sombres plantés dans les miens comme s'il visitait mon âme minutieusement, patiemment. Je n'osais plus respirer. Il était si près. J'étais tout entière livrée à son regard. Après un long moment, il m'a dit : « Vous êtes encore plus jolie que d'ordinaire. »

À ce moment-là, je dois bien l'avouer, je ne me suis pas sentie jolie. Non, je me suis sentie LA plus jolie. Je guette maintenant dans le miroir la confirmation de ce sentiment nouveau et fugace sans l'y déceler. Sans doute perce-t-il des mystères que j'ignore.

Je ne cesse d'y repenser depuis hier. Après la séance de pose, je n'ai pu rester aussi longtemps à l'atelier que je l'aurais voulu pour discuter, tourner autour du bloc, boire un peu de vin. Il fallait que je file retrouver Tante pour lui servir mon mensonge sur le bon Dr Bémard. « Non vraiment, Tante, je vous l'assure, le docteur a trouvé que vos symptômes n'avaient rien d'alarmant. »

Je suis impatiente de reprendre la pose. Brancusi m'a donné rendez-vous dans neuf jours.

28 mars 1910

Neuf jours ! Je ne savais pas que le temps passait si lentement. Que fait Brancusi de toutes ces heures, de ces neuf jours, de ces neuf nuits ? Il m'a dit qu'il avait à travailler avec ses amis, le Douanier Rousseau et Henri Matisse, pour un Salon. Je ne sais rien de ces artistes qu'il semble tant admirer. Il faudra que je passe à la bibliothèque des Beaux-Arts pour en apprendre un peu sur eux. Tante se remet. Elle refuse obstinément de quitter la chambre et mène une vie d'enfer à ma pauvre Olga, qu'elle dispute à tout bout de champ. Consommé trop chaud ou trop salé. Compote trop sucrée ou trop liquide. C'est bien la preuve, hélas, que Tante va mieux.

Je me surprends à rêvasser à Brancusi. Il me suffit de fermer les yeux. J'entends les coups sourds du marteau sur le bloc. J'imagine la pierre veinée qui se creuse sous le ciseau, prête à livrer le secret espéré. Je me représente le miracle de la taille directe qui produit un résultat immédiatement visible. J'admire ses mains fortes, son nez aquilin, sa chevelure si dense. Je perds la notion du temps. Les mêmes images reviennent encore et encore à mon esprit. Il me fixe. C'est délicieux.

29 mars 1910

Un jour de plus. Un jour de moins.

30 mars 1910

Je m'en rends bien compte : je délaisse Sergueï et Youri, Marthe, la faculté et même ce bon Dr Bémard. Même Maman a déserté mon esprit. Je suis passée aux Beaux-Arts. J'y ai feuilleté des dizaines de revues et j'ai fini par découvrir la peinture de Matisse. On jurerait des dessins d'enfant. Ces couleurs vives, ces rouges, ces bleus intenses posés presque sans recherche, sans souci de perfection, un joueur de violon, des corps gauches présentés de face sur la toile, sans aucune profondeur. Jamais je n'avais vu une peinture si primaire. Je comprends mieux la nature des liens qui unissent Brancusi à ce Matisse. Ils ont en commun cette recherche de naïveté, de nature qui rompt définitivement avec l'art classique. Je comprends mieux l'âpreté de la critique qui hésite entre exaltation de cette modernité et condamnation d'un art dégénéré. Je ne sais guère quoi en penser. Si les sculptures de Brancusi m'émeuvent par leur douceur et leur abandon, je ne ressens rien devant les toiles de Matisse. Si, peut-être une forme de gaieté. Qu'importe, je suis plongée au cœur d'une aventure inouïe : l'art moderne.

1er avril 1910

J'ai essayé tout l'après-midi de dessiner à la plume noire mes planches d'anatomie. De mémoire. Dix fois, vingt fois, j'ai recommencé pour que le moyen adducteur, le couturier et le psoas iliaque s'insèrent exactement au bon endroit par rapport au tibia. Mais chaque fois, ce fut la belle endormie de l'atelier qui s'imposa à mon esprit.

2 avril 1910

J'ai assisté au défilé d'été de Paul Poiret aujourd'hui. Quel ravissement ! Il y avait là une robe que j'aimerais tellement porter ! Un empilement savant de soies lourdes, blanches, crèmes, et cramoisies, resserrées sous la poitrine à la mode de l'Empire, toutes festonnées de dentelles et frémissantes de plis ! Comme elle doit être douce au toucher. Mais Tante n'accepterait jamais. Vivement que je sois une femme libre de faire ce que bon lui semble. Brancusi me trouverait-il jolie dans cette robe du soir si élégante ?

3 avril 1910

J'ai croisé le Dr Bémard au laboratoire. Toujours aussi affairé à ses essais. J'espérais qu'il me parlerait de Brancusi. Cela aurait été une diversion dans ce temps qui n'en finit pas, une incursion dans l'univers du maître. Peut-être l'avait-il croisé ? Mais rien, pas un mot, pas une information.

Je n'ai pas osé lui avouer que je posais pour lui. J'en mourais d'envie tellement cela me remplit de fierté d'être l'élue. Pourtant, je me suis tue. C'est mon secret. Plus que trois jours.

4 avril 1910

J'ai erré dans Paris. Partout, les arbres fabriquent des millions de jeunes feuilles. Une explosion de sève, de vie, de verts. C'est si étonnant que les arbres fassent tant d'efforts chaque printemps pour se rhabiller entièrement, alors qu'il serait si facile qu'ils conservent leur feuillage d'un bout à l'autre de l'année.

J'ai pris les rues au hasard, préoccupée surtout par les mille questions qui me taraudent depuis quelques jours. Est-il normal de penser autant à un homme ? Que dirait Maman si elle savait que je pose pour un artiste, un artiste moderne qui plus est ? Y a-t-il une femme dans sa vie ? Je n'en ai vu aucune trace dans son atelier. Lorsqu'il m'affirme que je suis jolie, est-il sincère ? Que trouve-t-il joli au juste ? Mes yeux ? Mon visage ? Ma silhouette ?

Et puis, soudain, sans le vouloir, j'étais rue du Montparnasse. J'ai tourné à la première rue. Je ne voudrais pas que Brancusi imagine que je l'espionne. Plus que deux jours.

5 avril 1910

J'ai pris un bain interminable. Olga a dû ajouter à trois reprises des brocs d'eau bouillante pour que je ne gèle pas. Ensuite, j'ai huilé mon corps longuement. Dans le miroir de ma coiffeuse, j'ai scruté à m'en abîmer les yeux le grain de peau de mes cuisses, touché le velours de mon ventre, observé le rond presque parfait de mes seins. J'ai démêlé les boucles de mes cheveux. Je les ai parfumés, là, juste à la racine du cou. Je m'étais enfermée dans ma chambre. Tante serait horrifiée de savoir que je reste nue devant le miroir. Mon cœur cogne durement à la perspective de le revoir demain. Demain, enfin ! Et s'il n'était pas au rendez-vous. J'en mourrais de déception.

6 avril 1910

Il était là ! Le sourire franc, le regard amusé, et ses belles mains larges tendues vers moi pour m'inviter à entrer dans l'atelier. Il m'a proposé un verre. J'ai bu le vin autant que ses paroles lorsqu'il m'a raconté ses découvertes des jours derniers. Il avait passé des heures au musée Guimet. Il adore l'art primitif. Il assure que cet art pose les questions éternelles qui agitent la pauvre condition humaine depuis la naissance de l'art : comment dépasser la mort en célébrant la beauté, l'amour, la femme ? Il voulait engager un nouveau travail avec moi. Il était plein d'ardeur. Il s'est enquis de savoir si j'étais prête à vivre cette aventure. J'ai dit oui.

J'aurais dit oui à tout.

Il s'est alors approché de moi et m'a fait asseoir de trois quarts sur un haut carré en bois mal équarri. Il a dégrafé ma capeline et ouvert largement ma chemise pour en dégager l'épaule droite. Ses doigts ont frôlé ma peau. Cela a été un éblouissement de la chair.

Il m'a demandé de défaire mes cheveux. Mes doigts tremblaient en recherchant les épingles qui retenaient mon chignon. J'ai secoué la tête et le flot de mes boucles a dévalé sur mes épaules. J'ai eu l'impression d'être nue. C'est si intime une chevelure. Je ne la libère jamais ailleurs que dans ma chambre. Et c'était la première fois que je la détachais devant un homme. Puis il a ramassé cette masse profuse avec précaution. Il a ramené mes cheveux sur mon épaule gauche et, soudain, il les a transformés en un large fleuve aux profonds remous. Je me suis sentie terriblement féminine.

Il a ployé ma tête d'une main tendre comme si je me regardais dans l'onde. Devenue terre meuble entre ses doigts, roseau incliné sous son souffle, poupée articulée devant son inventeur, j'ai obéi. C'était tout ce que je souhaitais à cet instant-là : répondre à son désir, être le merveilleux modèle qu'il attendait, l'inspiratrice absolue qu'il espérait.

« Magnifique, a-t-il annoncé en me regardant avec une intensité que je n'avais encore jamais perçue. Ce front bombé si gracieux, ce nez minuscule si charmant, ce bouton de bouche si tendre, cette chevelure si douce. »

Et, après un silence, il a ajouté : « Tania, vous êtes la femme au miroir. »

Je repense à ces deux heures qui m'ont semblé un siècle. À l'effleurement de ses doigts qui a électrisé ma chair. Dans ma chambre ce soir, j'ai bien tenté de me prodiguer à nouveau cette caresse frissonnante, mais mes doigts ne produisent sur ma peau qu'un pauvre frôlement sans émotion. Je repense à son regard noir qui me fouillait. Cela me plonge dans le sentiment délicieux d'être l'unique, la préférée. Je revois sa lutte acharnée avec le granit comme s'il voulait m'arracher à la pierre. Le ciseau qui entame le bloc avec rage produit des secousses en moi comme s'il voulait me révéler au monde, en pleine lumière. Mon âme est prise. Lui peut bien se taire. Son regard m'a dit qu'il m'aimait.

Aujourd'hui, c'est mon anniversaire. J'ai vingt-trois ans et l'on m'aime.

7 avril 1910

Je ne dors plus, je ne respire plus, je ne mange plus, je ne vis plus que dans l'attente de le revoir. Je traverse les nuits, les repas, les bavardages de Tante, comme le ferait un fantôme, une absente. Je veux le voir chaque jour. Qu'il m'enveloppe de ses regards chaque jour. L'écouter chaque jour. Boire du vin avec lui chaque jour. Le connaître davantage chaque jour. Peut-être pense-t-il à moi comme je pense à lui. Mon Dieu, que le temps passe lentement. Ce soir, je préparerai mon corps. Je le laverai, je l'adoucirai, je le parfumerai. Demain, nous nous retrouvons.

8 avril 1910

Le ciel était d'un azur intense ce matin lorsque je suis partie. Tout chantait en moi. Et Paris conspirait à ce bonheur. Les grisettes semblaient joyeuses, les gamins, espiègles, les moineaux, joueurs, les hommes de peine, pleins d'entrain, les marronniers, déjà frémissants, les bourgeois, bonhommes. Même Tante a été aimable.

Dieu que j'aime ce papillon qui volette sans cesse dans mon cœur et m'accompagne tout le long du chemin qui me mène jusqu'à lui.

Brancusi m'a accueillie avec son beau sourire dans les yeux. Nous avions tout notre temps. Mais il semblait pressé de reprendre l'ouvrage.

Comme un rituel désormais établi, il m'a aidée à retirer mon chapeau, mon boléro de velours, à ouvrir le haut de mon corsage pour en dégager l'épaule, à arranger mes cheveux.

Sur ma nuque ainsi découverte, tandis que je baissais la tête pour reprendre la pose, il a soudain déposé un baiser. Un baiser doux et rugueux à la fois.

Ce fut un bouleversement, un embrasement, un chaos. Je l'attendais, je l'espérais, mais je n'en avais pas imaginé l'intensité. L'écrire ce soir dans mon journal fait se dresser tous les poils de mes bras. Je pourrais encore en défaillir.

En un instant, toutes les convenances ont fondu. Comme une neige au soleil du printemps. Un instinct impérieux qui me poussait vers lui a balayé avec une facilité stupéfiante mon éducation, ma peur de l'inconnu. J'ai trouvé le chemin de ses lèvres. Comme si je l'avais toujours connu. Mon premier baiser ! Cela fut chaud, fondant, parfumé.

Je tremble en écrivant ces mots. Tracer les lettres qui fixent sur le papier les heures qui ont suivi ce premier baiser me trouble terriblement. Cependant, je veux conserver la mémoire exacte de cet instant qui m'a tout entière saisie. Je veux m'en souvenir jusqu'à la fin de mes jours. Je veux pouvoir relire ces lignes qui me feront revivre ces moments inoubliables, encore et encore et encore.

Après ce baiser, il m'a entraînée vers sa chambre que l'on atteint par une échelle raide. Une alcôve blanche, modeste, presque monacale. Mais sur son lit, c'est un jardin de paradis que j'ai découvert.

J'ai du mal à écrire les mots. D'ailleurs, je ne les sais même pas. J'ai honte de raconter les images. Je suis bouleversée de ce que j'ai fait cet après-midi avec cet homme plus âgé que moi. Cependant, je suis si fière de mon audace. Car, oui, maintenant je peux le dire, je suis une femme.

Une femme faite.

Une femme libre.

Je veux me rappeler sa délicatesse. Il a pris un soin infini pour délacer mon corset, déboutonner ma jupe, enrouler mes bas, laissant le désir qui labourait mon ventre creuser des sillons plus profonds à mesure que ma peau ressentait l'air froid de la chambre et que mes yeux croisaient l'intensité de son regard.

Comme il était étrange et excitant à la fois de me sentir nue et palpitante en même temps qu'ignorante de ce qui allait se passer. J'ai eu aussitôt pleine confiance en lui. D'instinct, j'ai compris quel homme tendre, attentif, à l'écoute de mes envies comme de mes peurs il allait être. Je dois à la vérité d'écrire que je n'ai pas songé à tout cela sur le moment. J'étais seulement emportée par mes sens qui me dictaient leur volonté. Je voulais ses caresses. Je voulais ses baisers. Je voulais qu'il m'explore.

J'ai découvert que ses doigts sur ma peau creusaient des gouffres vertigineux dans mon ventre. Que ses doigts sur ma poitrine faisaient durcir les mamelons et tendre mes seins vers ses lèvres. Que ses doigts sur le velours de mes cuisses me donnaient envie de les offrir, de les ouvrir. Que ses doigts sur mon sexe glissaient sur la liqueur de mon désir.

J'ai découvert les cuisses rudes de mon amant. Le torse rugueux sous le maquis des poils. Les fesses fermes. Le sexe arqué, tendu, soyeux.

Les caresses lentes, légères, appuyées, discrètes, audacieuses ont succédé aux baisers picorés, volés, languides, amoureux. Des baisers puis des caresses et encore des caresses puis des baisers. Durant des heures, j'ai été au centre de toutes ses attentions, sa muse vénérée, sa captive ardente, son élève assidue.

La brûlure a été violente. Elle est montée en moi, longuement, durement. Mais son regard plein de passion qui m'enchaînait à lui, yeux à yeux, lèvres à lèvres, ventre à ventre, sexe dans sexe, m'a aidée à supporter, à ne pas crier, à ne pas m'effrayer. Dans ce corps à corps, enfin, quelque chose a cédé en moi, s'est ouvert, s'est déplié. Il a poussé un grognement. Le drap était maculé. C'était le prix du passage.

Je ne sais si c'est cela qu'on appelle le plaisir. Ce soir, mon premier soir de femme faite, je ne sais pas si je réussirai à dormir.

9 avril 1910

Depuis mon réveil, je suis si lourde. Lourde de honte. Lourde de mortification. Lourde de secret. Qu'ai-je donc fait ? Il est trop tard pour délier le sort.

Hier, à l'atelier, mes sens ont pris le pouvoir. Voilà ce qu'il m'est arrivé. Ils ont pris le pouvoir avec une violence d'autant plus rageuse que je ne les avais jamais rencontrés, ni même imaginés. C'est comme si mon esprit s'était d'un seul coup engourdi, endormi, comme s'il était entré en léthargie face à la tentation chaude, étrangère, captivante de ma peau contre la sienne. Le désir était irrépressible. Je n'ai pas su le contenir derrière les digues de la bienséance. C'était une vague monstrueuse, trop grande, trop grosse pour moi et je me suis laissé submerger, recouvrir, engloutir. Je ne savais rien des choses de l'amour. Ni Maman, ni Tante, bien sûr, ne m'en avaient jamais parlé. Mais le désir est un instituteur zélé qui vous apprend vite, et avec quelle ardeur, le chemin de vous-même.

Désir de ses doigts, de ses mains, de ses lèvres, de ses poils, de son sexe. Désir de sensations, de frissons, d'abandon, désir de mon ventre qui se creuse, de ses râles chauds dans mon cou, de mes seins qui se tendent, désirs de brûlure, d'aventure. Tous ces désirs devaient vivre en moi, tapis, à l'affût, mais je l'ignorais. Ils sont d'une force inouïe et ont capturé sans hésiter ma bonne éducation. Ma pauvre tête aurait-elle pu à cet instant spéculer, s'inquiéter, s'interroger, anticiper, résister ? Non. D'autres jeunes filles y seraient sans doute parvenues. Moi, pas ! Mon esprit était bâillonné par mon corps victorieux, avide, affamé. J'étais tout entière dans le lit blanc avec lui. Il n'y avait plus que cela qui comptait. Ce que je ressentais, là, à cet instant précis.

Je n'ai pas réalisé alors l'énormité de l'acte que j'étais en train de commettre. Hier, dans mon journal, la joie l'emportait encore sur la honte.

La conscience m'est revenue à présent. Et avec elle, l'effroi. L'effroi de cet acte irréparable, définitif, absolu. Jamais plus je ne pourrai revenir en arrière. La Tania de l'instant d'avant a disparu pour toujours. Le comprendre maintenant me laisse sidérée, muette, tandis que mon acte fatal prend tout son sens et explose dans ma tête dans un fracas effrayant. Je ne veux plus y penser, je ne veux plus me le rappeler. Je veux dormir et tenir à distance les souvenirs.

10 avril 1910

Je ne quitte plus la chambre. J'ai prétexté un refroidissement. On me laisse me reposer. Dans ma solitude, les images m'assaillent, me torturent, tournent autour de moi comme des guêpes folles. Le lit blanc, ses mains, mon corps palpitant, la tache rouge sur les draps. J'aimerais leur interdire l'accès, verrouiller à double tour ma mémoire, les enfermer dans une cache secrète, les perdre dans un dédale introuvable comme si rien de tout cela n'était jamais arrivé. Mais les images reviennent sans cesse, pleines de détails et de triomphe.

J'ai peur que Tante déchiffre la vérité dans mes yeux. Comment sa raideur cassante supporterait-elle un tel scandale ? Elle qui ne voit que le mariage en grand blanc pour contenir mes audaces. Elle qui pense dot, revenus, autorité de la lignée. Elle exigera une punition exemplaire. Pis, une pénitence édifiante. Un couvent peut-être pour me faire passer le goût de la liberté et se dédouaner de m'avoir laissée ainsi vaquer à mes coupables occupations. Jamais, elle n'a aimé. Jamais, son corps massif n'a frissonné sous les doigts d'un homme. Qui sait, peut-être, avant que la vieillesse et la méchanceté ne tissent l'horrible masque qui lui tient lieu de visage, a-t-elle été une fois amoureuse ? Au moins une fois ?

Cela peut-il se voir dans mon être, dans mon corps, dans ma façon d'être, que j'ai ainsi commis l'irréparable ? Ma vieille Olga qui m'apporte du bouillon midi et soir n'a rien décelé. Je ne puis en tirer le moindre réconfort, puisque ses pauvres yeux délavés n'y voient plus guère. Mais Maman ! Maman comprendrait d'un seul regard. Elle en mourrait ! Car je sais bien les conséquences pour une jeune fille de se présenter impure au mariage. Ce sera le scandale, l'opprobre, la mésalliance, l'époux mal né prêt à fermer les yeux contre le prestige d'un nom, l'impossibilité du refus. Non. Jamais. Je m'enfuirai.

11 avril 1910

Le silence de la chambre, mon isolement, les nuits qui s'étirent, l'aube qui lutte pour gagner le ciel et en chasser les ultimes ombres, les minutes qui suintent avec une lenteur insupportable tout au long d'un jour qui n'en finit plus et lui, lui, lui qui est là. Je ne parviens pas à le congédier. Je suis vaincue. Brancusi est là avec son air doux, son corps puissant, du rire dans les yeux et ses larges mains tendues pour m'accueillir. Que fait-il ? Peut-il sculpter la femme au miroir sans son modèle ? Pense-t-il à moi autant que je pense à lui ? L'ai-je brûlé comme il m'a brûlée ? Soudain, je suis anéantie à l'idée qu'il n'ait vu dans cette communion incandescente qu'un divertissement plaisant.

12 avril 1910

Je pourrais aller voir Marthe et tout lui avouer. Déposer mon fardeau de silence, mon secret terrifiant. Marthe comprendra. Elle m'écoutera. C'est bien elle qui m'a conseillé d'essayer beaucoup d'hommes avant d'en choisir un. Oui, c'est cela, demain, j'irai voir Marthe à son atelier. Sortir de cet étouffement, faire éclater cet insupportable huis clos où ma culpabilité lutte à mains nues avec mon désir comme dans un méchant combat de rue. Car je le sais bien, Brancusi avait déjà pris mon âme bien avant de prendre mon corps. À présent, il possède les deux.

13 avril 1910

J'ai longé les quais, traversé la Seine, passé les Beaux-Arts sans rien voir des arbres en feuilles, des mouettes qui piquaient vers le fleuve, des fiacres entassés aux carrefours. Tandis que je marchais comme un automate, je rassemblais surtout mon courage pour parler à Marthe.

Rue du Dragon, l'atelier fermait le temps du déjeuner et nous sommes allées jusqu'au jardin du Luxembourg. Sous le grand hêtre pourpre côté rue Guynemer, profitant de ce que Marthe ouvrait sa gamelle en fer-blanc où elle tenait son maigre déjeuner et ne me regardait pas, je lui ai tout raconté. D'un seul trait, d'un seul souffle. Mon secret et mon tourment.

De mémoire, voilà ce que Marthe m'a dit. Je veux l'écrire pour ne plus l'oublier aux heures de doute.

« C'est merveilleux !

— Merveilleux ? Mais Marthe, je suis une femme perdue ! Perdue, tu m'entends ?

— Ne te mets pas martel en tête comme ça, ma p'tite tronche. Tu n'es pas une femme perdue. Au contraire ! Tu es une femme libre. Et que fait une femme libre ? Elle a la vie qui lui chante. Tu as donc tout oublié de Voltairine de Cleyre ! Grâce à tes études, tu pourras vivre sans rien demander à personne. Tu pourras être docteur et manger à ta table sans l'aide de quiconque. Tu ne mesures pas ta chance de pouvoir étudier à la faculté, te préparer un bon métier, une belle vie. Tu n'apprends pas à tenir un ménage comme la plupart des bourgeoises qui vont à l'école. Toi, tu apprends à sauver des vies. Et puis quoi, c'est bien toi qui jurais que le mariage ne serait pas ta seule carrière. Et te voilà pleine d'effroi à présent. Tu sais, l'union libre, c'est possible. Surtout à Paris !

— Mais Marthe, je ne suis plus VIER-GE !

— Et alors, la belle affaire ! Oui, tu as raison, c'est très grave pour les bigotes de ne pas arriver vierges au mariage. Et ça te choque, toi ? Moi, pas. C'est un fardeau qui ne pèse que sur les femmes. Qui l'exige des hommes ? Personne. Non seulement, on ne leur cherche pas noise, mais tout le monde trouve naturel qu'ils fréquentent le bordel avant le mariage. Aux hommes le plumard, aux femmes les mouflets. Regarde autour de toi, Tania. Le monde change. Les femmes sont avocates. Elles entrent même à la Bourse à ce qu'on dit. Il faut nous rebeller pour être admises comme des égales. Et toi, tu fais l'inverse ? Tu te soumets. Tu la joues à la régulière. C'est pas comme ça qu'on se refera la cerise ma p'tite Tania. Et puis, au pire, si tu veux vraiment, vraiment, vraiment te marier, tu mettras un peu de sang de bœuf sur le drap de tes noces et le tour sera joué ! Allez, moi il faut que je retourne au boucard. »

J'étais sonnée par le plaidoyer de Marthe. Et tellement soulagée. Elle m'avait écoutée sans me juger.

Elle avait levé des fers mystérieux dans ma tête. C'est comme si mon esprit, enfin désencombré du paquet de sa honte, s'était remis en marche. En me quittant, elle a sorti de sa sacoche un livre tout corné et me l'a tendu.

Du mariage, par Léon Blum. J'ai dévoré l'opuscule le soir même. Quelle audace ! Quelle liberté ! J'écris ici quelques-uns des propos de ce M. Blum qui m'ont fortement impressionnée : *Il n'est pas supportable qu'une jeune fille soit réduite à choisir entre le déshonneur et la chasteté forcée, entre le mariage qui ne satisfait que son instinct et le mariage qui ne répond qu'à sa prudence.* M. Blum plaide pour que les expériences conjugales soient permises aux femmes avant le mariage. Quel saint homme !

16 avril 1910

Je suis retournée à la faculté. Je retrouve le cours normal de ma vie et nul ne semble me trouver différente, percer mon secret ou deviner mon audace. J'ai assisté le Dr Bémard dans ses expériences de laboratoire une grande partie de la journée. Il m'a félicitée pour mon joli teint. Alors que je le quittais, il m'a lancé, impromptu :

« Au fait, ma chère Tania, j'ai vu l'ami Brancusi il y a deux jours. Il m'a dit que vous étiez un modèle particulièrement inspirant et m'a demandé de vos nouvelles. Je ne savais pas que vous posiez pour lui. Ainsi, vous me faites des cachotteries. Il faudra que nous retournions prendre un verre à l'atelier. Il semble y tenir absolument. »

Je n'ai su quoi répondre. Alors, j'ai tourné les talons, un sourire idiot aux lèvres. Pourtant, dans les couloirs et jusqu'à la maison, mon cœur a tambouriné dans ma poitrine, mon cou, mes oreilles. Il pense à moi ! Un modèle particulièrement inspirant ! Sur le pont Alexandre-III, j'en aurais dansé de joie. Dois-je le revoir seule ? Cette perspective m'effraie autant qu'elle m'attire. Et si le désir allait, une fois encore, m'emporter. J'ai pris la résolution de ne le rencontrer qu'en présence du Dr Bémard. Le revoir, mais sans danger en somme. Car je crains de ne pas être bien sage.

19 avril 1910

J'ai accompagné le Dr Bémard rue du Montparnasse. J'ai affiché une gaieté de circonstance pour mieux dissimuler mon trouble intérieur.

Brancusi nous a accueillis avec une grande chaleur. Il a débouché du champagne et nous a offert un délicieux fromage de brebis.

J'ai évité son regard tout en trouvant exquis, à la vérité, de partager avec lui un si grand secret. À l'observer furtivement, j'ai réalisé une fois de plus que Brancusi était à la fois rempli de grâce et si rustique. C'est ce subtil mélange qui, je crois, le rend tellement attirant. Il était d'une joie pleine de drôlerie et paraissait heureux de nous voir. Il a parlé de son ami photographe Man Ray et a tenu à prendre en photo notre rencontre.

« C'est que sans mon modèle, je ne suis rien, a-t-il poursuivi en retirant le drap blanc qui dissimulait l'esquisse inachevée de la femme au miroir. Voyez cette œuvre en devenir. Ma chère Tania, vous ne pouvez refuser la vie à ce bloc de granit. Il faut revenir poser. »

J'ai promis.

21 avril 1910

Je suis passée à l'atelier ce matin. Brancusi n'y était pas. J'ai griffonné un mot sur une carte de visite pour lui indiquer mon passage et lui proposer de m'écrire afin que nous convenions d'un rendez-vous.

Devant sa porte en bois, des jonquilles en pot sont en fleur. Avec tous mes tourments, j'ai raté le premier rendez-vous du printemps, ma saison préférée.

J'étais bien déçue en repartant.

23 avril 1910

J'ai reçu une lettre de Brancusi. Tante me l'a tendue avec un air suspicieux. Son visage tout entier est soudain devenu pointu. Une grosse belette. Elle rêvait de lire par-dessus mon épaule le contenu de la missive et d'en découvrir l'auteur. J'ai bafouillé une excuse pour filer dans ma chambre.

Mon cœur battait à l'excès. J'ai décacheté l'enveloppe bleutée. J'ai caressé du bout du doigt le papier de soie léger qui la doublait. À l'intérieur, un bristol avec trois mots : *Tania chérie, 15 heures, demain.* Brancusi avait décoré tout le pourtour du carton d'une frise géométrique qui m'a rappelé l'immense colonne en bois qui s'élançait vers le ciel de son atelier. Ce fut un joli cadeau.

24 avril 1910

Brancusi m'a accueillie avec émotion. Je la voyais, je la palpais, je l'entendais. À sa façon de se précipiter pour m'aider à retirer mon chapeau, à son air agité pour attiser le feu, pour débarrasser la meule de pierre des outils et des bouteilles vides qui l'encombraient, je comprenais son empressement joyeux à me retrouver. Brancusi m'a suppliée de ne plus jamais disparaître ainsi. Plus jamais, plus jamais, plus jamais, soupirait-il en nous servant un verre de vin. Sa supplique, que je dépose de tête dans mon journal intime, était une bien jolie déclaration.

« Tania, chère petite Tania, que vous vous évaporiez soudainement sans que j'aie la certitude de vous revoir m'est insupportable. Vous ne mesurez pas ce que représente celle qui inspire, qui initie, qui invite à la création. C'est l'être précieux. Le plus précieux du monde à cet instant-là. L'être qui, par une alchimie mystérieuse pour l'artiste, stimule, libère, permet le geste, l'expression, le sens. On ne sait pas comment ni pourquoi cet être-là ouvre une veine puissante. Mais le fait est. Vous êtes la femme au miroir. Seule vous, pouvez être la femme au miroir. Une photo de vous, le souvenir de vous ne sauront jamais remplacer l'intensité vibrante de votre présence. Si vous me privez de vous, l'œuvre s'arrête. L'élan fécond s'interrompt. Le bloc ne parle plus. Et puis je sens, et je ne saurais vous dire pourquoi, que cette œuvre porte en elle d'autres œuvres à venir qui iront sans cesse vers plus de pureté, vers l'essentiel. Vous m'avez mis sur un chemin. Sans cette pièce fondatrice, matricielle, première, ma recherche du féminin restera vaine. Promettez-moi, Tania, que cela n'arrivera plus, que vous ne disparaîtrez plus et que nous pourrons aller ensemble au bout de cette aventure. Jurez-le. »

J'ai juré.

Puis j'ai bafouillé une explication en guise d'excuse. À toute vitesse, sans le regarder. C'était la faute à la chambre blanche, à son alcôve et son ciel de paradis, si j'avais disparu.

Ce à quoi Brancusi a répondu :

« Tania chérie, vous êtes libre de vos choix. Nous ferons seulement ce que vous déciderez, sans contrainte, à votre rythme, selon vos envies. Je respecterai toujours votre décision. Quelle qu'elle soit. »

Bénies soient ses paroles ! C'est comme si Brancusi m'avait à l'instant même plongée dans un bain de sécurité, de confiance, de connivence. Ce grand artiste, cet homme mystérieux, ce sculpteur puissant, cet inventeur de ruptures me reconnaît dans ma liberté de femme. Mon désir, mon corps, ma volonté m'appartiennent. Je ne m'évapore pas dans son instinct. Je ne suis pas son objet. Je peux dire oui. Ou non. Je suis un être debout, invité à découvrir en lui-même les chemins vivifiants de sa propre soif.

Les mots de Voltairine de Cleyre ont résonné à mon esprit. *Entretenez avec les hommes des rapports distants pour donner à votre propre caractère le champ nécessaire à sa propre expression.* J'ai rencontré un homme qui entend, qui comprend, qui encourage cette conquête salutaire et audacieuse. J'ai rencontré un découvreur follement moderne.

Nous avons repris la pose, respectant les gestes qui allaient devenir notre rituel. Brancusi, avec une délicatesse infinie, a dénoué mon chignon, ramassé mes cheveux pour les ramener sur l'épaule droite. Il m'a aidée à ôter ma chemise et m'a entourée d'un tulle blanc pour que je ne prenne pas froid. Il a ployé ma tête vers son miroir imaginaire. Plein de gaieté, il m'a lancé :

« On vous jurerait tout entière jaillissante d'un tutu. À l'avenir, je vous appellerai donc Tutu.

— Et moi, Toto », ai-je répondu du tac au tac.

Il a ri, d'un beau rire franc et profond.

La séance fut joyeuse. Les coups nerveux du ciseau s'enchaînaient à un rythme endiablé comme si Brancusi, pressé par quelque urgence, voulait s'emparer de la forme avant qu'elle ne lui échappe. Aux regards concentrés et bouillonnants de joie qu'il me lançait, je le sentais heureux. Je l'étais aussi.

Quand nous nous quittâmes, il embrassa longuement le bout de mes doigts dans un chaste baiser.

Sur le chemin du retour, tout soupirait de douceur et de réconfort en moi. Je suis sa muse. J'intercède entre lui et le ciel. J'inspire son œuvre. Non, je SUIS l'œuvre. Et il me respecte. Il est attentif à mes désirs, mes hésitations. Je suis la femme la plus importante au monde. La précieuse. L'indispensable.

Naturellement, je ne lui avais rien exprimé de la honte qui m'avait accablée, de la terreur qui m'avait submergée, des convenances bafouées, de ma réputation ruinée. À ses côtés, tout devient léger, évident, si naturel. Auprès de lui, j'oublie tout.

28 avril 1910

Brancusi a travaillé avec une telle ardeur aujourd'hui encore ! Le miracle est au bout de son effort. La femme au miroir est en train de s'extirper de la pierre. Ce sont deux courbes douces posées l'une sur l'autre. L'une pour le visage au front doucement bombé. L'autre pour le buste délicatement incurvé. La perfection d'un cercle soudain interrompu naît sous les coups du ciseau. Elle a la tête penchée comme si elle était humble, ou pensive, ou recueillie. Elle a le buste courbé comme si elle était attentive, ou protectrice, ou enroulée en elle-même. Ses cheveux coulent en bandeaux sur son épaule. Elle est tranquille, douce, femme.

Dieu, que nous étions joyeux de la voir ainsi émerger de la matière minérale ! Un prodige.

Tutu et Toto ont trinqué, ri, raconté des bêtises, écouté du jazz nègre sur le gramophone, accueilli

Man Ray qui passait par là, a pris des photos, moi avec le drôle de chapeau de Brancusi sur la tête, lui avec la mandoline posée en équilibre sur ses cheveux hirsutes. Du bonheur pur. En quittant Brancusi, j'ai déposé un baiser sur ses belles lèvres chaudes et je suis partie en trottinant, un cœur battant au bas du ventre.

1er mai 1910

Brancusi m'a proposé de l'accompagner au défilé du 1er-Mai. Avec Man Ray, le Douanier Rousseau et leurs compagnes, nous avons déjeuné gaiement dans une taverne des Grands Boulevards désertés par la crainte d'échauffourées. C'est à peine si l'on croisait ici et là des promeneurs qui s'en allaient du pas du flâneur et quelques vendeurs de muguet. Brancusi m'a offert un bouquet entier que j'ai glissé à la boutonnière de ma veste et qui était du plus bel effet. Le préfet de police, un certain M. Lépine, a donné ordre à la troupe de tenir toutes les places, depuis la Concorde jusqu'à la République.

C'est toujours un spectacle que celui de la Garde républicaine et des cuirassiers chevauchant à grand fracas sur les pavés de Paris. Mais les bataillons qui avaient pris position au coin des rues m'ont rappelé douloureusement le dimanche rouge de Pétersbourg. J'ai chassé l'image terrible de cet homme mort dans mes bras pour me concentrer sur la foule de Paris qui défilait, bonhomme et calme, l'églantine rouge à la boutonnière. Le temps était au gris et au frais.

Nous avons poursuivi notre périple en rejoignant une bande d'amis de Ray qui séjournent au Ritz. Jamais je n'y étais entrée. Quel luxe de cristal, de bouquets, de tapis ! Même le brouhaha léger du hall était élégant. Nous nous sommes entassés dans l'ascenseur et le liftier nous a déposés au troisième étage.

Dans une suite pleine de miroirs et de fumée, toute une compagnie de fêtards buvaient, riaient aux éclats. Des bouteilles de champagne vides s'entassaient sur les guéridons. Des couples dansaient en tournoyant énergiquement. Dans un coin du salon, une femme à robe de satin prune tournait autour d'un homme avec des mouvements lascifs de hanches. Brancusi m'a dit que c'était la danse érotique à la mode, inventée par une danseuse allemande. J'étais impressionnée. Quelle vie de patachon ! J'ai même découvert un homme en smoking paisiblement endormi sur le bidet de la salle de bains. Il semblait ivre mort.

Il m'a fallu filer pour être à l'heure au dîner de Tante, qui continue de croire que je révise mes cours pour mes examens. Au diable la faculté ! Je découvre une vie pleine de hardiesse.

J'ai rendez-vous demain pour poser. Brancusi était bien triste de me quitter ce soir.

2 mai 1910

Brancusi fignole son œuvre, désormais totalement sortie de sa gangue pierreuse. Il sculpte les cheveux, affine l'aile du nez, arrondit encore et encore la courbe du menton. Sans un mot. Avec une patience infinie, presque de l'entêtement.

Entre chaque geste, il me fixe avec une intensité profonde. Et l'intensité de ce regard, je le ressens avec précision à ce moment-là, affole mes sens. Sens redevenus sauvages. Palpitants. Impérieux. C'est la bascule. Le moment où je ne m'appartiens plus, où le désir m'envahit et, avec lui, l'envie d'être envahie à nouveau par lui. Brancusi l'a compris. Car nos yeux se disent ce que les lèvres n'osent exprimer. Je n'ai plus peur. Il est attentif, à l'écoute, tout en respect. Et cette délicatesse d'homme augmente encore mon abandon, ma curiosité, mon embrasement intérieur.

Ce soir, devant mon journal, la honte, le remords, la culpabilité de la première fois ont disparu. J'aimerais trouver les mots pour écrire le parfum musqué de sa peau, là, juste dans le pli de l'aine, les palpitations cœur à cœur, les chairs mêlées, les baisers bouche à bouche, le râle tellurique venu du tréfonds de la terre quand il jouit. Mais les mots n'y suffisent pas. Les mots sont des coquillages vides. Ils ne rendent pas compte à leur juste mesure du chatoiement, de l'emportement, des cieux prodigieux que je découvre entre ses bras.

3 mai 1910

Je me sens si vivante, si présente aux choses, si imprégnée des beautés de Paris depuis que j'aime.

Comme si mon âme s'était agrandie, ma conscience élargie au point d'entre-apercevoir un monde qui me dépasse. Mon esprit note mille détails que je ne voyais pas. Les martinets noirs qui strient le ciel de Paris à une vitesse folle ; les péniches au museau arrondi qui avancent, au ras des flots et avec peine, tant elles sont lourdement chargées de charbon ; une fillette qui pousse, primesautière, son grand cerceau. Mon cœur vibre à des joies simples que j'ignorais. Le soleil qui trace des zébrures poudrées dans le ciel de Paris, une femme qui rit la tête renversée, une rose-thé dans un jardin.

Je suis passée embrasser Marthe rue du Dragon. À la flamme de mes yeux, elle a compris.

« Toi, ma p'tite tronche, tu vas mieux. À te voir, je comprends que ce n'est pas un amant de poche ! J'espère que ce n'est pas un chichi-gratin, au moins ? »

Peinée par mon air ahuri, Marthe a bien voulu traduire ce mot qu'elle venait de tirer de sa malle à argot. Car, dans la langue de Marthe, un chichi-gratin est un prétentieux, un snob, un salonard. Je me suis aussitôt récriée. Mon maître n'est rien de tout cela. Non, mon Brancusi est à la fois berger des Carpates et un immense artiste. Et moi, je suis sa muse !

« Sa muse ? Méfie-toi, p'tite tronche, une muse, ça n'a pas beaucoup de chair », a rétorqué Marthe.

Et comme je ne comprenais guère davantage, elle a ajouté :

« Je veux dire qu'une muse, c'est la femme idéale. Une muse, ça n'a pas de tripes ni ses migraines.

Alors gare, le jour où la muse est fatiguée ou qu'elle a la tête de traviole, elle tombe de son piédestal. »

Sur ces paroles, Marthe a filé à l'atelier non sans m'avoir recommandé de ne pas oublier les tuberculeux.

15 mai 1910

Je n'ai plus guère le temps de tenir mon journal. Je parviens à m'échapper chaque jour pour voir Brancusi. La joie, toujours. Tout nous amuse. Une pièce de bœuf piquée sur une longue tige qu'il fait rôtir dans son four d'alchimiste, les dictionnaires que nous feuilletons pour y dénicher au petit bonheur la chance des mots insensés. Ce sont les seuls livres que Brancusi collectionne parce que, dit-il, ce sont les seuls qui disent tout mais dans le désordre.

Brancusi me raconte encore les Carpates de son enfance. Les étoiles, l'eau vive des ruisseaux, le chuchotement des arbres lorsqu'ils se parlent, les soupirs de la terre. Voilà ce qui nourrit son art : la recherche de la simplicité, de la beauté pure, de l'essence même de la vie. Le réel, les passions humaines, le détail figuratif ne l'intéressent décidément pas.

L'autre jour, il m'a dit : « Tu vois, mon Tutu, une sculpture bien faite doit avoir le don de guérir celui qui la regarde. » Il pense qu'une œuvre doit être facile à apprivoiser pour que l'on puisse vivre avec elle, en fraternité. D'ailleurs, il passe son temps à déménager ses sculptures dans l'atelier. Sauf la colonne en bois dont les motifs sculptés dialoguent jusqu'à la verrière du toit. « C'est la *Colonne sans fin* », déclare-t-il en riant. Mais toutes les autres pièces sont constamment déplacées, à la recherche de l'endroit parfait. C'est comme si la disposition des œuvres devait à son tour faire œuvre en soi. J'assiste médusée ou amusée, à ce ballet improvisé.

Brancusi passe aussi du temps à ranger avec minutie la foule de ses instruments. Pinces, fraises, meules, ciseaux, marteaux, scies : chacun trouve une place précise au-dessus de l'établi. Il est capable de les manier tous. En somme, il est un bataillon d'artisans à lui seul. Contrairement à d'autres artistes, il n'a pas besoin d'un ouvrier pour réaliser l'œuvre qu'il a conçue. Entre lui et la pièce de poirier, de chêne ou de marbre, le dialogue est direct. Entre sa pensée et sa main, la voie est continue.

Le plus souvent, Brancusi aime à se taire. C'est un méditatif, un silencieux. Je le soupçonne même de ne pas détester l'idée de vivre en ermite. Heureusement, je suis là pour le rappeler au bouillon joyeux de la vie.

20 mai 1910

Vrai, les amis de mon artiste de génie sont tout aussi géniaux que lui. Et c'est un univers que je découvre à l'atelier.

Il y a ces moments désopilants passés avec son ami Satie. Ces deux-là sont intimes. Nul ne devinerait pourtant, en voyant son pince-nez juché sur un si long appendice et sa barbe sagement taillée en pointe, qu'Erik est fabriqué de tant d'ironie. Il est si drôle lorsqu'il annonce la publication de ses *Mémoires d'un amnésique*. Cinquante pages entièrement blanches. Ou lorsqu'il nous chante « Allons-y Chochotte », l'un de ses succès frivoles pour cabaret qu'il qualifie pourtant de rude saloperie.

Il y a le bon Douanier Rousseau que j'ai appris à mieux connaître, avec ses moustaches retroussées et son éternelle lavallière noire. Brancusi et lui se comprennent sans avoir à se parler. Les voilà liés comme les doigts d'une même main, comme deux frères. Je crois que Brancusi est fasciné par la capacité d'Henri à mêler l'émerveillement de l'enfance et la luxuriance de l'exotisme. Et dire qu'il n'a jamais quitté Paris ! Les moqueries, les quolibets sur son art naïf, primaire, racontent même certains ; les louanges, les glorifications des autres, tout cela indiffère ce cher Henri. D'ailleurs, il n'hésite pas à offrir ses tableaux pour payer la crémière ou le boucher, c'est dire ! Je ne sais pas exactement si j'aime ou pas ces grands personnages plongés dans des forêts vierges aux mille verts, où les palmes se mêlent au houx de Noël dans un improbable mélange.

Amedeo Modigliani vient souvent lui aussi, depuis qu'il est installé cité Falguière. Dieu qu'il est beau ! Moins que mon Brancusi, mais quand même. Ses sculptures ont un air de famille avec celles de mon Toto. De longs visages étirés dans la pierre blonde, des regards sans regard, des nez infinis et des cous graciles posés sur des socles robustes. Amedeo est doux, souffre des poumons et boit vraiment trop.

De temps à autre, d'autres artistes frappent à la porte et s'arrêtent le temps d'un verre. Man Ray fixe alors la compagnie sur la pellicule. Apollinaire qui versifie l'amour, Walter Pach qui défend l'avant-gardisme dans ses critiques, Derain, Delaunay, Soutine à qui j'ai rendu visite dans son atelier de la Ruche.

La Ruche ! Comme c'était amusant de découvrir ce petit peuple d'artistes qui partagent leur vie et leur travail dans ces alvéoles en fer. Soutine m'a expliqué que c'était à l'origine le pavillon des vins de Bordeaux construit par Eiffel pour l'Exposition universelle, qui avait été démonté puis remonté ici pour accueillir des artistes. Cette joyeuse troupe entraîne parfois mon Brancusi au Dôme ou à la crémerie de la rue Delambre. Hélas, je ne peux jamais les y accompagner. Tante n'admet pas que je manque un dîner. Mais le spectacle de sa mastication appliquée m'est moins pénible quand je repense à mes nouveaux amis.

Dans ma boîte à secrets, j'ai serré les mille petits mots de mon Brancusi chéri. Des bouts de papier griffonnés, décorés, coloriés par Toto pour son Tutu. Parfois, c'est un simple dessin signé CB ou Toto. Parfois, une pensée. Brancusi raffole des proverbes populaires de sa Roumanie natale. Je commence à être à la tête d'une collection importante de ces dictons que je lis et relis à m'en donner la migraine pour en saisir le sens profond. *La faim va tout droit, le désir d'amour tourne en rond.* Ou encore *Une tente sans femme est comme un violon sans corde.* Il faudrait que je colle tout cela dans mon journal.

Et puis, il y a mes souvenirs, mes images adorées de l'alcôve blanche. Mon corps qu'il détaille comme si j'étais une déesse antique, mes hanches qu'il dit andalouses – je n'ai jamais compris ce que cela signifiait, mais je juge cela piquant –, mes seins qu'il trouve parfaits, mon front bombé comme celui d'une enfant qu'il suit du bout du doigt, mes mains que je lui refuse car j'ai honte de mes doigts qui sont gâtés par des ongles rongés. Jouer, caresser, mordiller, oublier, souffler, tenter, exploser. LA VIE EST BELLE.

3 juin 1910

L'air est léger. Je vois moins mon Toto adoré. La faute aux cours qu'il me faut réviser en prévision des examens qui approchent à toute allure. Lorsque je parviens à m'échapper pour l'embrasser, je le trouve souvent en compagnie. Je croise à l'atelier ce bon Henri ou Fernand Léger, parfois Matisse ou Man Ray. Mais aussi des collectionneurs américains emmenés par le critique Walter Pach et qui commencent à aimer son travail. Et puis des jeunes artistes étrangères qui viennent chercher conseils et encouragements, rient comme des crécelles et prennent des poses mutines. Je sens bien que ces demoiselles apportent dans l'atelier un joyeux élément d'inédit et de curiosité qui captive Brancusi. Dieu, comme cela peut m'agacer ! Vivement que j'en aie terminé avec la faculté. J'aimerais reprendre la pose, inspirer une nouvelle œuvre, réinstaller du silence et de la lumière dans l'atelier. Je l'ai dit à mon Toto, mais je n'ai eu pour réponse qu'une volée de baisers.

10 juin 1910

Deux jours d'examens et d'épreuves déjà. Il n'en reste plus qu'un. Je peine sur mes copies. Il va de soi que je n'ai pas assez travaillé. Comment étudier, aussi, quand l'aile rose de l'amour volette sur votre jeunesse ? Vendredi, je serai à nouveau libre de mon temps. La vie est courte !

13 juin 1910

J'ai passé mon après-midi chez Brancusi. Comme avant, nous avons ri, écouté de la musique, musardé dans son alcôve de moine. Un délice !

J'ai dit à Brancusi mon souhait de poser à nouveau pour lui. Je ne lui ai pas avoué combien être son inspiratrice me faisait vibrer, magnifiait mon amour pour lui.

« Oui, m'a-t-il répondu, je réfléchis à une œuvre qui capture dans une forme sublimée l'amour qu'un homme et une femme peuvent se porter. Il y a ici un bloc de granit rose que je pourrais utiliser pour cela. Mais, pour l'instant, je travaille à une nouvelle *Colonne sans fin*. »

J'ai bien senti qu'il était ailleurs.

14 juin 1910

Quand je suis arrivée à l'atelier, Brancusi trinquait avec trois femmes. Des danseuses, m'a-t-il déclaré. Des poules, plutôt ! À les écouter raconter joyeusement leur nuit de beuverie, les bouteilles de champagne déjà mortes à peine débouchées, les boîtes où l'on écoute du ragtime interprété par des nègres très noirs aux crânes très luisants, les seaux à glace qui, retournés, se font élégants chapeaux d'acier, les bagarres stupides entre gaillards en smoking, la soupe à l'oignon à 7 heures et le sommeil à midi, Brancusi semblait ravi et moi j'étais en rage !

Je ne sais plus quelle parole j'ai prononcée pour chasser ces mal élevées, mais Brancusi m'a rabrouée :

« Tu es acide comme un petit citron vert, ma Tutu ! »

C'est moi qui ai pris la porte.

16 juin 1910

Deux jours que je ne suis pas allée à l'atelier. J'entends signifier ma colère à ce spécialiste du gai savoir ! Je finirai bien par lui manquer. Il déteste mes disparitions, il me l'a dit.

19 juin 1910

Brancusi ne m'a toujours pas écrit. Pas un bristol. Rien ! Il me manque.

21 juin 1910

J'ai couru à la faculté voir les résultats qu'on y avait affichés à 16 heures. Collée dans deux matières, reçue dans trois ! Je dois repasser en septembre. Sergueï et Youri, en revanche, ont eu des notes phénoménales. Ils exultaient. Je suis contente pour eux, mais, pour ma part, je suis rentrée bien tristement à la maison, quoique peu surprise par mes piètres résultats.

Tante a appris mon échec avec gourmandise. Elle triomphe de mon humiliation et va s'empresser de télégraphier à Maman. Sans doute y voit-elle la confirmation éclatante qu'une femme ne doit pas chercher à être savante. Être une bonne épouse et une bonne mère reste le seul et indépassable horizon à ses yeux. Si elle savait que, tout simplement, je n'ai pas assez étudié. Je déteste cette vieille carne. Et toujours pas un signe de Brancusi !

22 juin 1910

Je n'y tenais plus et, toute honte bue, je suis allée jusqu'à l'atelier. Mon Toto a été un amour. Il m'a fêtée comme avant, m'a consolée de mille caresses, m'a parlé du *Temple de l'amour* qu'il sculpterait pour moi, m'a volé mille baisers, m'a croquée tout entière. Nous avons bu. Devant les fenêtres ouvertes de l'atelier, le rosier est en bouton.

Mon amour va partir quelque temps chez des amis, du côté de la Normandie. Pour moi, ce sera Biarritz comme chaque été. Je veux profiter de nous, faire le plein de souvenirs avant la transhumance estivale. Il nous reste huit petits jours merveilleux.

2 juillet 1910

Ce soir, j'ai longuement admiré le ciel de Paris, un grand voile bleu que le soleil avait barbouillé d'orange et de rose en disparaissant au bout de la Seine. Le jour finissant poudrait d'or la tour Eiffel. Paris est si romantique ! Surtout lorsqu'on aime. D'ailleurs Paris est la ville de l'amour.

Dans les bras de mon Brancusi adoré, j'ai goûté à pleine bouche huit jours de bonheur, de drôleries, de chuchotements, de pique-niques, de caresses, de promenades aux jardins, de mots chuchotés. Ils sont passés comme un éclair. Il va me falloir apprendre la patience.

4 juillet 1910

Nous partons par le train avec Tante, Olga, les malles et les cartons à chapeaux. Quelle épopée ! Notre wagon de première classe est assez confortable avec ses sièges de velours grenat et ses placages d'acajou. Une tablette me sépare de Tante, qui s'est vite endormie. Heureusement, car elle a si peur que le train déraille et que la locomotive ne fasse la culbute, que je m'épuise à la rassurer. Ses yeux fermés forment une triste ligne oblique et un léger ronflement sort de sa bouche ouverte. Quant à Olga, elle regarde, mutique, le paysage qui défile.

Le déjeuner au wagon-restaurant est un heureux divertissement pour moi. On y croise toutes sortes de couples de voyageurs que je m'amuse à observer par-dessus l'épaule de Tante. J'imagine leur vie, invente leurs secrets, soupçonne leurs passions. On m'a dit que le train pour Biarritz était baptisé le « train du plaisir », parce qu'il emmène des familles entières en villégiature vers la côte basque.

Pour moi, c'est le contraire. Ce satané train qui n'avance guère m'éloigne de mon plaisir. Mais Tante n'imagine pas passer l'été ailleurs. La czarine Maria Feodorovna, épouse d'Alexandre III, aime fréquenter cette ville de bord de mer. Pour Tante, si le czar aime Biarritz, autant dire que Dieu a choisi la petite cité balnéaire. Ces choses-là ne se discutent pas.

Après une journée entière de voyage, nous sommes arrivées rompues à bon port.

5 juillet 1910

Le temps est au frais pour un début d'été. Depuis la terrasse de l'hôtel du palais où nous sommes descendues, mes yeux peinent à démêler les gris du ciel et de l'océan. Il arrive qu'un rayon fugace de soleil parvienne à s'ouvrir une voie entre les nuages. La lumière souligne alors comme un passepoil scintillant la masse mousseuse des cumulus. Je jurerais alors qu'un doigt céleste s'est posé sur les flots soudain devenus argentés, comme si Dieu voulait me distraire.

Sur la grande plage, les cabines de bain rayées de rouge et de blanc sont vides. Avec leur tête ronde, on dirait des balles de badminton sagement alignées sur le sable. Sur la promenade du casino, quelques hommes déambulent, pantalons blancs, canotiers clairs et cannes à pommeau sculpté. Ils marchent avec cette tranquille nonchalance que donnent les grandes fortunes.

Tante a exigé que nous allions nous promener cet après-midi. Je n'ai pas échappé à la marche le long des fantaisies architecturales en tout genre qui émaillent la côte. Il y a là des petits châteaux pompeux de pierre grise taillée dans la montagne basque, des folies hérissées de tourelles, des maisons cossues et carrées à colombages que l'on pourrait aussi bien voir à Cabourg, une demeure effilée comme une sorcière sur son balai construite tout en hauteur et en transparence au-dessus de l'océan qu'on appelle la Villa Belza.

Derrière cette ligne de front de mer où les familles huppées cachent leur oisiveté, toute une petite ville blanche, aux toits rouges et aux volets verts, vit, s'agite et travaille honnêtement.

Je ne suis pas insensible à la puissance de ce paysage quand il est au gris. Partout, l'océan aux moirés métalliques entaille la falaise aux reflets de miel. Il attaque, s'acharne, grignote à force de patience le rocher, y creuse des anses et des cavernes en dentelle. Mais où l'eau si légère, si fluide, si vive trouve-t-elle la force de percer un rocher dur comme l'acier jusqu'à le transformer en tonnelle minérale ?

Quand la marée monte, l'eau vient se fracasser avec rage ou éclabousser, rugir ou murmurer, submerger ou baigner ces mille anfractuosités. Dans les allées pentues qui remontent de la plage vers la ville, les hortensias ne sont pas encore en fleur. Seuls des tamaris torturés par le vent, noués par les embruns, entêtés contre les éléments, parviennent à pousser, quitte à grandir couchés au ras du sol. Au-dessus de leurs troncs grossiers, un plumetis aérien de feuilles s'épanouit. Tante dit que la végétation est famélique ici. Moi, je la trouve émouvante. Comme je trouve charmant le petit port de pêcheurs, avec ces grosses barques aux couleurs vives abritées de la furie des vagues par quelques digues bien solides. Tante refuse d'y aller parce qu'elle déteste l'odeur tenace des poissons qu'on y vide.

Nous avons acheté *Le Courrier de Biarritz*. « Journal quotidien, indépendant, d'intérêt local et mondain », affiche avec orgueil la manchette !

6 juillet 1910

Le ciel a été nettoyé, lavé par les ténèbres. L'azur sans fin déploie sa transparence et l'on aperçoit la côte qui s'incurve doucement jusqu'aux montagnes d'Espagne. Le vieil océan grognon d'hier semble avoir rajeuni dans la nuit. Ce matin, le voici, tranquille, qui déroule une eau d'huile jusqu'aux petits rouleaux frisottants d'écume venant mourir sur le sable. J'irai donc me baigner dès aujourd'hui !

Tante a exigé que je porte un voile en dentelle par-dessus mon grand chapeau pour que le soleil ne me gâte pas le teint. Elle m'autorise un bain à condition qu'il soit court. Quand cessera-t-elle de me traiter comme une enfant ?

Dans la cabine de bain, je me suis déshabillée et je suis restée ainsi quelques minutes, entièrement nue, le sable doux se dérobant sous mes pieds, la chaleur de l'après-midi caressant mes épaules à travers la toile blanche de la cabine. J'ai revêtu la longue robe de bain en laine brune qui flotte à mes mollets et j'ai couru jusqu'aux premières vagues.

Nous avons passé le reste de l'après-midi, Tante et moi, sagement assises sur nos chaises de plage, face à l'océan, étouffant sous nos grands chapeaux de Parisiennes.

7 juillet 1910

Je m'ennuie. Il me manque. Je m'étais pourtant promis d'être bien sage, de refuser d'être convoquée par son souvenir et le voilà qui vient déjà me hanter.

Hier soir, la baie était superbe. Elle scintillait des lumières de la ville comme un arbre de Noël. Plus loin, sur la falaise, le phare s'allumait d'un éclair, trouait la nuit l'espace d'un instant, puis disparaissait pour revenir balayer l'obscurité mystérieuse et inquiétante de la mer. J'aimerais être avec lui pour que nous admirions ensemble, enlacés, soudés, siamois, cette côte qui scintille.

Tu me manques tant. Mon Toto, mon chéri, mon adoré, mon amour. Je veux être à toi. Je suis déjà à toi. Totalement. Entièrement. Toute mon âme. Mon corps entier. Mon cœur plein. Je consens avec joie à être torturée par ton image, ton souvenir. J'accepte avec bonheur de te voir danser sous mes paupières closes et de t'apercevoir encore lorsque j'ouvre les yeux. Je me résigne avec ravissement à la cruauté de ton absence. Car demain, nous nous retrouverons pour ne plus jamais nous quitter. Nous nous enlacerons et rien ne pourra plus nous éloigner. Nous nous aimerons et plus rien ne pourra nous séparer.

8 juillet 1910

Rien d'exceptionnel. Je m'ennuie. Messe à l'église orthodoxe de Biarritz. On y croise tous les aristocrates descendus avant la saison russe qui, ici, ne débute vraiment qu'en septembre.

J'ai prié avec ferveur devant le maître-autel pour être à nouveau réunie avec mon Toto adoré.

10 juillet 1910

J'essaie de m'intéresser à ce qui m'entoure. Je fais mille efforts. Aujourd'hui, j'ai jeté mon dévolu sur notre hôtel qui vient à peine d'être rénové après un terrible incendie. On m'a dit que le palace avait été reconstruit en E. E comme l'impératrice Eugénie qui en avait fait sa demeure d'été. J'ai trouvé cela follement romanesque. Dans la vaste salle du dîner en rotonde qui avance sur la mer, j'ai tenté de décrypter la fresque dédiée à Jason et la Toison d'or. Je déteste ce mythe. Brancusi penserait-il la même chose ?

12 juillet 1910

Heureusement que j'ai emporté mon journal avec moi. Cela me permet de me replonger au temps de mon bonheur, de revoir Brancusi et tous les amis. Quelle sotte je suis de ne pas avoir emporté de photos de mon adoré.

13 juillet 1910

Rien.

14 juillet 1910

Nous avons été invitées chez la princesse Ratizlikine, qui recevait pour la fête nationale française. Dans son salon, une immense tour Eiffel de glace fondait goutte à goutte sur l'ikra grise et crémeuse.

Il y avait là plusieurs couples de l'aristocratie russe installés dans ce pays au climat doux.

La conversation a roulé sur un jeune compositeur russe qui fit grand effet au printemps dernier sur la scène parisienne du Châtelet. Ce musicien, un certain Igor Stravinski, a composé pour Nijinski une pièce hors normes, cassant toutes les figures de la danse classique, inscrivant le ballet dans l'avant-gardisme le plus audacieux : *L'Oiseau de feu*. J'étais tout ouïe, ravie à l'idée de pouvoir raconter à Brancusi que la fracture de la modernité qu'il incarne est en train de tout envahir, même la danse. Je suis fière de lui rapporter cette nouvelle. Peut-être irons-nous ensemble au ballet.

15 juillet 1910

Partie de croquet, bain et longue promenade. J'étouffe d'ennui. Encore dix jours.

16 juillet 1910

J'ai tout mis en œuvre pour convaincre Tante d'aller visiter Bayonne, sa cathédrale, les berges de son fleuve. Rien n'y a fait. Tante dit que c'est une ville dangereuse, infestée de contrebandiers. Je ne sais où elle va chercher de telles fadaises.

17 juillet 1910

Un drame affreux s'est joué ce matin sur la grande plage. Malgré le fond de l'air agité, nous avions décidé d'une promenade avec Tante. Soudain, au bout de la plage vide, près de ce rocher jaune déchiqueté par tant de tempêtes, j'ai cru discerner une masse informe déposée à même le sable. Un moment, j'ai pensé qu'un dauphin ou Dieu sait quel autre animal de mer s'était réfugié là pour y mourir. Mais, à mesure que nous approchions, mes yeux ont distingué de plus en plus nettement l'image d'horreur qui se formait devant eux. Car la masse prenait l'allure d'un corps. Un corps désarticulé, un pantin écartelé. J'ai couru malgré les cris de Tante. J'ai couru aussi vite que j'ai pu, mes chevilles se tordant dans le sable mouillé de pluie, le souffle court. Un hurlement de terreur a labouré ma gorge lorsque j'ai découvert l'indicible, ce corps noyé, gonflé d'eau, veiné de bleu. J'ai vu son gros ventre que découvrait hideusement la robe en coton remontée jusque sous les aisselles. J'ai vu l'étroit visage grimaçant de peur. J'ai vu les longs cheveux blonds étalés comme un soleil autour de la tête. Ils formaient une couronne pathétique. J'ai couvert ma bouche pour arrêter de crier. Je suis tombée au sol, tremblante et en larmes. Des pêcheurs accouraient. On m'a relevée, on m'a aidée, on m'a raccompagnée. Que s'était-il passé pour que cette future mère se noie ainsi ? Était-elle tombée d'un bateau qui croisait au large ? S'était-elle laissé surprendre par la marée montante dans quelque caverne naturelle de la falaise ?

J'ai passé le reste de l'après-midi dans ma chambre, le cœur au bord des lèvres.

18 juillet 1910

La noyée m'obsède. Elle semblait avoir mon âge. Nul ne sait qui elle est ni si on l'attend quelque part. Comme elle a dû avoir peur ! Comme elle a dû souffrir lorsque l'océan a envahi son nez, sa bouche, ses poumons.

Pour tromper ma terreur, j'ai relu mon journal de la première à la dernière ligne. Cela m'a été d'un grand réconfort. L'intensité de l'amour qui m'attache à Brancusi n'est pas sorti de mon esprit fantasque. Il est bien réel.

19 juillet 1910

J'ai réussi à convaincre Tante d'aller assister à un match de pelote basque, un jeu local qui se dispute à la vitesse de l'éclair. Il me faut à toute force divertir mon esprit pour ne pas céder aux idées sombres que la noyée de la plage y a fichées. L'idée était salvatrice. Car c'était bien distrayant, cette mer de bérets noirs qui bougeaient en parfaite cadence chaque fois qu'un joueur relançait la balle. Le fronton rouge, la balle, la raquette en bois, fronton, balle, raquette. Brancusi aimerait, j'en suis certaine.

20 juillet 1910

Pluie toute la journée. Impossible de mettre le nez dehors.

Ennui, tristesse, angoisse.

22 juillet 1910

Nous avons fait nos adieux à la princesse lors d'un goûter offert à quelques vieilles connaissances.

Si je pouvais, mes malles seraient déjà bouclées.

Plus que trois jours.

24 juillet 1910

Demain, Paris me voilà !

25 juillet 1910

Jamais je n'ai été plus heureuse que ce matin, lorsque le train a quitté la gare de Biarritz. Chaque tour d'essieu me rapproche de Brancusi.

– 7 –

Camille

De retour d'Agadir, Camille avait retrouvé son quotidien laborieux chez McAnton. En collaboratrice consciencieuse, elle expertisait, réfléchissait, rédigeait, facturait treize heures par jour. Mais Tatiana rôdait dans son esprit, y entrait par effraction, s'évanouissait, réapparaissait aux moments les plus incongrus de la journée. Sous la douche, devant la machine à café, chez l'épicier.

Le rendez-vous avec le chef du service du patrimoine au ministère de la Culture approchait. Au jour dit, Camille s'échappa du cabinet en plein après-midi pour rejoindre la rue du Faubourg-Saint-Honoré, où Jean-Pascal Tuilan officiait.

C'était un homme au regard vif dans lequel se glissaient des lueurs amusées. Il était habillé avec recherche et portait à l'annulaire un lapis-lazuli sombre, serti dans une imposante bague en argent. Une tignasse désordonnée lui tenait lieu de coiffure. Il évalua la silhouette de Camille avec l'œil de l'amateur. Elle planta son regard dans le sien, sans ciller. Il sut qu'il venait de rencontrer une guerrière.

Camille présenta l'affaire avec une fougue étonnante.

« C'est tout à fait intéressant, déclara Jean-Pascal Tuilan lorsqu'elle eut terminé le récit de ses démarches. D'autant plus intéressant que Constantin Brancusi a fait don de l'ensemble de son œuvre à la France.

— Ah bon ! s'exclama Camille. Je ne savais pas.

— En vérité, Constantin Brancusi a longtemps été un inconnu en France, reprit-il. Membre de l'avant-garde, il était l'ami des plus grands. Marcel Duchamp, Man Ray, Apollinaire, le Douanier Rousseau, Satie, Modigliani, Valentine Hugo, Sonia Delaunay. Aussi étonnant que cela puisse paraître, à Paris comme en Roumanie d'ailleurs, il n'a jamais été reconnu à la hauteur de son talent. C'est aux États-Unis qu'il comptait surtout de fervents admirateurs. Mais c'est à la France, le pays qui l'a accueilli, qu'il a quand même décidé de tout léguer : sculptures, photographies, croquis, correspondances, ébauches. Tout ! Même ses outils et sa guitare. Si ça vous amuse, vous pourrez voir à Beaubourg la reconstitution exacte de son atelier. Tout cela pour vous dire qu'en effet, il y aurait une cohérence certaine à protéger cette œuvre, même si elle appartient à une personne privée. »

Camille sentit son enthousiasme monter en force. Elle comptait désormais un allié dans le Saint des Saints du patrimoine national. À eux deux, ils sauveraient *Le Baiser* et la mémoire de Tatiana.

« Quel vecteur juridique proposez-vous d'utiliser ? lui demanda-t-elle.

— Nous pourrions classer l'ensemble, je veux dire la tombe et l'œuvre au titre des monuments historiques. C'est un peu osé de protéger ainsi une tombe mais c'est jouable.

— Cela emporte quelles garanties au plan du droit ?

— Impossible de faire des travaux de quelque nature que ce soit sans l'autorisation du ministère.

— Par exemple, cela empêcherait de desceller *Le Baiser* ?

— Absolument.

— Combien de temps pour procéder au classement, demanda Camille.

— Quelques mois.

— Mais c'est beaucoup trop long ! Il y a urgence vous savez. Je redoute l'enlèvement, lâcha-t-elle sans réaliser qu'elle s'était laissé gagner par l'angoisse du directeur des cimetières. »

Jean-Pascal Tuilan la fixa sans la voir. Il réfléchissait.

« Vous avez raison. Cette œuvre a une valeur, mais celle-ci est inestimable. Autrement dit, *Le Baiser* n'a plus de prix. Car il appartient à l'histoire et pour tout dire, à la nation », conclut-il avec emphase.

Camille et Jean-Pascal s'échauffaient mutuellement.

« Primo, faire une note au ministre pour l'alerter. Deuxio, saisir le conservateur régional des monuments historiques. Tertio, inscrire le dossier à l'ordre du jour de la commission de classement au plus vite : voilà ce que je vais regarder dans la journée, déclara Jean-Pascal Tuilan. Et vous, pouvez-vous voir s'il est possible de tirer quelque chose du côté du droit moral de l'artiste ?

— Je m'en occupe. Appelons-nous dans une semaine », conclut Camille.

Puis, tandis qu'elle s'apprêtait à quitter le bureau du chef de service, Jean-Pascal Tuilan ajouta :

« Tant qu'on y est, on va aussi déclarer l'œuvre "trésor national". Cela permettra de bloquer toute velléité d'exportation puisque le passage en douane doit avoir reçu l'accord du ministère. »

Elle quitta les lieux portée par l'enthousiasme. *Le Baiser* de Tatiana, trésor national ! Camille exultait.

La rencontre avec Jean-Pascal Tuilan lui donna un coup de fouet. Elle lui était reconnaissante de s'être emparé du dossier avec autant de sérieux et de détermination. Elle appréciait qu'il ait compris son intention avec autant de célérité, qu'il partage son lexique juridique, chemine aussi aisément dans ses raisonnements stratégiques. Elle aurait détesté tomber sur un fonctionnaire évanescent et compliqué, arrogant et hésitant. Au contraire, elle eut le sentiment d'avoir trouvé un partenaire solide. Et il est pas mal, en plus, ce Jean-Pascal, se dit-elle en remontant la rue.

Le samedi suivant, elle alla faire un tour au cimetière du Montparnasse. Visiter la tombe de Tatiana commençait à prendre l'allure d'un rituel. Camille pénétrait désormais directement dans la nécropole, par la porte située au plus près de la tombe. Elle n'hésitait plus sur le parcours entre les sépultures.

Ce jour-là, elle trouva les deux amants du *Baiser* rincés par une giboulée de printemps. Ils paraissaient plus sombres que dans son souvenir. « Mais que t'est-il arrivé, petite princesse ? demanda-t-elle en silence au médaillon de Tatiana. Quel drame, quel secret, quel chagrin t'a poussée à te tuer ? »

La bougie rouge de neuvaine s'était entièrement consumée. Alors qu'elle allait la récupérer pour la jeter, Camille remarqua une couronne de roses en céramique. C'était l'un de ces ornements de qualité médiocre aux tons pourpres et violines que l'on pouvait acheter dans n'importe quel magasin de pompes funèbres. Camille était certaine de ne pas l'avoir vue la fois précédente. Ainsi, quelqu'un venait sur la tombe. Mais qui ? Sans élément de réponse, elle décida d'aller à Beaubourg découvrir l'atelier de Brancusi dont lui avait parlé Jean-Pascal Tuilan.

Sur la grande esplanade du musée, une file entortillée de visiteurs patientait pour pouvoir pénétrer dans le vaisseau de verre et de boyaux colorés du Centre Pompidou. L'attente la découragea. Elle était sur le point de renoncer lorsqu'un gardien la sauva : l'atelier de Brancusi était sur la piazza, pas à l'intérieur du musée. Elle découvrit alors le bâtiment que Renzo Piano avait pensé pour qu'il s'intègre parfaitement dans le parvis minéral de Beaubourg, au point de s'y dissoudre presque. Jamais auparavant elle ne l'avait remarqué. C'était un bloc pur et modeste en pierre blanche, qui émergeait à l'un des coins de la place. On y accédait par une volée de marches qui descendait vers le cœur de la terre. Là était reconstitué au détail près l'atelier dont Brancusi avait légué le contenu à la France en 1956. Sa seule exigence : que tout soit restitué au visiteur dans son ordonnancement exact, que rien ne soit modifié, encore moins éparpillé, et que l'ensemble soit présenté de préférence dans les locaux du musée national d'Art moderne. Ainsi fut fait. Camille entra dans l'atelier et s'arrêta à la borne d'accueil. Entrée libre.

L'atelier de Brancusi était contenu tout entier dans un écrin de verre autour duquel le visiteur pouvait circuler à sa guise. Au travers d'un toit translucide, le ciel de Paris coulait sa lumière zénithale sur l'arrangement délicat des œuvres. Tout était parfaitement silencieux.

Camille fut saisie par la sérénité du lieu, l'accord des œuvres, la pureté des formes, la blondeur des bois, l'étincelle des cuivres polis, la douceur laiteuse des plâtres. À l'évidence, l'artiste avait pensé son atelier comme une œuvre en soi. Chaque sculpture, chaque socle, chaque bronze avait une place singulière dans l'espace. Entre les œuvres, un dialogue symbolique se nouait. Des harmonies se répondaient. Des forces se confrontaient.

À l'entrée, elle découvrit la colonne qui répétait à l'infini, comme une frise entêtante, le motif du *Baiser* qu'elle connaissait bien désormais. Cette colonne, c'était comme une frontière, une arche, une colonne qui défendait l'entrée dans le temple de l'amour. Camille eut l'impression de pénétrer dans un espace sacré. Les « sculptures-oiseaux » disposées en trois points de l'atelier y formaient un triangle invisible. Les *Grands Coqs*, comme dressés vers l'aube avec leurs puissantes crêtes en dents de scie, semblaient tenir tête à *La Colonne sans fin*. Les « sculptures-visages », endormies, implorantes, alanguies, anonymes, reposaient sur leurs socles, des socles de toutes sortes : en bois poli, en pierre rugueuse, en métal luisant. On aurait dit que *La Sorcière*, une magnifique pièce en bois doux comme une pêche avec son chapeau pointu, allait s'envoler sur un balai magique, le tout sous le regard goguenard du chef qui se résumait tout entier en un immense rire et une couronne d'acier.

Camille avançait lentement dans cet univers enchanté. Elle prit le temps de lire les titres et les dates, sur les cartels. Elle admira un cliché de Brancusi assis sur une meule. Il avait le regard perçant, le cheveu dru, la barbe touffue. Elle le trouva superbe. Elle détailla longuement chaque œuvre.

Toutes les pièces la touchaient. La simplicité presque enfantine, la douceur des formes, la noblesse des matières naturelles, le détail à peine esquissé et qui pourtant signifiait tant. Elle comprit ce que Jean-Pascal Tuilan avait voulu lui dire en parlant d'artiste d'avant-garde. Elle ressentit l'abandon confiant de *La Muse endormie*, le mystère alchimique de *La Sorcière*, l'érotisme suave de la *Princesse X*, l'envol léger de l'*Oiseau* en plâtre gris, l'étreinte ardente du *Baiser*. Un trait, un élan, un détail disaient tout de cet artiste vibrant.

Camille découvrit la relation tortueuse de Brancusi avec son pays. Au nom de ses *Colonnes sans fin* inspirées des motifs de l'artisanat traditionnel roumain, le pouvoir l'avait longtemps enfermé dans la cohorte tragique des artistes fascistes et dégénérés. Puis Ceausescu avait réenchanté Brancusi. C'est qu'en prenant ses distances avec le grand frère soviétique, la Roumanie avait besoin de héros pour nourrir le nouveau roman national. Brancusi allait devenir l'un d'eux. Camille s'amusa à compter le nombre d'immeubles, de routes, de parcs, de foulards, de timbres, de gâteaux de mariage qui, en Roumanie, choisirent *La Colonne sans fin* comme symbole national et signe de fierté. Mais la Roumanie n'eut jamais les moyens d'acquérir une œuvre de l'artiste, et c'est bien à Paris que demeura le trésor. C'est bien triste, se dit Camille, que cet immense artiste ne puisse être exposé dans son propre pays.

Camille poursuivait sa visite lorsqu'elle se cogna presque dans Jean-Pascal Tuilan.

« C'est drôle de vous revoir ici, dit-elle en lui serrant la main.

— C'est votre visite, toute cette histoire, la tombe, l'urgence à trouver des solutions, notre discussion. Tout cela m'a donné envie de revoir l'atelier et l'œuvre, expliqua Jean-Pascal Tuilan avec enthousiasme. Vous ne trouvez pas ce travail merveilleux ?

— Je ne suis pas experte comme vous, mais, oui, ces sculptures me touchent. Ce lieu aussi », avoua Camille.

Ils détaillèrent ensemble les ébauches inachevées savamment disposées sur des étagères, sur de longs piliers en bois mal équarris. Jean-Pascal Tuilan commentait, éclairait d'un détail la compréhension de l'œuvre, donnait à Brancusi de la chair et du sang. Camille écoutait.

Ils s'arrêtèrent devant l'établi avec son fatras, ses tenailles, une corde à poulie, un palan, ses fraises, une ponceuse-polisseuse, un morceau de bois. On aurait dit que Brancusi venait de quitter la pièce. Tout était en l'état, comme dans un temps suspendu. Au-dessus de l'établi, des barres d'outils fixées au mur, sur lesquelles il rangeait les poinçons, les gouges, les racloirs, les pinces, les scies. Un escalier raide, en bois, menait à la mezzanine et au lit, caché derrière une demi-cloison. Au mur, on distinguait une guitare et un chapeau de paille blanc rehaussé d'un large galon clair.

Jean-Pascal Tuilan proposa un verre. Dans un café de l'esplanade, ils sirotèrent une bière. Camille interrogeait. Jean-Pascal répondait. Il lui conseilla de se rendre à la bibliothèque Kandinsky, au dernier étage du musée, si elle voulait en savoir plus sur l'homme. C'était là qu'était conservé le fonds des lettres, souvenirs et études sur Brancusi.

Ils se saluèrent sur la piazza et promirent de se donner rapidement des nouvelles du dossier.

Armée de patience, elle se glissa dans la file d'attente pour entrer à Beaubourg et rejoindre la bibliothèque. Cet homme est délicat, se disait-elle en repensant à Tuilan. Et quelle culture ! Lorsque enfin elle eut franchi les contrôles, Camille s'engouffra dans les escaliers mécaniques qui, en quelques minutes, vous hissent au-dessus des toits de Paris.

Elle trouva la bibliothèque Kandinsky. Elle eut l'impression de faire irruption au beau milieu d'une veillée funèbre. Quelques tables seulement étaient occupées. Les visiteurs travaillaient dans un silence religieux, se levaient soudainement, glissaient jusqu'au bureau de la documentaliste, échangeaient avec elle à voix basse, puis s'en retournaient comme ils étaient venus. Camille se sentit en terrain hostile.

Elle avisa une documentaliste.

« Ici, il faut une carte pour consulter, lui répondit la fonctionnaire sans aucune aménité.

— Comment puis-je l'obtenir ? demanda Camille.

— Vous êtes chercheur, professeur d'art ou élève d'une école artistique en niveau master II ?

— Non, je suis avocate.

— Dans ce cas, vous ne pouvez pas obtenir de carte ni consulter notre fonds, trancha la documentaliste qui avait déjà replongé dans son ordinateur.

— Vous pourriez me dire comment obtenir des informations sur l'œuvre de Brancusi, s'énerva Camille. C'est pas une demande extravagante, tout de même !

— Voyez la BPI, souffla la documentaliste qui ajouta, comme si elle avait affaire à une imbécile, je veux dire la bibliothèque publique d'information, à l'étage inférieur. »

L'instant d'après, Camille était au milieu d'un essaim bourdonnant d'étudiants qui fumaient, discutaient, téléphonaient sur la coursive extérieure de la BPI. Camille se sentit davantage à sa place qu'à la bibliothèque Kandinsky, sanctuaire réservé à l'aristocratie des Beaux-Arts. Elle décida de prendre le temps d'un cigarillo, attirée par ce brouhaha joyeux. Elle qui n'avait pas eu d'adolescence se trouva à son aise dans ce chaos de jeunesse.

Elle mit un certain temps à comprendre l'organisation des vastes allées de rayonnages chargés d'ouvrages. Elle ressentit des picotements de joie lorsqu'elle découvrit une étagère entière consacrée à Brancusi. Elle s'assit à même le sol, l'étagère à portée de main, et se mit à feuilleter les documents proposés pour en sélectionner quelques-uns. Puis, les bras chargés de livres, elle erra entre les longues tables autour desquelles s'agglutinaient les étudiants avant d'identifier une place libre. Il y avait là toutes les nationalités, toutes les couleurs de peau, toutes les disciplines. La plupart tapotaient directement sur leur ordinateur portable. La majorité portait des écouteurs aux oreilles et dodelinait de la tête au rythme de leur musique. Camille sortit un cahier à grands carreaux de son sac, ouvrit le premier ouvrage et se concentra. À l'ancienne.

Ce qu'elle apprit sur l'artiste lui plut. Une vie d'enfant pauvre, malmené par son père, berger dans les Carpates, puis apprenti dans une fabrique de couleurs à la ville. Quel courage il lui avait fallu pour forcer le cours de sa vie, s'arracher à sa classe sociale, s'affirmer comme artiste et s'inventer un chemin de création, pensa-t-elle. Il devait avoir une belle rage intérieure pour croire à sa vérité, quitter son pays, marcher seul jusqu'à Paris. Et de quelle obstination il avait fait preuve pour vaincre, vaille que vaille, la misère, en dépit des nuits passées à faire la plonge dans un restaurant de Clichy, malgré les blocs de pierre qu'il montait à dos d'homme jusque dans sa chambre de bonne de la place Dauphine.

Camille fut touchée par tant de liberté. Elle qui s'était extraite de la Beauce, détachée de l'exploitation familiale pour suivre des études, elle qui avait multiplié les petits boulots pour y arriver, elle qui s'était expatriée savait bien ce qu'il en coûtait d'advenir à soi-même, hors des sentiers familiaux.

Elle découvrit que Brancusi avait tenté de saisir dans ses œuvres la puissante métamorphose qui, avec la Belle Époque, balayait les valeurs de l'ancien monde : les mutations techniques, les promesses scientifiques mais aussi l'angoisse, l'incertitude. Mon Dieu, comme le monde a changé en un siècle à peine, se dit-elle. Pourtant, il n'avait rien renié de son lien profond à la terre, de ses traditions artisanales, rien oublié de sa souche paysanne qui l'avait ancré comme un élément du grand tout cosmique. On retrouvait dans ses *Colonnes sans fin* le bois sculpté des gourdins de berger, dans le poli de ses calcaires, le ponçage obstiné de la rivière, dans le velours de ses marbres, la caresse du vent. Surtout, Brancusi ne pontifiait pas lorsqu'il parlait de son travail. Il y avait chez cet homme la sagesse de la terre et la naïveté de l'enfance, tout un vocabulaire universel qui parlait à Camille.

Lors de sa visite à l'atelier, elle avait été frappée par la découverte de ces œuvres qui lui avaient semblé immédiatement lisibles, qu'elle avait simplement ressenties. Camille eut l'impression d'avoir noué avec Brancusi un sentiment de connivence, presque d'évidence.

Était-ce parce qu'elle était disposée à la découverte ? Quoi qu'il en soit, toutes ses lectures à Beaubourg la passionnèrent. Lorsqu'elle lut que Brancusi refusait de reproduire le réel au travers de ses sculptures pour mieux capter l'étincelle de l'esprit, elle comprit instantanément ce qu'il voulait exprimer. *Le Diable, c'est la contingence, le Beau, c'est l'essence,* disait-il. La phrase frappa Camille. Son inconscient fit un lien immédiat entre les affaires d'argent qu'elle traitait chez McAnton, qu'elle jugea sur-le-champ contingentes et diaboliques, tandis que la mort de Tatiana que venait sanctifier *Le Baiser* lui apparut comme l'œuvre belle et essentielle par définition. Elle eut l'impression de basculer dans un monde différent, un monde dont le sens ne consisterait plus à défendre les plus-values, les actifs, les parachutes dorés. Elle eut la conviction qu'elle venait d'accoster sur la grève d'un univers fait de symboles universels, de plénitude humaine, de simplicité éternelle, de quête de soi-même.

Puis elle apprit que, chez Brancusi, le socle était partie prenante de la sculpture. Mieux, le socle était œuvre en lui-même. Camille fit le lien avec la tombe de Tatiana. À Montparnasse, Brancusi avait signé son œuvre à la base du socle, pas sur la statue. Si elle pouvait prouver que le support maçonné au pied de la stèle pour y accueillir la statue avait été voulu ainsi par l'artiste, elle plaiderait que l'œuvre et la tombe ne faisaient qu'un. Puisque les tombes étaient impossibles à vendre sur le marché, la statue le devenait aussi. Cette nouvelle piste la mit en joie. Restait à découvrir le plus difficile : pourquoi Brancusi avait-il voulu *Le Baiser* sur la tombe de Tatiana, au mépris du scandale que l'œuvre avait créé en 1910 ?

Ce n'était d'ailleurs pas la seule fois où Brancusi avait chahuté la morale. Par sa liberté d'esprit et de création, l'artiste avait été au centre de plusieurs polémiques. Cette *Princesse X*, par exemple, devant laquelle Camille s'était longuement arrêtée à l'atelier Brancusi. Cette pièce de métal poli, ramassée dans ses rondeurs, tête et cou penchés, avait suscité une émeute en 1920 au Salon des indépendants qui se tenait alors au Grand Palais. Qui pouvait nier que la *Princesse X* soit équivoque ? Les tenants de la morale y virent un immense phallus en érection éternelle. Faux, rétorqua Brancusi qui présenta cette œuvre comme l'approfondissement graphique de la *Femme se regardant dans un miroir*, une sculpture de pierre plus ancienne réalisée à partir d'un modèle anonyme. Qu'il ait agi par goût de la provocation ou que sa recherche fût sincère – ou les deux –, Brancusi vit son œuvre interdite pour obscénité par le préfet de police. Il quitta la verrière du Grand Palais avant l'arrivée des gardiens de la paix, la *Princesse X* dans les bras, au milieu d'une foule où les insultes le disputaient aux vivats.

Il y eut aussi le procès historique de l'art. Brancusi contre États-Unis. Ça a de la gueule ! songea Camille. Et cela acheva de la séduire. Que Brancusi, simple paysan des Carpates, ait défié la loi américaine au nom de l'art l'enthousiasma.

C'était en 1927. Brancusi préparait une exposition à la galerie Brummer de New York. Cela faisait plus de dix ans que le sculpteur était célèbre outre-Atlantique. John Quinn, son collectionneur le plus passionné, avocat à la ville, n'y était pas étranger. Comme il n'était pas étranger à la protection dont jouissaient jusqu'alors les œuvres radicalement abstraites du sculpteur. Mais Quinn disparut en 1924. En 1926, vingt œuvres signées de Brancusi partaient pour New York sous la surveillance étroite de l'ami Marcel Duchamp. À la douane américaine, une sculpture de un mètre trente-cinq, fuselée comme une aile, polie comme un miroir, fut interceptée puis saisie. Considérée comme une pièce industrielle, et non comme une œuvre d'art, puisqu'elle n'était pas modelée à l'imitation de modèles naturels, elle fut soumise aux taxes d'importation comme une vulgaire pièce de chaudronnerie. Brancusi était consterné, accablé, découragé. *C'est une grande injustice. C'est le développement d'un travail honnête pour atteindre un autre but que les séries manufacturées pour faire de l'argent, tout de même !* écrivit-il à son ami Duchamp.

Brancusi ne renonça pas pour autant. Il attaqua. S'ouvrit alors en octobre 1927 un procès décisif, qui allait poser des questions essentielles. Quels critères pour juger la notion d'œuvre ? Qu'est-ce qui définit un artiste ? Une pièce brute de fonderie polie à la main par l'artiste est-elle une œuvre d'art ? Faut-il obligatoirement modeler une œuvre d'après nature pour que cela soit de l'art ? La presse spécialisée, les critiques, les directeurs de musée, les artistes, les avocats confrontèrent leurs arguments. Le 26 novembre 1928, le verdict tomba. Le juge américain reconnaissait qu'une école d'art dite « moderne » s'était développée, dont les tenants tentaient de représenter des idées abstraites plutôt que d'imiter des objets naturels. Le tribunal devait le reconnaître et en tenir compte. Brancusi avait gagné. L'Art avait fait plier la Loi. La liberté de créer et de faire circuler des œuvres d'art avait trouvé son sanctuaire.

En quittant Beaubourg ce soir-là, Camille en conclut qu'elle aimait désormais Brancusi autant que Tatiana. Elle admirait l'artiste. La jeune disparue la touchait. Avec ces deux-là, elle noua un pacte secret : les défendre. Elle avait de l'énergie à revendre. Elle dressa mentalement la liste des recherches à mener pour progresser vers le sauvetage du *Baiser*. Elle appela Ameline tout en remontant vers Montmartre. Elle était dans un état d'excitation, d'empressement, de gaieté que son amie ne lui avait pas connu jusqu'alors.

« Mais où vas-tu trouver le temps de faire toutes ces recherches ? lui demanda Ameline.

— Je vais prendre un congé exceptionnel chez McAnton, affirma Camille.

— Pour deux jours à Agadir, tu as déjà eu droit à des remarques, alors si tu remets le couvert, tu vas les entendre te chanter *Ramona*, s'inquiéta Ameline.

— Je m'en fous. Il faut faire vite maintenant. Je ne peux pas travailler le dossier seulement le dimanche ! Ils peuvent bien me virer si ça leur chante. J'ai des économies. Je trouverai du travail ailleurs, trancha Camille.

— Ben dis donc, ce *Baiser* t'a mise cul par-dessus tête ma Camille », conclut Ameline sur un ton admiratif.

Le lendemain, Camille adressa un mail au directeur des ressources humaines de McAnton pour poser deux semaines de congé et prévint Hassan qu'elle se mettait au vert. Dans l'heure, elle reçut une réponse courroucée de son employeur qui évoquait pêle-mêle une faute professionnelle, le plan de charge du cabinet, la confiance entamée. Mais Camille, étonnée de sa propre audace, répondit sans trembler :

« Monsieur le directeur,
Comme je vous l'ai indiqué lors de notre entretien du 5 courant, j'exerce en ce moment une activité de conseil à titre privé comme le prévoit l'article 7 de mon contrat avec le cabinet McAnton.
Disposant de plus de quatre-vingt-dix jours de congé sur mon compte épargne temps, jours que le cabinet ne me paiera jamais, j'ai choisi de consommer dix jours ouvrables. J'applique ainsi strictement les droits ouverts aux collaborateurs par le Code du travail (art. R 358-2, alinéa 4).
Si cette option ne vous convenait pas, ce que je regretterais, croyez-le bien, je vous invite à engager une procédure de licenciement à mon encontre.
Il va de soi que je me réserve le droit de contester une telle décision devant le tribunal des prud'hommes.
Bien cordialement,
C. Ravani.

Et toc, se dit Camille en cliquant sur « Envoyer ». Elle n'eut pas de réponse.

Elle exhuma de sa bibliothèque un traité sur le droit moral et ouvrit son cahier à grands carreaux. Elle travailla toute la journée, sans lever le nez, sans se laver, dans son vieux peignoir défraîchi, sans même penser une seconde à son tricot. Elle avait la rage au ventre et était bien décidée à ce que le droit protège, une fois encore, le travail de Brancusi et, au-delà, l'âme de Tatiana.

Après plusieurs heures de lecture, le droit moral inventé par la France lui apparut tel qu'il est : une œuvre d'art, lui aussi. C'était une merveille d'équilibre et de générosité, de gratuité et de respect. Une arme à dégainer en cas de menace. C'était tout ce qu'il fallait à Camille. On était loin du droit commercial ou du droit de la propriété qui faisaient son quotidien. Loin des calculs fiscaux et des négociations financières qui formaient son horizon. On était dans la défense de l'idée, de l'intention, du signifiant, du sentiment, de l'humanité.

Car l'œuvre d'art, dès lors qu'elle est originale, est considérée comme le réceptacle, le tabernacle, le creuset de la personnalité de l'auteur. Cette parcelle créatrice exprimée par l'artiste vient se ficher, s'abriter, s'encastrer dans l'œuvre. Voilà pourquoi celle-ci mérite d'être protégée. Voilà pourquoi la volonté de l'auteur exprimée dans l'œuvre doit être respectée. Le droit moral que Camille découvrait lui évoqua instantanément une sorte de cordon ombilical reliant l'auteur à l'œuvre qu'il avait enfantée. Peu importe que l'artiste ait disparu. Le droit moral résiste au temps : il est perpétuel. Peu importe la cote de l'artiste : son droit moral est inaliénable, impossible à céder à un tiers. Peu importe que l'artiste reste silencieux des années durant : le droit moral est imprescriptible. Il est enfin opposable à tous. À tous, même aux héritiers de l'artiste. Car le droit moral ignore l'affection ou l'amitié. L'héritier, qu'il le veuille ou non, devient le gardien absolu de la volonté de l'auteur. Impossible pour lui d'exercer le droit moral à sa guise. Comme dans le culte des ancêtres de l'Antiquité, l'héritier doit s'oublier lui-même pour exécuter strictement les intentions explicites ou tacites de l'artiste. La prescription des droits au bout de soixante-dix ans après la disparition de l'artiste ne change rien à l'affaire : même une fois l'œuvre tombée dans le domaine public, la volonté de l'artiste devra toujours être respectée. Ces découvertes galvanisèrent Camille.

Ouf, se dit-elle. Me voilà à la tête d'une série d'arguments juridiques imparables. Reste le plus difficile à présent, et elle nota sur son cahier deux questions :

1. Brancusi a-t-il vraiment voulu déposer *Le Baiser* sur la tombe de Tatiana ? La connaissait-il en particulier ? A-t-elle été son modèle ? Quelles preuves de sa volonté d'artiste ? Ou est-ce le docteur roumain qui a décidé et passé commande ? Ou les parents (j'en doute, vu le scandale que ça a dû être) ?

2. Brancusi a-t-il un héritier garant de sa volonté et détenteur du droit moral ? Si oui, le contacter TTU.

Le lendemain, Camille voulut retourner à Beaubourg pour poursuivre ses recherches. Mais on était mardi et le musée était fermé. Privée de tout moyen d'avancer sur l'affaire, elle commit alors un acte incongru : elle poussa la porte d'un coiffeur. La queue-de-cheval, qu'elle portait depuis son douzième anniversaire bien tirée vers l'arrière, bien serrée dans la nuque, en fit les frais. Ce matin-là, Camille fit couper ses cheveux. Elle accepta aussi une teinture aux reflets roux dans laquelle sa grande et triste mèche blanche vint se dissoudre comme par magie. Quand elle sortit du salon, Camille n'était plus Camille. Pas encore Vénus, certes, même s'il y avait du mieux. Une coupe à la garçonne avec un adorable taillis de petites mèches, une nuque courte et de jolies pattes effilées mettaient soudain en lumière ses beaux yeux noisette. Elle n'en revenait pas. Elle croisa par hasard son reflet dans une vitrine et ne se reconnut pas. Mais, l'instant d'après, elle réalisa sa propre métamorphose. Alors elle osa se regarder dans la vitrine de chaque boutique, très vite au début, puis de plus en plus posément jusqu'à sourire à sa propre image. Une joie piquante se mit à couler dans ses veines.

Encore étonnée de son audace, elle entra dans l'une de ces boutiques à la mode qui ressemblent à des boudoirs à frivolités. On pouvait tout y acheter. Les vêtements alignés sur les portants, les fauteuils années cinquante et les bergères dans lesquels on s'asseyait, une bouteille de vin, des sautoirs, un film de la nouvelle vague, des chaussures. Le lieu était intime et baroque, plein de velours et d'effluves poudrés. La patronne était chaleureuse comme une vieille amie de lycée et futée comme une bateleuse de foire. Après avoir longtemps regardé chaque cintre en silence, Camille se laissa convaincre d'essayer robes et pantalons. La patronne de la boutique commentait, déconseillait, suggérait. Ce fut une petite robe trapèze prune, toute simple, avec ses deux poches plaquées, qui fit basculer Camille. Quand elle sortit de la cabine pour se voir dans le grand miroir, la patronne s'écria :

« Mais vous avez des jambes superbes !

— Ah, vous trouvez », répondit Camille.

Camille détailla l'attache fine de la cheville, le long mollet élancé, le petit genou rond, le début d'une cuisse ferme. C'est vrai qu'elle avait une belle silhouette. Mais c'était bien la première fois qu'elle le reconnaissait. Ce fut à ce moment précis que la patronne comprit qu'elle pouvait ouvrir un grand chantier de transformation. Elle compléta la robe avec des ballerines en daim coordonnées et ajouta au panier un jean taille basse éclairé par un chemisier de soie blanche, une robe noire cintrée à la taille, un sautoir en corne. Cependant, quoiqu'elle fût une commerçante de talent, elle échoua à vendre une jupe crayon dont la taille haute soulignait le délié des hanches et la rondeur des fesses que Camille trouva trop osée. Alors, elle lui proposa un thé et une séance de maquillage. Lorsqu'elle eut terminé, Camille était devenue Vénus. La prunelle noisette était exaltée par une ombre discrètement assortie. La bouche, finement dessinée, était gainée de rose. Le regard, le sourire et les jambes de Camille paraissaient soudain immenses.

« C'est fou, j'ai l'impression d'être une autre, souffla Camille.

— En tout cas, vous êtes magnifique », répondit la patronne.

Encore tout étonnée d'elle-même, Camille se retrouva une fois encore, sans l'avoir décidé, au cimetière du Montparnasse. Dans sa promenade, elle découvrit par hasard que Constantin Brancusi y était enterré aussi. Ainsi, Tatiana et Constantin reposaient ensemble. Elle eut envie d'appeler Jean-Pascal Tuilan. Elle prétexta la nécessité d'un point sur le dossier. Il lui proposa de dîner dans un petit italien de la rue Saint-Honoré, à deux pas du ministère. Elle s'y rendit en flânant, légère, libérée.

« Vous avez coupé vos cheveux.

— Oui.

— Ça vous va à ravir. »

Jean-Pascal Tuilan ne fit pas d'autre commentaire sur la métamorphose de Camille, mais, si elle y avait prêté une seconde d'attention, Vénus alias Camille aurait compris à son regard qu'il la trouvait soudain jolie.

Le repas fut vif et amical. Camille résuma les questions qu'elle se posait.

« Si nous pouvons démontrer que Brancusi voulait sceller *Le Baiser* sur la tombe, nous pourrons imposer que l'œuvre y reste au nom du droit moral de l'artiste », expliqua-t-elle.

Jean-Pascal Tuilan était enthousiaste. Ensemble, ils avaient le sentiment d'être deux initiés chargés de sauver un grand secret. Ils se comprenaient à demi-mot, partageaient le même objectif, parlaient la même langue. En regagnant Montmartre ce soir-là, Camille se sentit riche d'une nouvelle complicité.

À 10 heures précises, le jour suivant, elle était à Beaubourg pour consulter *Les Carnets de l'Atelier* et d'autres ouvrages savants sur l'artiste. Très vite, le pouls de Camille s'accéléra.

Elle acquit la certitude qu'elle espérait : Brancusi n'avait pas déposé l'œuvre sur cette tombe par hasard. Il l'avait voulue, défendue, protégée. Certes, c'était bien le Dr Bémard qui avait suggéré à Brancusi de créer une œuvre pour Tatiana. Une lettre de ce dernier à l'artiste en témoignait. D'ailleurs, rappelait-il dans sa missive au sculpteur, Brancusi possédait un plâtre de la jeune fille dont il pouvait tirer un buste pour la sépulture. C'est donc que Brancusi et Tatiana se connaissaient, nota Camille pour elle-même.

Mais tel ne fut pas le choix du sculpteur. Pour lui, seul *Le Baiser* répondait à l'exigence sacrée du moment. Aucun buste d'après nature, aucune allégorie ne pouvait être, aux yeux de Brancusi, à la hauteur de l'intensité dramatique de ce suicide. D'ailleurs, Camille retrouva une première trace de cette volonté entêtée de l'artiste. *Tania, la merveilleuse, la pure, la joyeuse, la si vivante*, écrivait-il dans l'un de ses carnets. *Ta brève existence sur terre, la lumière ardente que tu as répandue autour de toi doivent conserver une trace éternelle. Puisse-t-elle nous guérir.* Les formules semblèrent obscures à Camille mais l'intention était claire.

Brancusi avait décidé que *Le Baiser* célébrerait cette trace. L'œuvre dédiée à Tatiana serait plus haute que de coutume pour donner à voir les amants dans leur entièreté. *C'est le thème de l'arbre, élément traditionnel dans l'art funéraire roumain, l'arbre qui s'enracine et se renouvelle chaque printemps, qui m'a guidé,* expliquait-il dans un autre carnet. Il prit le soin de sculpter cette statue-colonne directement dans un long bloc quadrangulaire. Camille nota que l'œuvre était bien originale. Elle pouvait donc réclamer la protection du droit moral. Et puis l'artiste avait voulu que le socle soit partie intégrante de l'œuvre. La séparer de la tombe devenait impossible sans porter atteinte à la sépulture.

Comme elle l'avait suspecté, ce choix n'avait pas été du goût de la famille. Choqués par cette œuvre sauvage et charnelle, les parents de Tatiana réclamèrent son changement. C'est ce que découvrit Camille en lisant une lettre adressée par Bémard, le docteur roumain, à son ami Brancusi :

Cher Brancusi,

Après ton départ du laboratoire, j'ai fait part de mes soucis à mon collègue. Tu te souviens que lorsque mon collègue s'est rendu dans ton atelier, il y a vu le buste de Tania. Son enthousiasme s'est encore accru quand je le lui ai montré chez moi. Sachant par ailleurs que la famille de Tania n'aime pas du tout la « stèle artistique » que tu as faite pour la tombe, il m'a suggéré d'apporter les changements suivants afin de contenter tout le monde : je prends pour ma part la stèle, le buste que tu as exécuté ira sur la tombe, une copie d'après le buste en plâtre sera envoyée en Russie. L'idée est simple comme lumière.

Ainsi aurai-je une œuvre de ta main. La famille ne se sentira plus mal à l'aise lorsqu'elle ira se recueillir sur la tombe de celle qui lui est chère et toi, si rien ne t'en empêche, tu auras un buste à faire.
Ton ami Bémard.

Curieux ami, songea Camille. Ce Dr Bémard vient de provoquer un drame inouï et il n'a d'autres pensées que de récupérer l'œuvre de Brancusi pour lui-même ! Le ressentiment de Camille s'accrut encore lorsqu'elle comprit que le docteur roumain n'eut même pas l'élégance de dédier sa thèse de médecine à la jeune disparue. C'est à peine s'il la cita dans les remerciements comme une simple assistante. Un mufle, trancha Camille. Et les parents de la jeune disparue qui conservaient leur amitié à cet homme, c'était à n'y rien comprendre !

Heureusement, Brancusi avait refusé tout net la transaction proposée par Bémard. Il tenait à ce *Baiser*, compact, simplifié, humble et puissant à la fois, bien loin des marbres luisants et des dentelles de sculptures des naturalistes.

Il le voulait, là, ce *Baiser*, ces deux êtres sources de vie, un homme et une femme à stricte égalité, pour célébrer un amour plus fort que la mort. Brancusi avait offert à Tania cette œuvre de passion. L'enlever serait porter atteinte à la personne de la jeune disparue. Non seulement, Brancusi ne descella pas *Le Baiser*, mais Camille découvrit qu'il avait même modifié, à quelques mois de distance, l'épitaphe gravée au pied de la colonne. Ce détail la troubla.

Elle nota les deux phrases :

1re épitaphe : *Tatiana, née le 6 avril 1887. Morte le 22 novembre 1910 – Chère, aimable, chérie.*

2e épitaphe : *Tatiana, née le 6 avril 1910, endormie le 22 novembre 1887. Chérie, adorée, éblouissante.*

Brancusi avait mélangé les dates de naissance et de mort. Pire, le jour de la mort était faux. Mais pourquoi, se demandait Camille ? Simple erreur ? À moins que la mort ne fût aux yeux de l'artiste un endormissement menant vers une renaissance à l'éternité. À moins qu'un autre événement mystérieux ait marqué pour lui la date à laquelle Tania avait conçu son funeste projet. Et pourquoi ces changements de qualificatifs, le « chère » transformé en « chérie » et « l'aimable » en « adorée » ? Pourquoi ces mots gravés dans la deuxième épitaphe trouvaient-ils une nouvelle force, une puissance étrange, un emballement du sentiment ? Camille ne sut répondre à ces questions.

Ce qu'elle découvrit en revanche, c'est que Brancusi aimait à venir sur la tombe, seul ou accompagné d'amis. Le motif du *Baiser* fut son obsession. Sculpté, dessiné, crayonné, le motif envahit les correspondances amoureuses, l'atelier et toute l'œuvre de Brancusi jusqu'en 1945, date à laquelle il l'offrit une dernière fois en symbole de la paix retrouvée.

À l'hiver 1956, Brancusi écrivait encore à propos du *Baiser* : *Je me suis rendu compte à quel point le reflet des formes extérieures de deux êtres est loin de la vérité essentielle. Comme elles sont éloignées ces sculptures du grand événement de la naissance des êtres, de leurs joies et de leur tragédie, sans même parler de la grandeur de la vie et de la mort. J'ai voulu rappeler non seulement le souvenir de ce couple unique mais celui de tous ceux qui se sont aimés sur terre avant de se quitter.*

Camille voulait comprendre. Grâce à ses lectures qui commençaient à former un portrait en ombre chinoise, elle eut l'impression de mieux cerner le personnage. Brancusi idéalisait les femmes tout en rêvant de nature dans sa petite cité d'artistes bordée de charmes pépiants.

Dans l'atelier de l'impasse Ronsin où il avait emménagé après 1910, il aimait à recevoir de jeunes artistes, s'intéresser à leur quête, les encourager. Dans la futaie magique de ses *Colonnes sans fin*, au milieu des femmes-oiseaux, au détour de *Léda* qui rutilait sous la lumière de midi, avec *La Négresse blonde* qui étirait le reflet de l'atelier, sur le banc de la cour posé à côté d'un arbuste en fleur qui louvoyait le long du mur, Brancusi séduisait ses visiteuses.

Chez lui, les jours de joie, on trinquait, on riait, on chantait. Ses muses, ses modèles, ses collectionneuses semblaient fascinées par cet homme devenu célèbre, mais qui demeurait simple et mystérieux à la fois. Margit, Léonie, Irène, Marthe, Otila, Florence : Camille retrouvait au fil de ses lectures une floraison de prénoms de femmes. À l'évidence, toutes adulaient le sculpteur roumain. Lesquelles furent ses maîtresses ? Camille ne le découvrit pas. L'homme était taiseux. Ce qui ne l'empêchait pas de magnifier lui aussi les femmes. Les aimait-il pour autant ? Camille ne le savait pas, mais elle eut l'impression que l'artiste rêvait surtout d'un amour idéal, somme de toutes celles qu'il avait croisées.

Soudain, le pouls de Camille s'accéléra. Dans les archives, elle venait de découvrir l'existence de Vera. Vera, l'amour secret. Vera, la passion ultime. Vera, la joie absolue. Camille dévora le récit des lettres parsemées de baisers, de dessins, de serments. *Je suis comme devant mon premier amour. Et dire que je me croyais à jamais guéri*, confiait Brancusi dans l'une de ces lettres des années trente. De cet amour silencieux et puissant naquit une fille en 1934, Eileen.

Enfin ! Il a donc bien une descendante, se dit Camille, folle de joie. Je vais la rechercher, la retrouver, la convaincre de défendre l'œuvre de son père. Ainsi nous empêcherons l'enlèvement du *Baiser*.

Mais Brancusi ne voulut jamais reconnaître l'enfant. Ni même la voir. Ce qui ne l'empêcha pas de vénérer Vera. *Toujours je t'aimerai,* lui avait-il écrit. *Comme l'homme le plus aimant qui soit. Toujours tu resteras mon adorée, ma reine. Mais je ne puis devenir père. Je ne puis renoncer à la part de légèreté qui nourrit ma sculpture. Elle est l'objet premier de mon destin. Elle est plus forte que ma volonté. Le nier nous précipiterait, toi, l'enfant et moi vers le malheur. Puisses-tu me pardonner.* Vera pardonna. Il tint parole et l'aima jusqu'à son dernier souffle. En découvrant ce secret, Camille fut assaillie par le doute.

Comment Eileen, fruit des amours d'un homme qui ne se considéra jamais comme son père, allait-elle réagir ? Accepterait-elle de protéger l'œuvre, elle qui avait été rejetée, ignorée, négligée ? Serait-elle la gardienne attentive et dévouée de la volonté de son père, un homme qui n'avait jamais rien voulu savoir d'elle, de ses rêves ni de ses peines ? Aurait-elle la force de caractère de s'oublier elle-même pour défendre l'ode à l'amour offerte à Tatiana ?

Curieux homme, nota Camille pour elle-même. Pour amoureux qu'il ait été, rien ne l'a détourné de l'essentiel de sa vie : son œuvre. Il ne le dit pas mais peut-être n'aimait-il pas les enfants. Peut-être la vie de famille lui faisait-elle horreur. Certaines personnes sont ainsi. D'ailleurs, on trouve peu d'enfants dans sa sculpture, sauf en 1910. Huit ébauches cette année-là, puis plus rien sur ce thème, jamais.

Mais Camille la guerrière, Camille l'acharnée n'allait pas rendre les armes. Elle décida de tenter sa chance. Elle savait par la correspondance entre Brancusi et Vera que l'enfant et la mère avaient vécu, au moment de la guerre, du côté d'Ars-en-Ré. Peut-être trouverait-elle encore Eileen sur cette terre de marais salants bâtie face à la baie du Fier. Elle devait avoir quatre-vingt-trois ans passés. Souvent, à la fin de son existence, l'on revient sur les traces de l'enfance pour préparer la dernière ligne droite.

Camille décida de partir sans assurance ni certitude. Si elle retrouvait Eileen, ce serait un signe. Elle réserva une place de train et dénicha une chambre d'hôte dans une maison modeste. Le lendemain, elle filait vers l'océan. L'époque n'était pas aux vacances et c'est dans une commune dodelinante sous un soleil de printemps qu'elle posa son sac. Camille goûta tout ce ciel, le petit bateau qui progressait sur le chenal. Elle se promena dans les venelles aux pavés blonds, visita l'église romane surmontée d'un clocher noir et blanc que les marins voyaient de loin, admira les roses trémières qui fleurissaient le long des maisons aux volets vert amande. Elle loua un vélo pour explorer les marais salants qui brillaient sous le soleil. Elle prenait son temps. Camille réfléchissait à ce qu'elle dirait à Eileen si par bonheur elle la retrouvait pour la convaincre que quelque chose de plus grand qu'elle, de plus universel, de plus sacré, méritait son engagement désintéressé, peut-être même son pardon.

Elle interrogea sa logeuse, qui ne sut pas la renseigner. Elle se rendit à la mairie.

« Oui, elle habitait ici. Rue des Mimosas », lui répondit la secrétaire.

Le cœur de Camille cogna plus fort. Elle n'en revenait pas de sa chance. C'était un signe du destin.

L'instant d'après, son espoir fut froidement douché.

« Mais elle est morte, il y a deux ans. Une mauvaise grippe, je crois », précisa la secrétaire de mairie.

Camille reçut la nouvelle comme un coup de poing.

La porte entrebâillée du droit moral de l'auteur exercé avec fierté et abnégation par l'héritière se referma avec un claquement sec.

« Et elle avait des enfants ? tenta Camille.

— Non. C'était d'ailleurs assez triste le jour de son enterrement. Il n'y avait personne pour suivre le cercueil à part une amie, qui a perdu la tête depuis. C'était une gentille dame. Discrète, musicienne. Je suis désolée. »

Camille appela Ameline pour épancher sa déception.

« Ne regrette rien. Car elle aurait peut-être refusé de défendre l'œuvre de son père. Moi, à sa place, c'est ce que j'aurais fait. Comment accepter de protéger la mémoire d'un homme qui ne vous a pas aimée. C'est drôlement difficile.

— J'aurais trouvé les mots, j'en suis certaine. Je l'aurais convaincue de se laisser porter par une cause plus grande qu'elle.

— Bon, à ce stade, te voilà revenue au point de départ. Que comptes-tu faire ?

— Il nous faudrait découvrir qui se cache désormais derrière la concession.

— À quoi cela t'avancera-t-il ?

— À essayer de comprendre ce que le nouveau propriétaire a en tête avec la statue.

— Peut-être avait-il seulement envie d'une place au cimetière du Montparnasse ?

— Espérons que cela ne soit que cela. Mais je crains le pire. »

Puis elle appela Jean-Pascal Tuilan pour lui raconter ses recherches déçues.

« Il ne faut pas renoncer. Vous êtes super efficace. J'avance bien de mon côté pour le classement au titre des monuments historiques. Ensemble, nous allons réussir », lui dit-il.

D'entendre sa voix grave la consola. Elle eut une furieuse envie de le voir. Cependant, elle choisit plutôt de se calmer en reprenant son tricot. Trois mailles à l'envers, une maille à l'endroit.

– 8 –

Le journal de Tania

28 juillet 1910

J'ai couru, le cœur battant aux tempes, jusqu'à l'atelier de mon bien-aimé.

Ce fut une EXPLOSION. Un émerveillement de joie, de confidences, de baisers, de rires, récits de vacances, bêtises chuchotées, corps enlacés, désarticulés, réunis, glace croquée, sieste chahuteuse, tendresse partagée, jeu de mandoline.

Une journée entière de patiences sensuelles quand ses lèvres suivent les paysages tout en vallons et en coteaux de mon corps, et d'impatiences charnelles quand nos corps se saisissent enfin rudement. Je crois que la chaleur ajoute encore au plaisir. Je me suis promenée nue tout l'après-midi dans l'atelier sous l'œil tantôt amusé, tantôt désirant de mon Toto adoré.

Je suis de nouveau libre. J'ai renoué les fils de ma vie.

3 août 1910

Je n'ai guère le temps de tenir mon journal. Entre les mensonges que je dois inventer chaque jour pour échapper à Tante et les après-midi entre les bras de mon Toto, le temps passe si vite.

J'aime à la folie. Je suis aimée passionnément. Bénie soit la vie !

6 août 1910

Il y avait aujourd'hui à l'atelier, lorsque j'y suis arrivée, une jeune artiste en grande discussion avec mon Toto. Un ravissement pour les yeux. Cette Margit Pogany, hongroise de naissance, est exubérante à l'excès et orgueilleuse plus encore.

Je l'ai observée, avec ses mines de chatte, qui prétendait se reconnaître dans toutes les sculptures de mon Brancusi. « Mais c'est moi, disait-elle de sa voix flûtée devant l'un de ses crayonnés. Regardez, c'est moi, elle est tout en yeux ! »

Quelle morgue ! Quelle audace ! Et pauvre demoiselle, quelle naïveté !

J'ai fait bonne figure, même si, à l'intérieur, mon irritation était vive. Lorsqu'elle est partie, j'ai interrogé Brancusi. Qui était-elle ? Où l'avait-il rencontrée ? C'était si inconvenant qu'elle ose s'attribuer ce dessin, et lui qui ne disait rien.

À mes mille questions, il a néanmoins fini par répondre que l'esquisse, objet du drame, avait été faite de mémoire, après un dîner avec Mlle Pogany justement, pour servir d'étude à une sculpture qu'il avait en tête.

Mon amertume est immense. Jamais je n'aurais imaginé qu'une autre que moi puisse lui servir de modèle. Comment une banale intrigante peut-elle ainsi capter son attention ? Comment peut-il m'aimer et éprouver le désir de sculpter un autre visage que le mien ? D'ailleurs, je le trouve hideux ce portrait, avec ces bras tentaculaires et mous qui enlacent ce visage où la courbe du nez se brouille dans l'arc des sourcils.

Je n'ai pas fait de scène ni claqué la porte. Ç'aurait été pitoyable et vain. Car je sais que je reviendrai, comme la fois dernière, toute honte bue. J'ai pris le parti de la légèreté, mais je sens bien que le danger rôde. Il va me falloir redoubler de vigilance. Je dois agir avec finesse.

7 août 1910

Je n'ai pas soufflé mot de Mlle Pogany de tout l'après-midi. Brancusi non plus. J'ai essayé d'être gaie pour enchanter à nouveau nos retrouvailles. Mon Toto m'a remis un billet dont il a le secret. C'est un charmant petit rébus de dessins qui, une fois déchiffré, dit que je suis jolie comme un cœur. Nous avons passé un délicieux moment à manger des crèmes glacées sur les quais de la Seine.

Je me suis peut-être alarmée pour rien. Les artistes, surtout mon Brancusi adoré, aiment à être entourés d'admiratrices. Ils ont besoin de regards encourageants, émerveillés, rassurants pour créer. Ce n'est pas pour autant qu'ils aiment chacune d'entre elles. Quelle nigaude je fais !

À l'avenir, ma meilleure défense sera d'être aimable au point d'en devenir irrésistible et de m'attacher plus étroitement encore le cœur de mon amant. Ne pas soupirer, ne pas suspecter. Charmer, étonner.

8 août 1910

J'ai proposé à Brancusi de reprendre la pose. Il m'avait parlé avant l'été du sanctuaire de l'amour qu'il voulait me dédier. Le bloc de granit rose est là, inerte dans un coin de l'atelier, qui n'attend plus qu'une impulsion pour prendre vie. Si je trouve le moyen de vivifier à nouveau sa créativité, je redeviendrai la précieuse.

Mais Brancusi n'a pas envie d'entamer ce travail. Il hésite, il diffère. « Plus tard », dit-il. Il flotte encore un air de vacances dans Paris. Je respecte son choix. Je saurai être patiente.

L'amour dans ses bras reste un éblouissement. J'ai pris de l'audace. Je sais désormais exactement où me mènent mes désirs. Je sais précisément comment faire naître le frisson. Je sais attendre et le faire languir. Je sais trouver le plaisir qui me ravage jusqu'au bout de chaque orteil et me laisse repue et délicieusement molle.

10 août 1910

J'ai entamé ces révisions diaboliques qui me tiennent enfermée à la maison. Je suis parvenue à travailler une grande partie de la journée. La promenade au jardin des Tuileries avec Tante fut mon seul divertissement. Je me sens pleine de courage. Dans deux ans, le diplôme de médecine sera le viatique de ma liberté.

14 août 1910

Mon Toto m'a fait parvenir un charmant dessin d'une forêt vierge peuplée d'animaux étranges qui ne ressemblent à rien de connu. On dirait plutôt un de ces jeux de cubes illustrés qu'un enfant maladroit aurait mélangés.

Dans le dessin de mon Toto, on voit un lion affublé d'une trompe d'éléphant, un singe rayé comme un zèbre, une girafe aux longs cils sur un corps en coquille d'escargot. C'est la façon de mon adoré de m'encourager pour mes révisions. Il souhaite que le futur docteur soit assez savant pour remettre d'aplomb toute cette ménagerie imaginaire. Comme il est drôle ! C'est donc qu'il pense à moi.

Il y a eu aujourd'hui un terrible accident de train en Charente-Inférieure. La presse du soir parle de trente-huit victimes par la faute d'un aiguilleur inattentif. Tante en suffoque. « Et dire que cela aurait pu nous arriver en allant à Biarritz », ne cesse-t-elle de répéter.

16 août 1910

Je travaille toujours avec ferveur, mais une vague inquiétude m'oppresse. Que fait Brancusi de ces journées de touffeur ? Sculpte-t-il ? J'espère qu'il ne voit pas cette affreuse demi-mondaine de Pogany.

18 août 1910

Je n'y tenais plus. Funeste intuition ou fâcheux hasard, j'ai couru à l'atelier. Hélas, par les fenêtres ouvertes, j'ai découvert, qui se reflétait dans le miroir de l'atelier, une scène que j'aurais préféré ne jamais voir.

La Pogany était là. Assise sur MA meule de pierre.

Lui travaillait, tête baissée au-dessus d'une pièce de marbre blanc. J'ai filé avant de me faire voir.

Je n'étais pas au coin de la rue qu'un poids immense m'écrasait déjà. Des larmes chaudes et salées brûlaient mes yeux. Larmes de rage, de détresse, larmes de petite fille si triste de ne pas être la préférée.

Ainsi donc, il la voit. Il la sculpte. Je n'ose imaginer qu'il m'ait remplacée. Je reste sa muse, j'en suis sûre. Je suis l'indispensable.

20 août 1910

La jalousie me poursuit, m'envahit, me pique, m'empoisonne, me tyrannise. Jamais auparavant je n'avais ressenti cette douleur lancinante qui s'écoule, poisseuse, sale et épaisse, dans tous les interstices du cœur et de l'âme.

Je n'ai plus la tête à l'anatomie. Je dois me ressaisir. Interdire à l'image de la Pogany l'accès à mon esprit. Je dois me concentrer sur mes leçons, m'abêtir de par cœur, m'épuiser de révisions. Je dois réussir. Ma liberté sera le sésame de mon amour avec Brancusi.

22 août 1910

Sans l'admiration muette que je lis dans ses yeux, sans l'amour ardent qui y brille jusqu'à faire jaillir en lui la veine créatrice, je m'étiolerais.

Comment supporte-t-on de ne plus être la muse ? Cela ne se peut.

C'est comme si on rapetissait.

On était superbe, on était une géante, on embrassait le monde, on se croyait indestructible, unique, diamant au front, et voilà qu'un autre visage efface le vôtre ! Et voilà que votre monde se recroqueville. Et voilà que vous vous transformez en un être rabougri, desséché, morne, lisse. Un être quelconque. Banal. Oui, c'est cela, une femme ordinaire. Comment les promesses que vous fait la vie peuvent-elles ainsi se dérober ? Je ne veux pas y penser.

Il reste deux jours avant l'examen de rattrapage. Je dois y arriver.

24 août 1910

Point final. Examens bien passés et terminés. Demain, je verrai mon Brancusi adoré. Je suis certaine que je lui ai manqué affreusement. Je me sens pleine d'optimisme ce soir.

25 août 1910

Douleur. Brancusi était si heureux pourtant de me retrouver. Il m'a serrée dans ses bras et fait virevolter dans l'atelier. Mais il n'avait pas le temps de faire l'amour. La Pogany arrivait pour sa séance.

Douleur insidieuse de la jalousie. L'œuvre est très avancée. Un ovale tout en voûtes et en courbes, tout en empilements et en assemblages, le nez et les yeux ne formant déjà qu'une ligne. L'intention, le geste, le rendu sont à la fois ceux de la *Femme se regardant dans un miroir* que je lui ai inspirée et de *La Muse endormie*. Mais l'œuvre n'est ni moi ni une autre. L'œuvre est la Pogany.

Douleur brûlante de l'humiliation. Je suis partie avant qu'elle n'arrive. Je n'aurais pas eu la force de faire semblant.

26 août 1910

Mes nuits sont peuplées de cauchemars.

Je rêve que je dois traverser une plaine blanche de neige. Il fait si froid. Le ciel est lourd de menaces et de tourbillons de glace. Cela ressemble à la Sibérie de mes livres d'enfant. C'est étrange car, de l'autre côté de cette plaine, j'aperçois un pont ventru qui débouche sur une rue de Paris. L'atelier de Brancusi pourrait bien être au bout de cette venelle. Là-bas, il fait beau. Il semble même que ce soit le printemps. Rien dans ce paradoxe ne m'étonne. J'ai hâte de franchir le pont, de retrouver mon amant, de me blottir dans ses bras pour m'y réchauffer.

Pourtant, j'ai beau marcher, je n'avance pas. À chaque pas, la plaine se déploie, encore plus vaste, devant moi. Je cours presque. Mes chaussures de ville s'enfoncent dans la neige avec des craquements étouffés. Je reste sur place. Je m'inquiète, j'appelle, je m'apeure, je pleure.

Une nuit entière n'a pas suffi à me faire traverser cette maudite plaine glacée. Je n'ai pas retrouvé Brancusi.

Ce matin à 6 heures, je me suis réveillée écrasée d'angoisse et de sommeil. Seule la pureté du ciel de Paris m'a été d'un modeste réconfort.

27 août 1910

Comment accepter de ne plus être l'inspiratrice ? Je n'y parviens pas.

Je me sens pauvre, sans intérêt et bien laide. Mes pas sont lourds, mon corps est lourd, ma tête est lourde. C'est toute ma tristesse qui a le poids de la fonte. J'ai l'impression que je n'arriverai pas à m'en défaire. Il ne voudra plus de moi. Plus de désir, de folie, de jeux.

Je vais aller voir ma chère Marthe. Elle saura me réconforter, me rendre du courage, me montrer la voie.

28 août 1910

Marthe et sa belle énergie m'ont réveillée. Quelle riche idée que cette visite. Nous nous sommes promenées bras-dessus, bras-dessous, sous les marronniers du Luxembourg, le long des gazons anglais, autour du grand bassin où les petits voiliers des enfants échappaient aux longs bâtons pour voguer, libres, vers les cygnes.

« Je t'avais prévenue, ma p'tite tronche », m'a dit Marthe après que je lui ai confié mon tourment.

Marthe l'affirme : être sa muse ou être sa femme, il me faut choisir. Sur le moment, je n'ai pas compris. Femme et muse ne font qu'une, deux faces d'une même pièce, deux sources vives d'une même inspiration, deux racines pour un seul attachement.

Marthe n'est pas d'accord. Elle se méfie des muses. Pour elle, l'égérie est un idéal, pas une femme de chair et d'os ; un mystère, pas un choix.

« La Hongroise, il peut bien la sculpter sans l'aimer, m'a dit Marthe. C'est rien qu'un modèle. Après elle, il y en aura d'autres. Des plus jeunes, des plus rousses, des plus grandes, des plus ceci, des plus cela. Avec les artistes, tu sais… Il faut t'y faire. Si t'es jalouse, tu vas souffrir mille croix. Mais une femme qu'on aime, c'est unique, ça ne se remplace pas d'un claquement de doigts. Si tu crois qu'il t'aime et toi de même, bats-toi, p'tite tronche. Parce que, là, à te regarder, moi, j'ai l'impression que t'es déjà résignée. Les femmes doivent batailler pour obtenir ce qu'elles veulent, ça vous tombe pas tout cuit dans le bec. »

J'ai reparlé de Voltairine de Cleyre et de son conseil : garder ses distances avec les hommes si on ne veut pas se perdre soi-même. Ah, quelle douleur que la jalousie ! Quelle morsure ignoble !

Mais, là encore, Marthe n'était pas d'accord. Pour elle, si une femme a envie d'amour pour s'épanouir, au nom de quoi faudrait-il le lui interdire. La question n'est pas de savoir si on doit vivre séparées des hommes ou pas, mais ce qui est bon pour nous, affirme-t-elle.

Ma conversation avec elle m'a fait du bien. Demain, j'irai à l'atelier.

29 août 1910

Deux heures dans l'alcôve des délices !

Marthe avait raison. J'ai été charmante et joyeuse et mon Brancusi chéri m'a récompensée en retour de mille caresses et de mille baisers.

Comme elles étaient douces, ses grandes mains rugueuses de sculpteur. Comme il était tranquille, le silence de mon pâtre des Carpates. Il a apaisé mon tourment et congédié ma jalousie.

Demain, j'y retournerai.

30 août 1910

Brancusi n'était pas là. Je suis bien déçue.

3 septembre 1910

Quel grand malheur ! En arrivant à l'atelier ce matin, j'ai découvert mon adoré étendu sur son lit. Il était figé comme si la mort l'avait saisi. Seules les grosses larmes qui roulaient sans bruit sur ses joues avant de se perdre dans sa barbe semblaient encore le relier à la vie.

Il m'a fallu du temps pour obtenir qu'il me parle. Il a seulement dit :

« Le Douanier Rousseau est mort. Il est parti hier. »

Quel choc !

Je savais qu'il avait été hospitalisé pour une infection à la jambe. Mais jamais je n'avais imaginé qu'il en sorte dans un cercueil. Je me suis sentie instantanément coupable. Moi, le futur docteur qui croit si fort dans les progrès de la science, de l'asepsie. Quelle gifle ! Ce cher Douanier est mort de la gangrène !

Mon pauvre adoré est effondré, anéanti.

Je suis restée à ses pieds, tenant sa main, comme une chienne fidèle. Je suis transpercée à mon tour par la tristesse. Le quitter a été un arrachement. Je voudrais être auprès de lui pour soulager son deuil.

4 septembre 1910

Mon adoré est toujours à la noirceur. Je fais silence pour respecter sa peine.

En me promenant dans l'atelier au milieu des pièces, j'ai vu la Pogany de marbre. Une pointe de douleur est venue me piquer. Mais je dois admettre que l'œuvre est d'une beauté fascinante tant elle est pure, humble et féminine.

5 septembre 1910

Mon adoré quitte Paris pour quelques jours. Il a besoin d'air neuf pour oublier les moustaches de son ami le Douanier. Il a besoin de l'amitié d'Erik pour se consoler. Il ne m'a pas dit quand je le reverrais.

Il me manque déjà.

6 septembre 1910

Je suis si nerveuse. La faute à l'absence de mon adoré. J'ai mal au ventre. Tante s'est étonnée sur un ton acerbe que je ne sois pas sortie aujourd'hui. Tout me donne la nausée, surtout l'odeur de chou de ma vieille Olga.

7 septembre 1910

Une torsion sourde me torture. Cette douleur qui me laboure, va et vient sans se lasser, rend toute chose pénible. Pas de nouvelles de mon adoré. Maman arrive demain pour passer quelques jours avec moi et Tante avant de rejoindre Biarritz pour la saison russe. Cette perspective me fait bien plaisir.

8 septembre 1910

J'ai eu deux joies aujourd'hui.

La première : revoir Maman, bien sûr, m'enivrer de son parfum que j'avais oublié, redevenir la petite fille tant aimée. Nous avons beaucoup parlé. J'ai raconté mes études, les tests sur la tuberculose avec le Dr Bémard, la vie parisienne. Pas un mot sur mes amis socialistes, sur Marthe, sur mes enthousiasmes féministes et naturellement rien sur mon génial Toto.

Maman semble rassurée de me voir si raisonnable. Si elle savait ! J'ai hésité cent fois à lui avouer mon doux secret. J'ai bien fait de ne rien lui révéler de mes sentiments pour mon Brancusi. Car à l'écouter nous donner des nouvelles de Pétersbourg, de la maison et de toute la domesticité, du czar et de la famille impériale, des manifestations ouvrières que la garde continue à réprimer, des fêtes entre amis, c'est la Russie éternelle que j'ai revue. Rien n'a changé dans l'univers de Maman. Le czar est l'envoyé de Dieu sur terre, les aristocrates forment l'élite du pays et les moujiks sont leurs serviteurs !

Maman a de nouvelles rides qui irradient autour de ses yeux comme un fin soleil. Cela m'a touchée. Je ne la changerai pas. Maman vieillit discrètement et ne semble pas voir le monde tel qu'il va. Non, elle n'a toujours pas perçu les idées émancipatrices qui travaillent le corps social, les anarchistes américaines qui revendiquent la liberté pour les femmes, les artistes d'avant-garde qui refusent le confort des petits bonheurs bourgeois, les socialistes qui ont progressé aux élections législatives de mai dernier. Non, décidément, elle ne comprend pas que son monde se meurt et qu'un nouveau se prépare à enfanter dans la douleur des idées neuves de justice et de fraternité.

Ma deuxième joie, la plus violente, la plus intense, la plus désirée, fut cette lettre de mon adoré que le facteur a déposée ce matin et que la vieille Olga m'a discrètement remise. Je me suis enfermée dans ma chambre pour la lire.

Mon Tutu chéri, je me porte au mieux malgré les fatigues des derniers jours. La faute en est à l'immense perte de mon cher Rousseau. Je suis pour quelque temps encore chez Erik dans sa maison de

Honfleur. Nous marchons le long du charmant petit port autour duquel la ville enroule ses ruelles et ses maisons à colombages. Erik joue de la musique et m'amuse de mille façons. Tu le connais, avec lui, tout est fantaisie. L'air de la mer me fait du bien et me lave de mes soucis. Lorsque je reviendrai, sous huitaine, nous commencerons à inventer ce Temple de l'amour *dans le bloc de grès rose qui attend son heure et dont je t'ai parlé. Tu en comprendras l'intention dans la frise que j'ai dessinée pour toi autour de cette lettre. Je t'espère en bonne santé et t'embrasse tendrement.*

Ton Toto.

De fait, la petite lettre est entièrement encadrée d'un dessin répété aux quatre coins de la feuille. Ce n'est pas la colonne infinie qui orne d'ordinaire les missives de mon Toto. Non, ce sont deux visages collés l'un à l'autre dans un carré. Bouche à bouche, yeux à yeux, front à front. De l'amour pris sur le vif.

La promesse de mon adoré me galvanise. Ainsi donc, je demeure la muse. Oubliée, rayée, évaporée la Pogany. C'est moi le centre de son *Temple de l'amour*. Moi, moi, moi. J'en oublie presque mon mal de ventre.

12 septembre 1910

Nous sommes beaucoup sorties avec Maman ces derniers jours. Essayage de robes chez Poiret, cavalcade au Bois en fiacre, dîner chez la princesse

Oulianoff qui tient salon non loin de l'Alma, promenade sur les boulevards. L'odeur du crottin et du pétrole qui flotte dans les rues chaudes de septembre renforce mes nausées.

Maman nous a quittés voilà deux heures pour Biarritz, où elle est partie retrouver ses amis.

Dans trois jours, mon adoré est de retour.

15 septembre 1910

Il est là, il est revenu. Je l'ai trouvé amaigri. Des fils blancs sont apparus dans ses cheveux, mais la barbe reste ce vénéré taillis noir. Mon adoré m'a trouvée resplendissante. « Tu rayonnes », m'a-t-il soufflé dans l'oreille.

Nos retrouvailles dans l'alcôve des merveilles ont été douces.

Je suis aimée et j'aime. Quel autre sens à la vie ?

16 septembre 1910

Mon Toto s'est attaqué au bloc de granit rose. Il n'a pas besoin de moi pour l'instant. Il veut en extraire une pièce rectangulaire, trois fois plus haute que large, aux coins ronds. Ensuite, seulement, débutera la taille directe.

20 septembre 1910

Le bloc est enfin prêt. J'entame une nouvelle série de poses pour mon adoré. Il m'a assise de profil, les cheveux sagement rangés dans le dos, les jambes repliées contre ma poitrine. Mon Toto m'a demandé de prendre garde à ce que ma cuisse, que je dois plaquer sur ma poitrine, ne dissimule pas totalement le renflement du sein, « le doux arrondi ».

Le ciseau mord le granit à petits coups. Je suis sereine. Je sens que cette nouvelle sculpture sera une œuvre majeure. Pour lui. Pour nous.

22 septembre 1910

Les haut-le-cœur ne me quittent plus. Mon ventre continue à me tourmenter. Cela ne m'a pas lâchée pendant toute la séance de pose. Il faudra que je consulte.

23 septembre 1910

Le docteur de Tante est passé ce matin pour m'ausculter. Rien d'anormal, a-t-il dit. Le ventre est souple, la langue rose, l'œil clair. Il m'a demandé sans me regarder si mes menstrues étaient à l'heure ? Pourquoi cette drôle de question ? Par réflexe, j'ai répondu oui. Depuis qu'il est parti, cela me préoccupe. Impossible de me souvenir de la date précise.

J'ai une tisane pour le foie. J'espère que cela calmera mes nausées.

24 septembre 1910

Mon état ne s'améliore pas. Je vais aller parler à Marthe.

Elle m'a longuement interrogée sur les symptômes. Elle avait un air grave que je ne lui connaissais pas et qui m'a inquiétée. Oui, les seins sont douloureux. Oui, le ventre est travaillé par une force sourde. Non, je n'ai pas envie de pleurer à tout bout de champ. Non, je n'ai pas grossi et non, je ne sens rien remuer dans mon ventre.

Malgré mes efforts, toujours impossible de me souvenir de la dernière date. À Marthe qui me questionnait, j'ai fini par avouer que j'ignorais tout des jours fertiles. Qui me les aurait enseignés ? Pas Maman et encore moins Tante. C'est seulement à présent que je découvre que l'on peut tomber enceinte entre le douzième et le seizième jour avant d'être incommodée !

« Mais quelle enfant ! s'est exclamée Marthe avec un air navré. Ça se roule dans un pageot avec un homme et ça sait pas comment se protéger. Bon, souviens-toi. Remonte dans ta mémoire, bon sang. Tu es rentrée quand de Biarritz ? »

J'étais rentrée fin juillet de l'océan.

Et depuis ? Rien.

« Aïe, a seulement dit Marthe. Tu aurais dû avoir tes mois en août et nous sommes en septembre. »

J'ai pris conscience avec une sensation de vertige que je pouvais être enceinte. Une boule d'angoisse serrée comme une pelote s'est formée instantanément dans mon cœur.

Marthe a tenté de me rassurer. Selon elle, un tel drame est possible, mais rien n'est sûr. Marthe affirme qu'il peut y avoir des retards.

« Certaines croient que ce sont les émotions ou le froid qui peuvent geler le sang. Des fadaises, crois-moi. D'ailleurs, nous sommes encore en été. Inutile de prendre des bains de siège ou de pieds pour fluidifier tout ça. »

Marthe m'a regardée de près, scrutant mes paupières, mes pommettes, le contour de mes lèvres comme si la peau allait à elle seule délivrer le secret. Marthe cherchait à distinguer si j'avais « le masque », ces taches sombres qui surgissent sur la peau des femmes enceintes, « comme un loup de carnaval », a-t-elle précisé. Mais non, rien.

Je me sentais totalement perdue. Assommée.

Après un long silence, Marthe m'a exposé les trois solutions qu'elle apercevait : avorter, abandonner, assumer.

J'ai poussé un cri. Avorter est terriblement dangereux ! J'ai expliqué à Marthe qu'en Russie, les femmes qui le font ne sont plus condamnées à la peine capitale, mais sont déchues de leurs droits civiques, exilées, parfois même envoyées aux travaux forcés.

« Oh tu sais, ici, à Paris, a répliqué Marthe, il y a tellement d'avortements que les juges des assises sont assez compréhensifs. Faut dire que les gens vivent tellement serrés dans cette ville pleine comme un œuf qu'un môme, c'est vite attrapé. Alors si c'est pas avec ton homme ou si tu as déjà beaucoup de mouflets, tu peux avoir envie de le faire glisser. Ça se comprend. Et c'est pas les faiseuses d'anges qui manquent. T'as qu'à voir les réclames qu'elles font passer dans les journaux pour promettre dragées miracles et confidentialité absolue ! »

Marthe sait-elle comment cela se passe ? Oui, Marthe sait. Elle m'a raconté les potions abortives qu'on prescrit. Des décoctions de sabine, de persil, de navet ou d'armoise.

« Mais à part te flanquer une belle colique, ça n'a jamais fait passer le paquet. »

Elle m'a décrit les manœuvres physiques. Les poids qu'il faut porter, les chutes qu'il faut s'infliger en tombant du haut d'une échelle, l'équitation pour les bourgeoises. « Des attrape-couillons, a lâché Marthe. Tu en sors avec des bleus mais toujours enceinte. »

Elle m'a chuchoté les méthodes dangereuses employées par les sages-femmes quand toutes les potions ont échoué. Les membranes qu'on déchire avec une aiguille ou une épingle, les eaux bouillies et savonneuses qu'on vous injecte à l'aide de grandes canules, le risque d'infection, les dégâts irréparables, le pire. J'en tremble.

Je n'ai pas osé demander à Marthe si elle avait déjà eu recours à ces techniques barbares. Néanmoins, à voir son air sombre, j'ai compris que la mort avait déjà rôdé autour d'elle.

Depuis cette discussion avec Marthe, j'ai repensé au serment d'Hippocrate que je m'apprête à prononcer. Une phrase est revenue à ma mémoire : « Semblablement, je ne remettrai à aucune femme un pessaire abortif. »

Comment concilier mon engagement de médecin avec la destruction d'une existence ? Je ne peux me consacrer à sauver la vie des autres et commencer par tuer celle qui bat en moi. Bien sûr, je pourrais aussi envisager un autre point de vue, me donner de bonnes raisons. Adopter, par exemple, la cause des anarchistes ouvriers qui veulent réduire la natalité, donc autoriser l'avortement, pour améliorer les conditions matérielles des familles pauvres et ne pas fabriquer de la chair à canon pour ces messieurs qui décident des guerres. Mais je sais que ce ne serait pour moi que des mots vides de sens, sans lien avec la question immense et intime qui se pose à moi.

Je me sens calme. C'est étrange. D'avoir perdu mon hymen il y a quelques mois m'avait plongée dans un état terrifiant de panique et de honte. Pourtant, aujourd'hui, alors que je suis confrontée au pire lorsqu'on est une jeune fille bien née, je me sens soudain sereine. Je parviens même à réfléchir à ma situation avec une certaine distance, comme si une autre que moi était concernée.

La nuit porte conseil, dit-on. Nous verrons demain.

25 septembre 1910

Ce matin, nausées mais idées claires.

C'est décidé, je ne me ferai pas avorter.

Une femme libre doit commencer par disposer de son corps, revendiquent les féministes. Elles ont raison. Et comme j'aspire à être une femme libre, je n'exposerai pas mon ventre aux tortures du crochet pour plaire à une société qui condamne les enfants nés hors mariage. De toute façon, il est probable que de tels traitements seraient vains.

J'ai peur de douleurs qui me laisseraient meurtrie ou infirme. Je refuse l'hypocrisie de ce monde qui sait que l'amour donne des fruits depuis la naissance de l'humanité sans le reconnaître. J'accuse la société d'abandonner les femmes seules face à cette terrible responsabilité et de les traîner ensuite devant les tribunaux pour un fœtus découvert dans les égouts ou les vespasiennes.

Abandonner l'enfant ? Pas davantage. Cela n'empêcherait pas la flétrissure pour moi ni ma famille. Et puis renoncer à l'enfant de l'amour, l'enfant de Tutu et Toto, le prolongement de nous-mêmes ? Jamais.

Ce matin, la seule, l'unique, l'entière solution m'apparaît avec la netteté de l'eau claire : j'aurai cet enfant avec mon adoré. Nous l'aimerons ensemble, nous l'élèverons ensemble, nous vieillirons ensemble.

Voilà les raisons du calme profond qui s'est emparé de moi. Tout le chemin de passion, de découverte, d'inquiétude, d'assurance sur lequel mon

Brancusi adoré m'a entraînée menait à ce moment fatal, le moment où il faut trancher.

Choisir de basculer dans l'existence de mon choix, et non subir la vie dictée par ma caste.

Choisir l'homme que j'aime, quitte à rompre avec les conventions de mon clan. Choisir de couper les ponts, quitter l'Alma pour le Montparnasse, préférer la vie sans assurance, épouser la bohème sans peur du lendemain.

Choisir de vivre en femme libre.

J'y suis prête. Une énergie immense m'emporte vers mon destin. Mariée, pas mariée, peu m'importe. Rejetée, excommuniée, peu n'importe. J'inventerai ma vie avec mon adoré et notre enfant.

Demain, j'irai annoncer la merveilleuse nouvelle à mon adoré. Et nous boirons à l'avenir !

26 septembre 1910

Un immense malheur s'est abattu sur moi. Je suis anesthésiée. Pétrifiée. Incapable de penser. Impossible de comprendre. Insensé d'accepter.

Mon adoré ne veut pas de l'enfant.

Mon adoré a dit non.

Jamais.

Ne plus en parler.

Jamais.

J'ai quitté l'atelier, incapable de parler, de penser. Anéantie.

27 septembre 1910

Je n'ai pas fermé l'œil de la nuit. Mon esprit torturé tournait trop vite. Il repassait sans cesse les images qui m'ont terrifiée, les mots qui m'ont mise au supplice, l'indifférence qui m'a assassinée.

Mais pourquoi, pourquoi, pourquoi ?

Il ne m'aime donc pas ? Je ne suis pour lui qu'un divertissement ?

Non ! Je l'aurais senti, compris, deviné. J'ai vu son amour, son désir, sa joie. J'ai partagé ses tremblements, ses douleurs.

J'ai eu peur et il m'a rassurée. J'ai été piquée par la jalousie et il m'a soignée. J'ai été avide de lui et il m'a rassasiée.

Alors quoi ? Ne serais-je donc que sa muse irréelle, comme l'a dit Marthe un jour ? Une muse, ça n'a pas un gros ventre dans lequel pousse un enfant. Une muse, ça n'accouche pas dans le sang et les humeurs. Une muse, ça ne se met pas au ban de la société. Une muse ne respire pas, ne souffre pas, ne pleure pas. Une muse, elle inspire et c'est tout.

À moins qu'il n'ait peur, en devenant père, de perdre cette âme d'enfant qui vivifie si fortement son œuvre. D'entrer dans le confort bourgeois et la vie rangée d'une famille. Peut-être l'idée même d'avoir une femme et des enfants est-elle une entrave insupportable à sa quête profonde : atteindre l'essence des choses, retrouver le mystère du cosmos à travers la simplicité de la nature. Comment y parvenir quand un enfant pleure et que sa femme fourgonne dans la cuisine pour préparer le repas ?

Mais il va réfléchir. Il va comprendre. Il va se rendre à l'évidence : notre amour ne peut ignorer ce fruit qui vient. Alors, il me fêtera comme une reine.

28 septembre 1910

Je suis retournée hier voir mon adoré. J'ai pensé que le choc de l'annonce passé, il m'ouvrirait les bras. Eh bien non, il n'a pas dit un mot de l'enfant. Il a fait comme si rien de tout cela n'existait.

Il dit que son œuvre l'emporte, le pousse, le tient tout entier. Qu'elle est une maîtresse tyrannique qui exige sa pleine conscience. Pas de place dans sa vie pour une famille.

J'ai essayé de lui parler. J'ai crié. J'ai pleuré. Menacé. Rien.

Il m'a intimé sur un ton abrupt que je ne lui connaissais pas de ne plus jamais parler de cette affaire.

Cette affaire ? Mais c'est la nôtre !

Je suis crucifiée. Je sens parfois une colère sombre monter en moi mais, aussitôt, la douleur la recouvre et la noie. Je ne lui en veux pas. Je me sens seulement perdue.

Il va réaliser, je le sais, le mal qu'il me fait.

29 septembre 1910

Je ne sais plus si je dois aller à l'atelier ou choisir l'absence. Le manque de moi qu'il éprouvera pourrait être mon allié. Alors, il comprendra. Il prendra la mesure de ma place dans son existence. Il acceptera. Je saurai rester aimante, calmer sa peur, exalter sa création.

Je me résous au silence.

30 septembre 1910

Je ne sors guère. Pour éviter la curiosité de Tante, j'ai prétexté une crise de foie. Demi-mensonge tant les nausées restent violentes. Mais je les supporte de bonne grâce car elles sont le fruit de notre amour. Mon Toto va m'écrire, admettre son erreur, me supplier de revenir.

J'endure.

1er octobre 1910

Pas un signe. Le doute m'assaille ce matin. Et si mon maître ne revenait pas sur sa décision ? Non, c'est impossible. Il lui faut du temps pour accepter d'aliéner sa chère liberté, voilà tout.

Je pourrais lui écrire, lui dire mon admiration, promettre de grandir à l'ombre de sa puissance pour mieux comprendre son œuvre, suggérer de reprendre la pose pour le *Temple de l'amour*, jurer d'être légère et de ne jamais entraver son travail.

2 octobre 1910

Mes seins sont lourds et chauds. Une poitrine de reine. Non, de mère.

Son absence a ouvert un chenal en moi qui se remplit d'un autre, d'un amas organique qui se forme, se compose, se développe à mesure que je me vide de mon adoré. La vie que je porte prend sa place avec voracité et impatience.

Pourquoi ne m'écrit-il pas ? J'ai peur.

3 octobre 1910

Je n'y tenais plus. Je suis allée à l'atelier.

Il ne veut pas de l'enfant. Il l'explique. Il s'excuse. Il n'exige pas que j'avorte. Il me laisse le choix mais ne parvient pas à le partager. C'est un bloc, un mur, une bastille impénétrable.

C'est comme s'il m'avait chassée de son atelier, de ses pensées, de sa vie. Son œuvre compte plus que moi, que l'avenir, que notre amour. Je n'arrive plus à arrêter mes larmes. Quel immense malheur ! Quelle coupable naïveté !

6 octobre 1910

Comment peut-on avoir autant de sanglots dans le corps ?

7 octobre 1910

Cette nuit, alors que l'insomnie m'accablait une fois encore, m'est venue une idée simple qui m'a enfin apaisée : j'assumerai cet enfant. Seule.

Après tout, je revendique d'être une femme libre. C'est pour cela que je fais des études de médecine. C'est pour cela que j'ai refusé tous les prétendants qui auraient pu m'entretenir très officiellement. C'est pour cela que j'exercerai le métier que j'ai choisi et qui me permettra de vivre sans l'aide de quiconque.

J'assumerai mon destin avec courage. Je donnerai du temps à mon adoré pour s'habituer. Et lorsque l'enfant viendra, qu'il le verra, il l'aimera, j'en suis certaine.

Me voilà à nouveau pleine de courage.

9 octobre 1910

Je suis passée voir Marthe à l'heure du déjeuner. Je lui ai tout raconté de mes tourments, du refus de Brancusi, de ma nouvelle détermination.

Comme elle était en colère, ma bonne amie. Elle a traité mon adoré de mille noms d'oiseaux. Mais chaque insulte sur sa couardise, sa lâcheté, son inconstance m'était une souffrance. J'aime, quoi qu'il m'en coûte.

Marthe m'encourage à avorter. Je ne le veux pas. Je veux connaître l'enfant de l'amour, le soigner, le choyer, l'adorer. Un jour, Brancusi le connaîtra.

12 octobre 1910

Je suis mes cours à la faculté avec peine tant mon esprit est accaparé. Le Dr Bémard peste de mes absences. S'il savait ma situation ! Que pensera-t-il du scandale que je m'apprête à créer en claquant la porte de la maison, de mon clan, des convenances ? Me condamnera-t-il ? Sera-t-il mon allié ?

15 octobre 1910

Mon ventre a attrapé un renflement qui se voit nettement. Le temps joue contre moi. Je dois agir.

Comment faire ? Lorsque j'aurai quitté la maison de Tante, où irai-je me réfugier ? Marthe m'accueillera-t-elle dans sa chambre ? Et quand m'enfuir ? Une nuit, alors que chacun dort, ou bien un matin, en partant pour la faculté ? Il sera difficile d'emporter mes robes et les livres de mon cher Tolstoï.

Il faudra que j'écrive à Maman pour tout lui avouer et lui expliquer les raisons de ma fuite. Saura-t-elle me pardonner un jour, à défaut de me comprendre ? Tante en fera une attaque. De cela, je me moque bien. Mais peiner Maman me dévaste. Je pense qu'il sera difficile de poursuivre les études à la faculté. Car il me faudra travailler pour me nourrir et préparer l'arrivée de l'enfant. Et puis d'ailleurs, si je restais à la faculté, Tante m'y retrouverait bien vite.

Il faut que je me cache dans le ventre industrieux et populaire de Paris, que je me noie dans la masse informe du peuple, que je devienne grise parmi les grisettes. Quel métier puis-je donc exercer, moi qui ne connais rien d'autre que l'anatomie ? Je ne sais ni coudre ni faire le ménage, encore moins jouer les vendeuses dans les grands magasins. Et avec un gros ventre, trouve-t-on seulement un bourgeois pour vous embaucher ? Je pourrais aller aux Halles voir l'amie Jeanne. Peut-être aura-t-elle une idée. À moins que Sergueï et Youri puissent me céder quelques-unes des traductions qui les aident à vivre ? Non, je n'oserai jamais leur avouer que j'attends un enfant.

17 octobre 1910

Je me sens accablée par les difficultés matérielles que j'entrevois. Disparaître, soit. Mais vivre en femme libre, c'est autrement plus compliqué quand on n'a jamais dû gagner sa vie et que l'on vit en terre étrangère.

Le ciel est au gris. Les arbres sont nus. Paris est sinistre.

19 octobre 1910

Je suis passée voir Marthe. Elle n'était pas à l'atelier. Voilà huit jours qu'on ne l'y a point vue. Il paraît que le maître bottier est furieux contre elle. La disparition de Marthe m'a fortement alarmée. Marthe, c'est mon ancre dans Paris. Si je ne la retrouvais pas, j'aurais l'impression d'être orpheline de ma grande sœur. Marthe a toujours une solution, une audace, une sagesse pour vous accompagner dans l'existence. Mais où est-elle ? J'ai peur.

21 octobre 1910

Je dois m'émanciper pour assumer mon choix d'être mère. Et plus j'y réfléchis, plus je mesure l'étendue des efforts que je devrai consentir pour y parvenir. Moi qui ne sais rien faire, il me faut trouver un travail qui me donnera assez d'argent pour me loger, me vêtir, me nourrir et apporter les soins nécessaires à l'enfant. J'ai beau remuer cette idée en tous sens, je ne vois que les difficultés.

J'aperçois mieux désormais les conséquences concrètes de ma décision. Quel paradoxe ! Car pour me libérer, il me faudra accepter tant de servitudes !

M'enchaîner volontairement à un dur labeur pour survivre. Accepter en conscience le risque de l'épuisement et de la maladie, parce que je ne pourrai pas toujours bien m'alimenter ou me chauffer ni me soigner. Me résigner à une vie de célibat sans amour ni extase. Que d'efforts pour me délivrer des convenances de ma classe !

Le doute me gagne : serai-je assez forte pour regarder la liberté dans les yeux ?

22 octobre 1910

Je pense toujours à mon tant adoré. L'amour n'est rien si l'on ne peut prendre et tout donner sans limites. S'il faut compter les sentiments, cela devient une négociation, un contrat. Mon Brancusi veut bien prendre l'amour mais ne veut offrir sa liberté. Entre nous, le pacte est rompu.

J'ai rôdé aujourd'hui autour de l'atelier sans oser y aller. J'ai peur qu'il me chasse comme une importune, qu'il me déteste comme un poids mort. Je ne veux pas abîmer notre amour. Demain, un jour, il me reviendra.

23 octobre 1910

Depuis presque quinze jours, les grèves de cheminots sont durement réprimées par la troupe. L'armée tient les tunnels, les gares, les voies. On révoque à tour de bras, on muselle les grévistes qui se rassemblent devant la Bourse du travail au son de « L'Internationale », on réquisitionne avec la force militaire mécaniciens et conducteurs. Et tout cela, parce que des hommes de bonne volonté, des ouvriers consciencieux, des pères protecteurs n'en peuvent plus d'être soumis à de lourdes amendes pour des retards de quelques minutes, ne supportent plus de gagner 80 francs par mois ou de mourir trop jeunes pour avoir trop peiné à la tâche.

Pendant le dîner, Tante n'a cessé de conspuer cette vermine syndicaliste qu'il faut éradiquer en l'écrasant par les armes.

Tout cela me déprime. Ces violences ajoutent à ma tristesse déjà si vive.

Je revois le Dimanche rouge, l'éclat du sang sur la neige, l'homme à la face emportée par la poudre. Je ressens les tremblements, la peur, la colère aussi intacts qu'il y a cinq ans.

25 octobre 1910

Je suis retournée rue du Dragon. Marthe n'est pas réapparue à l'atelier. On l'y a remplacée. Que lui est-il donc arrivé ? C'est si étrange cette disparition. J'espère que ce n'est pas la tuberculose. C'est que la maladie poursuit son travail de mort en fauchant largement dans les quartiers populaires.

Je suis allée jusqu'aux Halles pour essayer d'y retrouver Jeanne, lui demander des nouvelles. Elle aussi a disparu du carreau des fleurs.

Je ne connais pas l'adresse de Marthe. À peine ai-je gardé en mémoire qu'elle logeait dans le quartier de Saint-Eustache. Dans le froid humide de cet automne lugubre, j'ai parcouru les rues du quartier, espérant l'improbable rencontre. Il faudrait un miracle pour la retrouver dans ce dédale d'immeubles insalubres.

J'ai interrogé la crémière, le bougnat, le marchand de charbon. Nul ne semble la connaître. Un instant, j'ai cru apercevoir son grand pas. C'était une autre. J'ai envisagé de visiter les hôpitaux. Mais à la Salpêtrière où l'on accueille tant de femmes, je ne saurais même pas dire le nom de famille de Marthe. Autant chercher une aiguille dans une meule de foin. Serait-elle en prison ? Morte peut-être dans une mauvaise dispute ?

Je suis comme orpheline.

1er novembre 1910

Tante m'a obligée de l'accompagner à l'église russe. Durant l'office qui n'en finissait pas, j'ai prié avec ardeur pour que mon adoré me reprenne, moi et l'enfant.

2 novembre 1910

J'ai peur. Peur du saut dans cette vie inconnue que j'ai décidé pour sauver l'enfant de l'amour et, j'en ai le pressentiment, pour que Brancusi me revienne un jour. Peur de ne pas être à la hauteur du défi, de ne pas savoir me débrouiller, de ne pas trouver de travail.

Comment fait-on un enfant lorsqu'on est loin de sa mère et privée de son homme ? Comment fait-on un enfant seule ?

5 novembre 1910

Aller voir mon adoré est mon vœu le plus cher, mais je ne supporterais pas son indifférence. Je résiste donc à cette tentation avec toute l'énergie que je parviens à mobiliser dans ce corps secoué par les nausées qui m'est chaque jour un peu plus étranger. Je me surprends à détester cet amas de chair et d'humeur, qui se forme à l'intérieur de moi sans que je puisse rien faire pour l'arrêter.

Je suis retournée dans le quartier des Halles. J'ai erré, espérant encore apercevoir la silhouette voûtée de Marthe au coin d'une rue. Toujours rien. Peut-être est-elle dans l'une de ces chambres de bonne, malade, fiévreuse, agonisante.

J'ai pensé à elle, à son culot, sa détermination. Un instant, son image m'a rendu du courage.

Pleine de bravoure, je suis rentrée chez une modiste du quartier des victoires. Avec un aplomb que je ne me connaissais pas, j'ai demandé si l'on y cherchait une vendeuse. La patronne avait un air aimable et suspicieux à la fois. J'ai senti son regard inquisiteur me détailler et se demander pourquoi une jeune fille à l'accent étranger aussi bien mise, avec son paletot de loutre et sa fière aigrette au chapeau, pouvait bien vouloir se faire embaucher comme simple vendeuse. Elle m'a demandé mes références. J'ai été prise au dépourvu et j'ai bredouillé. L'entretien s'est achevé là : pas d'embauche.

Bécasse que je suis, je n'avais pas imaginé qu'un aristocrate qui veut sortir de sa classe et de son rang est aussi suspect qu'une pauvre ouvrière quand elle se pousse du col. Une apparence, une simple fourrure sont des prisons dans lesquelles le monde vous tient étroitement fermée.

7 novembre 1910

Maman, comme je vais te faire de la peine. Cette blessure immense que je vais t'infliger en disparaissant, y survivras-tu ? Je le comprends à présent que mon ventre grossit de cette vie que je porte, cela doit être terrible pour une mère de ne pas savoir où est son enfant, de l'imaginer reclus contre sa volonté, malade, mort peut-être.

Ce serait si simple si je pouvais te parler, avouer mon secret, partager ma décision. Ce serait si merveilleux si tu comprenais ma folie, si tu accompagnais mon attente, si tu entendais mon amour. Mais tu ne l'accepterais jamais. Tu préférerais le couvent pour ta fille, sceller la honte derrière des murs puissants, enterrer la vie dans la prière et le silence, me renier, m'exiler. Cela je ne le veux pas. Je ne peux pas.

Maman, je suis infiniment triste.

8 novembre 1910

La vie qui a battu si fort dans mes veines semble s'échapper, se détourner de moi, se retourner contre moi. Je ne crois plus que je sois capable d'affronter la liberté. Trop de difficultés à surmonter pour ne pas tomber dans la misère, résister à la honte, relever la tête fièrement face à mon clan, fabriquer et élever l'enfant sans soutien, sans amour, sans joie. Je suis démunie. Je me sens lâche.

Ma douleur est immense.

10 novembre 1910

Mon ventre s'arrondit chaque jour un peu plus. Je peine à boutonner désormais mes robes. Je ne pourrai plus dissimuler très longtemps mon état. Je dois agir. Mais je ne m'en sens plus la force.

La vie m'effraie.

13 novembre 1910

Même mon journal ne m'est plus un réconfort. Le saisir, l'ouvrir, m'asseoir à ma table, c'est remonter le fil de mon bonheur avec mon adoré, retrouver les images de ses baisers, revoir sa belle tête baissée, désirer ce corps rugueux et soyeux enveloppé dans son kimono aux larges motifs. C'est insupportable. Cette faim de sentiments lumineux s'est changée en un ogre noir qui me dévore le cœur. Tout ce qui me poussait vers la vie semble s'être désormais ligué pour me pousser vers la chute.

15 novembre 1910

Je me sens prisonnière d'un piège diabolique. Mon esprit ne parvient plus à fonctionner. Une impasse. Où que je regarde, je ne distingue qu'obstacles et murs infranchissables. L'avortement, c'est la mort. L'exil, c'est la mort. L'aveu, c'est la mort. Ah, comme il était simple de m'enflammer pour les belles idées des anarchistes américaines ! Ah, que je les trouvais pures et stimulantes, leurs théories sur la liberté des femmes. J'y ai cru si fort. Mais me voilà seule face à l'impensable. Face à l'impossible.

Mon adoré, pourquoi m'as-tu rejetée ?

18 novembre 1910

J'ai beau m'exhorter à relever la tête, vouloir être vaillante, espérer vivre conformément à mes convictions, mon âme refuse obstinément.

Je ne suis plus que douleur, pleurs et noirceur.

21 novembre 1910

Depuis hier, je survis. Sans respirer, sans manger, sans dormir. C'est l'estocade finale. Je suis anéantie depuis que ce funeste pneumatique est arrivé à la tombée du jour. Mon grand-oncle Tolstoï, vénéré, admiré, célébré, est mort. Seul. Comme un pauvre paysan dans la maison du chef de gare d'Astapovo.

Emporté par une pneumonie dans une campagne pleine de boue, au fin fond de la Russie. Mon grand-oncle adoré, qui m'a tant fascinée avec son anarchisme radical, qui m'a tant éclairée par la justesse de ses combats pacifiques, ce chrétien pur sans Église, a été terrassé par une méchante bactérie. Ce drame affreux achève de me déprimer.

J'ai l'impression de m'enfoncer dans l'obscurité. Cette douleur que je porte au cœur me mord comme une hyène. Dans ma tête, j'entends le rire satanique de ma peur. Elle se délecte de mon effroi. Elle se réjouit de cette nuit intérieure qui se referme sur moi.

Cette nuit remplit mes yeux. Elle m'empêche de voir l'issue, le point de lumière, le chemin.

Mon âme bute comme une balle sur les murs de cette prison intérieure.

Dans mon ventre, je sens à présent des frôlements.

Je hais cette bête immonde qui précipite ma déchéance.

Je n'en peux plus.

22 novembre 1910

Je ne peux plus. Je n'y arrive plus.

Je ne vois pas l'issue.

Refusée par mon adoré, oubliée par Marthe, jugée par Tante, condamnée forcément par Maman, anéantie par la mort de Tolstoï, mon âme souffre trop violemment.

Ma tête veut me sauver, mais mon corps m'entraîne vers l'abîme.

Je veux échapper à cette douleur insondable que je ne sais plus apaiser, qui me harcèle, me torture, me déchiquette.

J'ai couru à la faculté. J'ai dérobé une fiole de cyanure dans le laboratoire du Dr Bémard.

Demain, je ne me réveillerai pas. C'est mon seul choix, ma seule issue. Je ne parviens pas à penser autrement. Cette liberté tant chérie est trop lourde. La honte est trop lourde. La solitude est trop lourde.

Pour chacun, ce sera une souffrance. Pour moi, ce sera un soulagement. Soulagement de ne pas avoir à affronter la honte, l'enfant. C'est mieux ainsi. Je pars avec mon secret.

Maman, pardonne-moi.

Mon adoré, ne m'oublie pas.

– 9 –

Camille

Camille remâcha pendant des heures sa frustration d'être arrivée trop tard pour convaincre Eileen. Mais elle se consola en se disant que celle-ci aurait sans doute refusé de protéger le droit moral de son père. Une telle déconvenue eût été encore plus blessante pour Camille. Elle appela le directeur des cimetières et lui proposa de passer chez elle le soir même pour élaborer une nouvelle stratégie d'attaque.

« La situation n'est pas brillante, constata-t-elle. Résumons. Un, Jean-Pascal Tuilan, du ministère de la Culture, qui est un type formidable, soit dit en passant, travaille au classement du *Baiser* comme monument historique et trésor national. Cela nous donnera une sécurité minimale et un peu de temps. Deux, l'héritier de la concession funéraire est un toxicomane vivant dans un village de pêcheurs marocain qui a cédé son droit.

— Pourquoi a-t-il fait cela au juste ? lui demanda le directeur des cimetières.

— Je n'en sais rien. De l'argent versé en douce sans doute. Je ne vois que cette explication, parce qu'une tombe ne peut de toute façon être vendue. Qui sait, il a peut-être négocié avec son mystérieux acheteur une rente, une sorte de garantie *ad vitam æternam* pour vivre peinard et s'acheter son herbe jusqu'à la fin de ses jours. J'ai vraiment eu l'impression que c'était la seule chose qui l'intéressait : vivre tranquillement entre un joint et ses œuvres d'art brut. Peu importe d'ailleurs, l'acte notarié qu'il a signé est inattaquable. Impossible de le contester, puisqu'il est bien l'héritier de la tombe et qu'il peut céder son droit gracieusement à qui lui chante.

— Votre toxicomane, il aurait eu intérêt à vendre l'œuvre lui-même. Cela lui aurait rapporté bien davantage. On dit qu'elle vaudrait entre 20 et 30 millions de dollars au bas mot. »

Camille émit un sifflement admiratif. Elle se versa une nouvelle rasade de whisky.

« Pour la vendre, encore fallait-il qu'il soit autorisé à la sortir de France. La perspective de démarches juridiques compliquées l'a peut-être découragé. Il n'a pas l'air bien aguerri pour les tracasseries administratives. Trois, poursuivit Camille, sachant que le nouveau titulaire de la concession nous est inconnu, nous l'appellerons M. X. M. X, donc, mandate un marchand d'art qui prétend retirer *Le Baiser* de la stèle en son nom. Logiquement, il n'y a nul besoin d'autorisation pour placer ou retirer un emblème d'une stèle sauf si, sauf si…

— Sauf si quoi ? s'impatienta le directeur des cimetières.

— Sauf si la stèle constitue un signe distinctif de la personne, lâcha Camille, le regard concentré sur un point invisible.

— Et donc ?

— Donc, nous pourrions plaider que l'œuvre constitue un signe distinctif de Tatiana, poursuivit Camille, agacée par la lenteur intellectuelle du directeur. Dès lors, l'œuvre ne peut être retirée sous peine de porter atteinte à la dignité de sa personne. Mais cela risque de ne pas convaincre un tribunal. Brancusi a reproduit des dizaines de fois *Le Baiser* tout au long de sa vie. Non, la seule voie serait de démontrer qu'il a voulu très précisément déposer cette sculpture originale à cet endroit et nulle part ailleurs. Il faudrait aussi prouver que le socle qui est enchâssé dans la tombe fait partie intégrante du *Baiser*. Les archives de Beaubourg montrent que dans le travail de Brancusi, le socle appartient à l'œuvre. Ce point devrait donc être aisé à démontrer. Dès lors, la tombe et la statue ne font qu'un. Il s'agit d'un immeuble et non d'un meuble que l'on pourrait séparer de la tombe. CQFD.

— Je ne suis pas sûr de bien vous suivre, soupira le directeur. Pourquoi ne pas dire plutôt qu'en l'absence d'héritier pour faire valoir le droit moral de l'artiste, c'est l'État qui exerce celui-ci et défend la volonté de l'artiste ?

— Ça ne marchera pas. C'est vrai, Brancusi a donné son œuvre à la France. À ce titre, l'État est tenu de respecter sa volonté. Mais sur *Le Baiser* de Montparnasse, il n'a rien dit. Peut-on plaider par extension que la France est gardienne de toutes ses volontés ? J'en doute. Pourtant vous me donnez une idée. Je vais aller voir à nouveau le notaire. Lui connaît l'identité de M. X. Je vais y aller au culot.

— En clair ?

— Je vais lui dire que l'héritière de Brancusi entend faire valoir le droit moral sur l'œuvre. Je vais lui dire que je représente les intérêts de celle-ci et que j'ai besoin d'un échange direct avec M. X.

— Mais c'est faux, puisqu'elle est morte !

— Et alors ? Je doute que le notaire ait pris la peine de passer des heures à consulter les archives. Je doute qu'il sache que Brancusi ait eu une héritière et encore moins qu'elle soit morte à présent.

— Et vous en espérez quoi, au juste, de cette rencontre avec M. X ?

— Je ne sais pas encore. Le convaincre de laisser *Le Baiser* à Tatiana, par exemple. »

Ragaillardie par sa fraîche détermination, Camille trinqua encore une fois avec le directeur, qui quitta son studio en tanguant. Au réveil, malgré les vapeurs d'alcool qui lui avaient collé une sacrée migraine, Camille appela l'étude du notaire. Les mêmes causes produisirent les mêmes effets : le prestige de son titre d'avocate chez McAnton lui ouvrit, cette fois encore, le carnet de rendez-vous de l'homme de loi.

Au jour dit, elle remit ses coûteux vêtements anglais qui lui donnaient un air sérieux et peu commode et prépara minutieusement ses arguments. Au notaire, qui la trouva changée sans savoir pourquoi, elle servit son mensonge avec le plus parfait aplomb.

« Comme vous le savez sans doute, l'artiste à qui l'on doit *Le Baiser* sur la stèle de Tatiana a légué l'ensemble de son œuvre à la France. Il revient donc à notre pays de veiller sur celle-ci avec l'héritière du sculpteur. Car il se trouve que Brancusi a une fille. »

Camille marqua une pause pour laisser au notaire le temps d'intégrer cette nouvelle information juridique.

« C'est dans ce cadre, reprit-elle, qu'à la demande du ministère de la Culture et de la direction des cimetières dont je défends les intérêts, j'ai pris l'attache de ladite héritière il y a quelques jours. Je l'ai rencontrée. Elle entend exercer le droit moral et protéger la volonté de son père. Or qu'a voulu Brancusi ? Comme en témoignent les archives, il a voulu dédier cette œuvre originale à la jeune fille afin que son suicide ne reste pas un geste vain. J'ai donc besoin de connaître l'identité et l'adresse du nouveau propriétaire de la concession funéraire. Je dois échanger avec lui sur ses intentions à l'égard de l'œuvre et lui exposer les exigences de l'héritière de l'artiste. »

Camille avait parlé avec le détachement du professionnel. Son mensonge ne l'avait pas fait vaciller. Sa tranquille détermination fit le reste.

Le notaire feuilleta les liasses du dossier déposé sur le sous-main en cuir de son bureau et inscrivit un nom sur un papier.

Le mystérieux M. X s'appelait Petru Minescu. Il vivait à Baisoara, judet de Cluj, dans les Carpates, en Roumanie.

Camille fut parcourue d'un frisson. Elle était ébahie d'avoir si aisément remporté la partie. Dans la rue, elle eut l'envie furieuse de trépigner de joie, là, sur le trottoir, mais ne le fit pas. Elle remonta vers Montmartre à grandes enjambées et, dans un état d'excitation extrême, appela tour à tour Ameline, le directeur des cimetières et Jean-Pascal Tuilan.

Arrivée chez elle, elle troqua ses mocassins pour une paire de baskets, comme si son ancienne peau d'avocate était désormais trop étriquée, et se mit à réfléchir.

Mais c'est quoi ce bordel à la fin ! se dit-elle. D'où il sort ce Roumain qui arrive à obtenir la concession de la petite princesse ? Serait-il lié à Brancusi d'une façon ou d'une autre ?

Une intuition prit forme dans son esprit. Non, ce n'était pas le fruit du hasard si Petru Minescu avait acquis précisément cette tombe coincée dans le fond d'une immense nécropole parisienne. Ce ne pouvait être fortuit si l'on considérait que cette petite stèle était seule à être ornée par la sculpture d'un artiste roumain de légende. Camille eut la désagréable sensation que le jeu se compliquait. Une étrange force d'attraction semblait ramener l'affaire vers son point de départ : la Roumanie. Un même nœud paraissait lier ensemble le Dr Bémard, professeur et grand amour déçu de Tatiana, avec Constantin Brancusi, l'artiste d'avant-garde, et Petru Minescu, le mystérieux propriétaire de la tombe et de sa sculpture à perpétuelle demeure : la Roumanie.

Elle tapota sur Internet et découvrit Baisoara, petite station de ski alpin au beau milieu des Carpates.

Inutile d'écrire à Petru Minescu. Elle préférait le face-à-face.

Quatre jours plus tard, Camille déposait son sac dans le hall de l'Alpin. Quarante-cinq lei la nuit pour un hôtel magnifiquement inesthétique.

Le vaste salon de l'hôtel était encombré par d'énormes fauteuils mous avec appuie-tête en crochet d'un beige sale. La grande salle à manger avec ses tables vides était blafarde sous les néons trop blancs. Mais depuis la chambre surchauffée, avec son dessus de lit en rayonne à larges fleurs délavées, Camille pouvait admirer la montagne. Ses flancs raides sortaient à peine de l'hiver. La forêt de mélèzes enveloppait de son ombre les chemins pentus. Cette profusion de bruns et de verts sombres donna à Camille une impression de tristesse infinie.

Elle dîna seule. Au café, elle échangea quelques mots avec la propriétaire de l'hôtel qui parlait un français impeccable. Elle tenta sa chance en l'interrogeant sur Petru Minescu. Camille avait de la veine. La patronne connaissait très bien le mystérieux propriétaire de la tombe.

Rien d'étonnant à cela : il était le maire de la commune depuis six ans. Elle-même siégeait au conseil municipal dans son équipe. À l'évidence, elle admirait l'homme et ne se fit pas prier pour donner une foule de détails. C'est ainsi que Camille apprit que Petru Minescu était un entrepreneur audacieux. Il avait fait fortune dans le machinisme agricole. Visiblement fière, la patronne racontait cette réussite fulgurante comme si l'éclat en rejaillissait aussi sur elle.

Agriculteur à ses débuts, comme son père et son grand-père avant lui, Petru Minescu s'était d'abord mis à bricoler son matériel agricole pour son propre usage afin de l'adapter aux contraintes des alpages. Il avait aménagé un petit atelier dans un coin du hangar à foin de sa ferme. Très vite, les commandes avaient afflué des autres exploitations de la vallée. Petru Minescu avait embauché un ouvrier, construit un atelier plus vaste dans un des corps de ferme, accueilli un apprenti. Dans les premiers temps, il n'y avait vu qu'un complément de revenus à l'élevage, la traite, les vêlages, les semis, les récoltes qui formaient son quotidien. Son coup de génie avait été d'adapter les machines standard construites par des majors de l'équipement agricole aux exigences de la montagne, aux cultures en étages, aux labours sur les pentes ardues. Comme il était le seul à réaliser ce type de travaux, son carnet de commandes avait grossi. Puis sa réputation avait dépassé les limites du judet. Quelques années plus tard, il avait construit une usine neuve dans la vallée, fait aménager par les collectivités et l'État un embranchement ferroviaire, recruté des ingénieurs, des comptables, des représentants, ainsi que la moitié de sa famille. Il avait depuis longtemps troqué sa combinaison verte de mécano pour des costumes trois-pièces. On l'invitait à toutes les manifestations officielles du judet. Les œuvres caritatives sollicitaient sa générosité. Les hommes politiques le flattaient. Petru Minescu, paysan autodidacte des Carpates, était devenu un notable local.

Au bout de quelques années, il s'était lancé dans l'export. Les régions de montagne d'Europe et d'ailleurs avaient adopté son matériel et le niveau de vie de Petru Minescu s'était envolé. En témoignaient le chalet luxueux où il habitait depuis près de quinze ans à Baisoara et son parc automobile. Cette aisance financière avait certainement contribué à séduire la femme de vingt-sept ans sa cadette, artiste de profession, qu'il avait épousée récemment en deuxièmes noces.

Poussé par les caciques locaux, Petru Minescu, capitaine d'industrie talentueux, mais désormais rassasié de victoires économiques, s'était laissé convaincre de se lancer en politique. Élu dès le premier tour aux élections municipales, il avait pris la tête de Baisoara, qu'il pilotait comme son entreprise.

Sous son impulsion d'homme pressé, un plan d'investissement soutenu avait été engagé à grand renfort d'aides publiques et de prêts bancaires pour moderniser le téléphérique, ouvrir des remonte-pentes supplémentaires, créer un restaurant d'altitude et embellir la place du cœur de village. Il avait transformé la petite commune des alpages en station de ski familiale de qualité, parié sur les chalets confortables accrochés à flanc de montagne, ouvert un spa de luxe, une piscine d'eau vive, un cinéma. L'hiver, les touristes aisés rejoignaient les chalets en bois en scooter des neiges, avec la délicieuse impression d'être seuls au monde, tandis que les familles moins fortunées avaient l'embarras du choix entre les hôtels de différents standings qui bordaient la rue centrale du village. L'été, on voyait des groupes de randonneurs sillonner les chemins et admirer les chamois. De nouveaux commerçants étaient venus s'installer. Des emplois avaient été créés. L'an passé, on avait même inauguré à grands flonflons une nouvelle classe pour tout-petits. Petru Minescu avait lui-même financé sur ses deniers la rénovation du retable du XVIIe siècle dans l'église du village.

Ici, Petru Minescu était un sauveur, un héros, un chef de clan, un patriarche protecteur. À écouter les louanges de la patronne de l'hôtel, Camille sentait que l'homme était incontesté et incontournable. Rien ni personne ne lui résistait.

« Mais je ne sais pas s'il est là en ce moment, dit-elle à Camille. Vous pourrez vous renseigner à la mairie demain. Il se peut qu'il soit en tournée.

— En tournée ? demanda Camille.

— Oui, il se présente aux législatives contre le député sortant, précisa la patronne. Notre député est maintenant un vieil homme, vous savez. Il a fait son temps. Nous avons besoin d'élus comme Petru, avec des idées modernes et de l'énergie à revendre. »

Camille réfléchissait. Le portrait de Petru Minescu ne collait pas. Il ressemblait davantage à un bâtisseur, un aménageur, un homme qui transforme le réel plutôt qu'à un amoureux d'art moderne, un esthète, un sentimental prêt à s'emballer pour *Le Baiser*. Camille s'interrogeait sur les raisons profondes qui avaient poussé Petru Minescu à acquérir la tombe de Tatiana.

Certes, il est déjà riche, songea Camille, mais l'argent appelle l'argent. L'aimer, c'est le désirer et vouloir en posséder encore et toujours plus. Ses années chez McAnton l'avaient convaincue de cette vérité élémentaire sur l'humanité. Or, si *Le Baiser* avait la cote annoncée par le directeur des cimetières, Petru Minescu entrerait dans la cour des très grands.

L'homme venait d'épouser une jeune artiste, avait dit l'hôtelière. Posséder *Le Baiser*, c'était peut-être une manière de plaire à sa jeune femme, se dit alors Camille. Elle ne l'avait jamais éprouvé pour elle-même mais elle savait, par les films des années soixante qu'elle allait voir dans les cinémas parisiens le dimanche, que ces emportements de la maturité, la déraison d'un homme mûr pour une jeune femme aimée faisaient aussi partie de la vie. C'était peut-être par amour que Petru Minescu voulait récupérer *Le Baiser*. En attendant de le rencontrer, Camille en était réduite à des conjectures.

Le lendemain matin, lorsqu'elle ouvrit les rideaux de sa chambre, elle découvrit un paysage bouleversé. L'hiver avait livré un dernier assaut durant la nuit. Il avait neigé avec force. Un tapis d'un blanc étincelant recouvrait les pentes. La neige soulignait les branches des sapins comme si un pinceau de soie avait ourlé leurs aiguilles d'un trait blanc. Sur le sommet des arbustes qui bordaient le jardin de l'hôtel, d'épais coussins floconneux s'étaient déposés. À la réception, la patronne de l'hôtel l'informa qu'elle avait appelé la mairie. Petru Minescu ne serait de retour que le lendemain après-midi.

« Au fait, vous m'avez dit que sa jeune épouse était artiste. Quel genre d'artiste ? demanda Camille à l'hôtelière d'un air détaché.

— Peinture et sculpture sur bois principalement. Il est fou de son travail. Et d'elle encore plus ! Il a d'ailleurs le projet de créer un musée ici qui présentera le meilleur de l'art local et servira aussi de galerie. Ça permettra à sa femme d'exposer son propre travail, si vous voyez ce que je veux dire. »

Camille avait vingt-quatre heures devant elle. Presque une éternité dans sa vie si minutée d'ordinaire. Mais en quittant le cabinet McAnton, elle semblait avoir définitivement congédié la culpabilité. Elle décida de profiter de cette parenthèse inattendue sous un ciel redevenu d'azur.

Lorsqu'elle quitta l'hôtel, elle fut frappée par le silence cotonneux des rues. À chaque pas, la neige résistait un instant sous sa botte avant de céder dans un craquement étouffé et compact. De temps à autre, des plaques de neige tombaient des sapins et s'écrasaient au sol avec un bruit mat. On aurait dit que les arbres nus avaient été transformés en cerisiers en fleur par la grâce poétique du givre. Sur la place de l'église, Camille fit le tour de la fontaine que le gel n'avait pas encore saisie et rejoignit le téléphérique. Elle déjeuna sur la terrasse du restaurant d'altitude, face au soleil et aux sommets qui scintillaient sous la neige fraîche. Elle but une bière brune en fumant tranquillement. Elle discuta avec le gérant de l'auberge et apprit que le lieu appartenait au maire.

Décidément, tout le monde va voter pour lui ici. Chacun semble être son obligé d'une façon ou d'une autre, pensa-t-elle.

Elle était impatiente de rencontrer le grand protecteur de Baisoara. À son retour à la station, elle entreprit de visiter le village. Parvenue devant la mairie, un picotement d'excitation la saisit lorsque son regard fut attiré par un détail inattendu : le balcon en bois du premier étage de l'hôtel de ville était directement inspiré de *La Colonne sans fin* ! Chacun des barreaux reprenait l'empilement des formes géométriques qui avaient rendu Brancusi si célèbre. Le balcon semblait neuf. Ainsi, Petru Minescu connaissait-il le sculpteur. Il en paraissait même féru. Après *La Colonne sans fin*, c'est donc bien *Le Baiser* qu'il vise, se dit Camille.

Ainsi, son intuition première était juste. Ce n'était pas un hasard si Petru Minescu était devenu titulaire de la concession de la petite princesse. Il a dû y passer du temps et de l'argent pour localiser la tombe, l'héritier de la famille, négocier avec lui, le convaincre de lui céder son droit, choisir un marchand d'art sur la place de Paris. Il a dû être bien conseillé pour en arriver là. Mais qu'est-ce qui le fait courir ? s'interrogea Camille. Cette découverte l'inquiéta. Pourtant, elle pressentit qu'elle approchait du but.

Elle poussa la porte chenue de la mairie pour obtenir un rendez-vous avec le maire à son retour. Le gardien dans le grand hall l'orienta vers la secrétaire de mairie à l'étage. Camille entreprit de gravir l'escalier en bois qui craquait. Sur les murs, des fresques monumentales célébraient dans un style naïf et pointilliste le glorieux travail des champs aux quatre saisons. Derrière un antique bureau qui semblait tout droit venu de l'époque communiste, une secrétaire sans âge mais à moustache compulsait un gros classeur.

« Bonjour madame, vous parlez français ? demanda Camille.

— Un peu, répondit la secrétaire avec un fort accent de gorge.

— Je voudrais un rendez-vous avec M. le maire.

— Pourquoi ? »

Camille rassembla ses idées pour tenter une explication simple tout en glissant sa carte de visite de chez McAnton vers la secrétaire.

« Je suis avocate. Je défends un dossier pour la Ville de Paris. Ce dossier concerne une tombe qui se trouve dans un cimetière de la capitale française. Cette tombe appartient à M. le maire. J'ai besoin de lui parler à ce sujet. »

La secrétaire consulta l'ordinateur et lâcha sans autre commentaire :

« Demain, 15 heures. Dans son bureau. »

Rendez-vous pris, Camille fit halte dans un spa, s'offrit un massage des pieds à la tête, regarda deux films américains dans sa chambre, tricota à s'en faire mal aux doigts, assise bien droite sur son lit. Vers 11 heures du soir, son téléphone mobile vibra sur la table de chevet. C'était Comard, le directeur des cimetières. Il paraissait affolé.

« Il s'est passé un truc inquiétant ce soir sur la tombe de Tatiana, aboya le directeur à l'autre bout de la ligne.

— Quoi ? Qu'est-ce qu'il s'est passé ?

— Les gardiens viennent de m'apprendre que quelqu'un s'est introduit dans le cimetière après la fermeture. Il a entouré *Le Baiser* d'une couverture entièrement fermée par du scotch kraft. Rentrer après la fermeture, ça veut dire qu'on peut la voler à n'importe quel moment. »

Camille réfléchit à toute vitesse.

« C'est à la Ville d'assurer la police du cimetière et sa sécurité. Il faut que vous installiez demain des caméras de surveillance pointées sur la tombe.

— Mais c'est compliqué, geignit le directeur. Il faut des autorisations de la préfecture, un appel d'offres pour acheter le matériel.

— Débrouillez-vous, mon vieux ! Ça doit être fait avant la fin de la semaine. Ça presse. Vous en portez la responsabilité. Et arrangez-vous pour que ces caméras soient reliées au commissariat du coin. »

Elle envoya un texto à Jean-Pascal Tuilan pour l'informer de cette nouvelle alerte. Dans l'obscurité de sa chambre, son portable s'illumina à minuit passé. Un message en réponse. S'ensuivirent plusieurs échanges que Jean-Pascal Tuilan conclut avec un « Faites de jolis rêves ». Camille obéit et s'endormit en pensant à lui.

Le lendemain, à 15 heures, lorsqu'elle fut introduite dans le bureau de M. le maire, Camille se sentait portée par une urgence intérieure : comprendre ce qui avait poussé Petru Minescu à posséder la tombe quitte à le menacer d'un procès long et coûteux pour mieux le convaincre. Pour se donner du courage, elle avait avalé un petit verre d'alcool de prune avant le rendez-vous. Mentalement, elle avait imaginé Petru Minescu comme un homme athlétique, solide, entreprenant, charmeur et retors. Ce fut un choc.

En le découvrant, à demi vautré dans son fauteuil de maire, le cheveu légèrement trop long dans la nuque et assurément gras, le teint couperosé, le visage parsemé ici et là d'amas de graisse, le nez fort, la bedaine énorme qui écartelait les boutons de la chemise, la cravate trop largement dénouée pour rester élégante, plusieurs images lui vinrent à l'esprit. Elle se dit qu'elle était face à un ogre des montagnes, à une force malsaine, à un rhinocéros mal lavé. Surtout, ses bajoues la fascinèrent. Car le bas du visage n'était qu'empilement de plis. Cela la fit songer à ces créatures des films fantastiques à gros budget, ces êtres étranges mi-bêtes mi-hommes, qui pensent, parlent, grognent et bavent en même temps. Dans cet océan de chairs, seul le regard avec lequel Petru Minescu la soupesait, tandis qu'elle s'asseyait, lui parut intelligent, voire acéré.

« On me dit que vous êtes avocate à Paris », lança Petru Minescu dans un français parfait.

Camille comprit qu'il était superflu de tergiverser avec un homme de cette trempe.

« Oui, je suis l'avocate de la Ville de Paris. C'est à ce titre que j'ai demandé ce rendez-vous. J'ai souhaité vous rencontrer, monsieur le maire, en votre qualité de propriétaire d'une concession funéraire au cimetière du Montparnasse à Paris.

— Pourquoi vous intéressez-vous à cette tombe ?

— Parce qu'elle accueille une sculpture de Constantin Brancusi que vous souhaitez enlever.

— Et alors ?

— Vous ne pourrez pas retirer la statue de la stèle.

— Et au nom de quoi je ne pourrais pas retirer *Le Baiser* ? La tombe et ses ornements sont à moi. Je dispose d'un acte notarié qui l'établit de manière parfaitement légale.

— Je le sais. Mais l'héritière de Constantin Brancusi s'y oppose. En tant que détentrice du droit moral, elle entend protéger la volonté de son père afin que *Le Baiser* demeure sur la stèle.

— Ne me racontez pas d'histoire, l'unique héritière de Brancusi est morte », assena le maire.

Camille encaissa l'uppercut. Ainsi, Petru Minescu n'avait rien laissé au hasard. Non seulement il avait su convaincre l'héritier toxicomane de lui céder son droit, mais il avait aussi enquêté sur de possibles héritiers de Brancusi. Il fallut quelques secondes à Camille pour reprendre ses esprits.

« De toute façon, vous ne pourrez pas l'enlever pour la simple raison que la tombe ET la statue vont être classées monument historique. Vous ne pourrez rien faire sans l'accord préalable de l'État français. »

Un instant, Camille eut l'impression que Petru Minescu avait tressailli.

« Je contesterai cette lecture du droit devant le tribunal, rétorqua Petru Minescu, soudain agressif. Puisque vous êtes avocate, vous savez très bien que seule la tombe est un immeuble parce qu'elle se situe en pleine terre, mais que la statue est un meuble détachable du reste dont je peux faire ce que bon me semble. »

Camille se raidit. La partie allait être rude. Le rhinocéros mal lavé connaissait son affaire. À ce moment-là, elle eut l'impression d'être face à un bastion imprenable, une ceinture de tours de guet, une tortue romaine. Il voulait la guerre. Il l'aurait.

« Faux, la stèle et la statue ne sont pas des meubles mais des immeubles par destination. Pourquoi ? Parce qu'elles sont indissociables de la tombe. Une tapisserie scellée au mur d'un château, une plaque de cheminée scellée au mur d'un manoir, une bibliothèque scellée sur le mur d'un palais sont des immeubles par destination indissociables de l'édifice lui-même. Et vous pensez que la statue scellée sur une tombe obéirait à un autre régime ? Vous plaisantez, j'espère. Non, la statue et la stèle sont des immeubles par destination. Je le démontrerai, croyez-moi. Et comme une tombe est indéplaçable, la statue le sera aussi.

— Eh bien moi, je démontrerai l'inverse, répliqua le maire. On peut retirer l'œuvre sans porter atteinte à la tombe.

— Erreur, monsieur le maire. La statue et son socle ont été voulus ainsi par Brancusi pour honorer la mémoire d'une jeune fille morte par amour.

— Quoi ! Arrêtez donc vos mièvreries. Cette Tatiana était une parfaite inconnue. Ce n'est pas une grande artiste, une grande scientifique, une résistante, une femme politique que la statue vient honorer. Non, juste une petite fille déprimée. »

Camille eut envie de le gifler.

« Mais pourquoi voulez-vous récupérer *Le Baiser* à la fin ? lâcha Camille, excédée. Pour le vendre et disposer d'un trésor de guerre pour votre projet politique ? »

Le maire devint blême. Un voile de sueur couvrit son front. Camille supposa que l'homme était en mauvaise santé.

« Vous venez chez moi pour m'insulter ! Vous me prenez, du haut de votre morale bien-pensante, pour un affairiste. Vous faites de moi un homme sans foi ni loi. C'est parce que je suis un montagnard, un ancien paysan, un Roumain des Carpates que vous me considérez comme un imbécile, un bouseux, un pauvre type ? Pour vous, je ne peux qu'être insensible à l'art, c'est cela ? Non, madame. Cette œuvre me touche. Et puis, permettez-moi de vous dire une bonne chose : cette sculpture me revient. Elle nous revient. La Roumanie n'a jamais eu les moyens d'acquérir une œuvre de Brancusi. Pourtant, il est né ici, il est de cette terre. Mais c'est Paris qui a tout eu. Vous trouvez ça normal ? Pas moi. Moi, j'ai l'intention de rendre à mon territoire sa fierté. Je vais en faire une terre de croissance, avec du tourisme haut de gamme. La culture, notre capacité à présenter des œuvres de Brancusi, notre gloire nationale, y sera un attrait supplémentaire. Je créerai un musée qui lui sera dédié. J'y réunirai *Le Baiser* mais aussi des œuvres locales et d'autres pièces. Je transformerai sa maison natale en musée. C'est dans mon programme électoral. Si je suis élu député, je tiendrai parole et je mettrai en application mon engagement.

— Et vous présenterez à côté de l'œuvre de Brancusi les sculptures de votre femme, c'est ça ? » l'interrompit Camille qui regretta instantanément cette attaque trop personnelle.

Petru Minescu la fixa avec fureur.

« Ce n'est pas le sujet. Et puis je vais vous dire une fois pour toutes, puisque vous êtes de ces femmes entêtées visiblement. Cette sculpture aurait dû revenir à ma famille il y a cent ans déjà. Elle nous appartient, en somme, depuis un siècle ! Vous voyez, je ne fais que rattraper le temps perdu.

— Revenir à votre famille ? Mais pourquoi ? demanda Camille nerveusement.

— Parce que mon grand-oncle était le Dr Bémard. C'est lui qui a commandé la stèle. Il aurait dû la récupérer…

— Le Dr Bémard ? l'interrompit Camille. Vous parlez bien du médecin roumain qui était l'ami de Brancusi et le professeur de Tatiana à la faculté de médecine ?

— Lui-même. »

La lettre que le Dr Bémard avait adressée à Brancusi, découverte par Camille dans les archives de Beaubourg, revint à sa mémoire. Elle se souvint que, dans cette missive, le médecin roumain proposait en effet au sculpteur de récupérer *Le Baiser* pour lui-même et de le remplacer par un buste d'après nature. Comme Camille l'avait trouvée étrange et déplacée, cette lettre venant d'un homme qui venait de pousser Tatiana au suicide.

« Justement, reprit-elle avec hargne, Brancusi a refusé l'échange demandé par votre grand-oncle. C'est bien la preuve que l'artiste tenait à ce que *Le Baiser* reste sur la tombe. Vous ne pouvez pas ignorer ce point. Vous ne pouvez pas considérer que la statue est votre dû. Brancusi voulait faire cette offrande d'amour à Tatiana pour transcender sa mort. C'est votre grand-oncle qui l'a poussée au suicide. Vous ne pouvez faire comme si la disparition de cette jeune fille ne concernait pas aussi votre famille ? Vous n'avez pas le droit de la priver de cet hommage aujourd'hui.

— Que dites-vous ? répliqua Petru Minescu avec hargne. Au nom de quoi, avec quelles preuves affirmez-vous que c'est à cause du Dr Bémard qu'elle s'est supprimée ? C'est archifaux.

— C'est ce que disent toutes les notices.

— Foutaises ! Moi, je vous dis, j'affirme, que mon grand-oncle n'a aucune responsabilité dans sa disparition. Je ne vous autorise pas à piétiner sa mémoire !

— Et vous avez des preuves de ce que vous avancez bien sûr, relança Camille sur un ton fielleux.

— Oui, j'ai des lettres du Dr Bémard à sa mère, ma grand-mère. Il y raconte ce suicide. Cet acte désespéré et odieux l'avait fortement éprouvé. Il affirmait qu'on l'avait injustement soupçonné d'avoir été l'amoureux secret de Tatiana. Qu'on voulait lui faire porter le chapeau. Mais il écrivait aussi noir sur blanc qu'il avait lu, de ses yeux lu vous m'entendez, le journal intime de Tatiana. Alors qu'il accompagnait la mère effondrée, celle-ci lui avait montré certains passages. Dans ce journal, Tatiana avouait son amour pour un autre. Cela avait été un soulagement immense pour mon grand-oncle.

— Qui aimait-elle alors ?

— Mon grand-oncle ne l'a jamais dit. Il est mort avec ce secret.

— Et ce passage du journal intime, vous en avez la trace ?

— Non, bien sûr que non. La famille de Tatiana l'a gardé. Voilà pourquoi je refuse que ma lignée porte une responsabilité qui n'est pas la sienne. »

Camille repensa aux confidences d'Igor de Lowerstern sur la plage de Tifnit. Lui aussi avait fait allusion à ce journal intime que l'on avait égaré ou détruit à jamais. Les liens d'amitié qui avaient perduré entre le Dr Bémard et la mère de Tatiana s'éclairaient d'un jour nouveau. Camille décida de jouer son va-tout : un argument moral.

« Mais honorer la mémoire de Tatiana, reprit Camille, faire que son geste ne reste pas vain, que son passage sur terre laisse une trace, que cette jeune fille ne soit pas renvoyée à l'anonymat le plus sombre, ça n'a aucune importance pour vous ?

— Et nous, que nous soyons privés de nos artistes, que leurs œuvres soient entre quelques mains, exposées dans les musées de quelques grands pays riches, qu'elles rayonnent au profit d'autres que nous, cela ne vous gêne pas ? » rétorqua le maire.

Elle admira sa repartie. Intérieurement, elle salua l'adversaire. Mais Camille ne voulait pas désarmer. Avec des accents lyriques qu'elle ne se connaissait pas, elle reprit :

« Cette œuvre n'appartient ni à vous ni à Paris, elle appartient à l'humanité. Elle est là, sur cette tombe, depuis plus d'un siècle. Elle est exposée gratuitement à la vue de tous. Elle est dans un musée à ciel ouvert. Vous, moi, tous ceux qui passent dans ce cimetière peuvent l'admirer gratuitement. Pourquoi vouloir l'enfermer entre quatre murs ? Pourquoi refuser que certaines choses échappent à la loi de la propriété ? Pourquoi nier que certaines œuvres sont sacrées, parce qu'elles sont le réceptacle de valeurs spirituelles éternelles ? Et puis, avec *Le Baiser*, c'est une part de l'histoire de l'art contemporain, de la lutte de quelques artistes pour exprimer autre chose que ce que la morale et l'esthétisme de leur époque imposaient, qui nous est livrée. Vous ne pouvez pas vous oublier un peu, vous élever au-dessus de votre intérêt personnel pour protéger quelque chose de plus grand, de plus beau que vous-même ?

— Arrêtez, je vous en prie, avec votre morale de pacotille. Je n'ai qu'une chose à vous dire, madame, en matière de meuble, possession vaut titre », trancha le maire.

Camille frissonna. Petru Minescu n'avait pas vacillé. Il allait tuer Tatiana une deuxième fois. Elle ne pouvait le supporter.

« Je démontrerai que *Le Baiser* est un immeuble solidaire de la tombe. Vous ne pourrez pas l'enlever. Nous nous retrouverons devant le tribunal, conclut-elle en plantant ses beaux yeux noisette pleins de flamme dans le regard du maire.

— À bientôt, devant le tribunal. »

Le maire ne baissa pas davantage les yeux. Il ne se leva pas pour saluer Camille. Il ne la raccompagna pas. Elle quitta la mairie dans un état d'énervement absolu. Mais cette colère lui donnait une énergie considérable. Elle gagnerait la partie. Elle en faisait serment.

La soirée que Camille passa dans la chambre de l'Alpin, le retour en taxi jusqu'à l'aéroport et le vol vers Paris furent moins flamboyants. Sa rage de vaincre l'avait subitement désertée. Elle se sentait comme une baudruche dégonflée, ratatinée. Elle était épuisée, découragée, alourdie par sa défaite de Baisoara. Même son tricot ne la tentait plus.

Camille ressassait la faillite de son entreprise. Elle avait mené le combat pour convaincre qu'un impératif plus grand que la simple possession d'une œuvre s'attachait au *Baiser*. Elle avait échoué. Elle avait plaidé pour que Tatiana, même si elle était devenue invisible, ne devienne pas aussi une absente. Elle s'était fracassée contre un mur d'indifférence. Elle avait ferraillé pour que la volonté de Brancusi de conserver la lumière de Tatiana pour l'éternité soit respectée. Elle avait perdu le combat. Petru Minescu était déterminé à se situer sur le strict plan juridique avec une folle envie de gagner le procès.

Mais une raison plus intime rendait Camille nostalgique. Elle s'en rendait compte à présent. La défense d'une sculpture, d'un geste artistique, du destin tragique d'une jeune fille avait puissamment secoué sa vie monotone. Cette bataille imprévue l'avait réveillée. Ressuscitée même. Camille avait découvert le sens des combats qui valent d'être livrés, des principes qui méritent que l'on se batte pour eux. Elle s'était laissée aller à l'enthousiasme, au désordre. Elle avait oublié McAnton et son emploi du temps routinier. Elle avait goûté au sel de la liberté, du frisson de l'inconnu, au plaisir de la générosité. Elle avait refusé les contraintes, les convenances. Elle avait voyagé, visité Tifnit et Baisoara. Elle avait trouvé de la confiance en elle et fuyait moins le miroir. Elle avait coupé sa queue de cheval et portait des baskets. Elle se sentait enfin vivante. Encore plus depuis que Jean-Pascal Tuilan avait fait irruption dans le paysage.

Au fond, c'était à Tatiana, au destin d'une autre femme qui s'était déployé à cent ans de distance, qu'elle le devait. C'était aussi à un artiste, tout en pureté et en audace, qu'elle le devait. Camille était convaincue que sa route serait différente désormais. Forte de son escapade, elle pouvait retourner chez McAnton et exiger de rejoindre enfin la caste des associés. Elle pouvait tout aussi bien choisir un chemin de traverse et mener d'autres batailles. Tandis que ces idées tournaient en tous sens dans sa tête comme un vol d'étourneaux, Camille ouvrit les *Lettres à un jeune poète*, de Rainer Maria Rilke.

Elle lut.

Aimer c'est devenir un monde

Un monde en soi pour quelqu'un d'autre.

Elle pensa à Tatiana. Elle aussi avait aimé. Elle était devenue un monde. Un monde pour un autre. Elle avait choisi de s'en aller avec son secret, son amour caché.

Camille avait aimé cette histoire si humaine. Camille aussi avait découvert en elle un autre monde. Elle n'abandonnerait pas Tatiana. Elle veillerait sur *Le Baiser*. Cette décision la rasséréna un peu, sans qu'elle sache encore si elle retournerait dans son cabinet ou pas.

Le lendemain de son retour, elle appela Ameline pour lui faire un récit détaillé de son voyage dans les Carpates, de son entretien avec Petru Minescu, de son incapacité à le faire douter.

« Ah mais quel salaud ! tonna Ameline. Nous faire le coup de l'œuvre soustraite à son pays, de la domination culturelle des États riches, c'est ridicule. Ce n'est pas comme les masques africains ou les bouddhas d'Angkor que certains sont allés piquer sur place, tout de même ! Cette statue, elle est là et bien là, depuis toujours. Moi, je pense que c'est pour se fabriquer une image de politique esthète, d'homme cultivé, de défenseur du patrimoine qu'il veut récupérer *Le Baiser*.

— C'est clair que cela le motive dans sa course à la députation, reconnut Camille.

— Et la petite Tatiana, si ce n'est pas pour le docteur roumain qu'elle s'est suicidée, c'est pour qui d'après toi ?

— Je ne sais pas. Ça restera son secret.

— Non mais tu ne peux pas en rester là, Camille, trancha Ameline. Va au bout et bats-toi. »

Après l'injonction de son amie, Camille sentit renaître la colère en elle. La voilà qui gagnait et se propageait. La voilà qui faisait reculer la nostalgie, le goût de l'échec, le sentiment d'impuissance. Elle revit le rhinocéros mal lavé, avachi dans son fauteuil de maire. Et elle se sentit à nouveau prête à s'accrocher à l'affaire comme une chienne enragée.

Elle appela Jean-Pascal Tuilan et lui proposa un verre au Rêve, un vieux bistrot du côté de Montmartre.

« Ça me rend dingue, conclut-elle après avoir achevé le récit de son entrevue avec Petru Minescu. Imaginer qu'on soit égoïste à ce point, considérer l'art comme une marchandise qu'il faut posséder à tout prix et non comme un message universel offert à tous, je vous jure, ça me rend dingue. Une œuvre qui dit la rébellion d'une époque va être foulée au pied par simple attrait du profit ? Une sculpture qui rompt avec l'académisme va être démontée au mépris de celui qui l'a voulue, pensée, exécutée ? Non, je ne peux l'accepter. Et puis, qui sait, peut-être Brancusi avait-il promis ce *Baiser* à Tatiana. Et reprendre la parole donnée à un vivant sitôt qu'il est mort, ce n'est pas acceptable. Je vous le dis, cette société où tout vaut tout est bien mal partie !

— Vous êtes encore plus jolie quand vous êtes en colère », constata Jean-Pascal Tuilan.

Camille rougit.

De son côté, le chef du service du patrimoine avait bien avancé. Les démarches pour l'inscription de l'œuvre à l'inventaire des monuments historiques progressaient. Le ministre avait donné son accord pour un classement du *Baiser* comme trésor national et une protection au titre des monuments historiques.

Il avait même écrit en marge de la note « me tenir informé svp ».

Camille décida de préparer la défense à venir de la statue, de compulser des précis de droit administratif dont elle ignorait tout, de bûcher la jurisprudence. Autant fourbir ses armes pour affronter Petru Minescu.

Trois jours plus tard, Camille prenait le frais au jardin du Luxembourg sous le grand hêtre rouge qui frissonnait de toutes ses jeunes feuilles. C'était un lundi. Elle lisait mollement les informations du *Monde* en ligne qui tombaient sur son mobile.

Soudain, un titre attira son attention : « Élections en Roumanie ». La dépêche relatait un incident survenu lors du scrutin législatif dans les Carpates. « Le favori de l'élection législative du judet de Cluj, Petru Minescu, membre du parti progressiste nationaliste, est tombé ce matin, terrassé par une crise cardiaque, alors qu'il venait de mettre son bulletin dans l'urne. »

Camille relut l'information trois fois. Elle la lut même à haute voix pour être certaine de ne pas se tromper, de bien lire, bien comprendre. Elle en avait le souffle coupé. Mort sur le coup ! Lâché par son cœur cerné de graisse. Anéanti, le rhinocéros mal lavé, le jour de son sacre.

Quand enfin la nouvelle parvint avec certitude à son cerveau, Camille se mit à frapper des mains, à faire le tour de sa chaise dans une danse endiablée d'Apache qui lui revenait impromptue de l'enfance, à sautiller sur place en poussant de petits cris aigus. Des promeneurs s'arrêtèrent un instant, interloqués et inquiets, pour observer cette grande femme plongée dans un étonnant délire.

« Ce n'est rien, leur lança-t-elle. Excusez-moi ! Seulement une grande joie ! Une magnifique joie ! »

Et chacun reprit sa marche, un sourire soulagé aux lèvres.

Camille appela Tuilan à la Culture, Comard à la Ville, Ameline à Rodez pour raconter l'impensable, l'inespéré, l'inouï.

« Et maintenant, qu'est-ce qui va se passer ? interrogea Ameline qui exultait à l'unisson avec son amie.

— Maintenant, ma chérie, comme il n'y a plus de propriétaire de la tombe et de la stèle, l'œuvre est en quelque sorte orpheline. C'est pourquoi je vais demander à l'État de l'adopter.

— C'est possible, un truc pareil ?

— Absolument, le droit intellectuel et moral le prévoit.

— Alors *Le Baiser* est sauvé ?

— Oui, *Le Baiser* est sauvé. Ce n'est pas terrible de se réjouir de la mort de quelqu'un, mais je m'en fous, *Le Baiser* est sauvé. »

Le soir même, Camille et Jean-Pascal décidèrent de fêter la nouvelle autour d'un dîner. Le vin aidant, la joie les portant, Jean-Pascal proposa d'aller trinquer sur la tombe de Tatiana.

« Mais le cimetière est fermé à cette heure, fit remarquer Camille.

— Justement, ce sera notre secret. »

Jean-Pascal héla un taxi, se fit déposer un instant en bas de son immeuble rue Jacob, revint les bras chargés d'une bouteille de champagne frappé et de deux flûtes en cristal avant de repartir vers le cimetière. Dans la rue sans numéro qui fend la nécropole dans sa profondeur, Jean-Pascal entreprit d'escalader la grille, puis, une fois parvenu en haut, aida Camille à franchir l'obstacle en douceur.

De braver ainsi l'interdit donna la chair de poule à Camille et un profond sentiment de liberté. Ils approchèrent de la tombe, seulement éclairés par le halo orangé de la nuit parisienne. Camille trébucha sur une pierre mal ajustée. Jean-Pascal lui prit la main pour la guider jusqu'à Tatiana. Camille nota qu'il avait la peau chaude comme si elle rayonnait. Le bouchon de champagne fut libéré avec un bruit sec et les bulles débordèrent des flûtes. Ils se félicitèrent de leur victoire et de leur rencontre. Camille s'agenouilla pour chuchoter à Tatiana qu'ils continueraient à veiller sur elle et son *Baiser*. Elle ne trouvait pas le lieu inquiétant ni lugubre. Elle se sentait sereine.

Ce fut le moment que Jean-Pascal choisit pour effleurer d'un doigt léger la sculpture. Mal lui en prit. Car aussitôt, une alarme stridente déchira l'obscurité. Elle arrachait les tympans. Camille eut le sentiment que mille yeux invisibles s'étaient braqués sur eux. Soudain, elle entendit une course lourde. Elle venait du fond de la parcelle. On entendait le pas pressé qui approchait sans distinguer personne. Seul le halo d'une torche lumineuse qui tressautait au rythme du coureur laissait présumer de la venue imminente d'un gardien. Camille était terrorisée. Jean-Pascal reprit sa main et la serra fort.

Le gardien du cimetière se planta devant eux, les jambes bien écartées, la torche droit devant. S'ensuivit une explication confuse où il fut question de *Baiser* sauvé, d'avocat, de trésor national, de champagne. Le gardien n'y comprenait rien et se demandait comment un couple qui n'avait rien de l'attirail des satanistes ou des gothiques pouvait venir boire du champagne en pleine nuit dans un cimetière. Il leur intima de rester là, à bonne distance, jusqu'à l'arrivée d'un collègue à la suite de quoi l'équipage les poussa jusqu'à la maison des gardiens où ils furent priés de s'asseoir en attendant le directeur. Lorsque Comard, le directeur des cimetières, débarqua suant et affolé, il ne put retenir un soupir de soulagement.

« Ah, c'est vous ! j'ai bien cru que cette fois, c'en était fini du *Baiser*, souffla-t-il.

— Mon cher directeur, je tiens à vous féliciter pour l'efficacité de votre système de vidéosurveillance que nous avons testé ce soir avec succès », déclara Camille sans se démonter.

Joyeux comme des gosses qui ont fait une bonne farce, Camille et Jean-Pascal trinquèrent avec Comard et ses gardiens avant de se séparer.

Camille savait que l'heure du choix approchait. Son congé tirait à sa fin. Dans soixante-douze heures, elle retrouverait Hassan, son vieux taxi, et reprendrait le chemin du cabinet McAnton. Elle passa ces trois jours enfermée chez elle à tricoter furieusement.

Elle s'était lancée dans la confection d'un pouf géant dans lequel elle se promettait de se lover dès qu'il serait achevé. Son esprit fonctionnait au rythme des aiguilles énormes qu'elle croisait à toute vitesse autour d'un fil de laine large comme le doigt.

Au quatrième jour, elle prit soin de se maquiller discrètement, enfila sa robe trapèze, chaussa ses ballerines assorties et retrouva Hassan, à 8 h 15 comme d'habitude. Arrivée au cabinet, elle s'assit derrière son bureau qu'elle trouva minuscule, connecta ses ordinateurs qu'elle trouva austères et demanda un rendez-vous à l'associé en charge des personnels. Le rendez-vous ne se fit pas attendre.

« Je souhaite quitter le cabinet, énonça-t-elle tranquillement, une fois installée devant le DRH.

— Partir ? Rompre notre collaboration après plus de treize ans ? Et pourquoi, Camille ?

— Je n'y trouve plus mon compte.

— Mais le cabinet a besoin de vous, de votre expertise, de votre connaissance de nos clients.

— Vous me remplacerez. Les cimetières sont remplis de gens indispensables.

— Vous voulez devenir associée, c'est ça ?

— Ce n'est pas le sujet.

— Nous pourrions nous arranger, nous entendre sur des conditions financières intéressantes pour vous.

— Gagner chaque année plus d'argent n'est pas un idéal pour moi.

— Vous avez rencontré quelqu'un alors ? Vous voulez le suivre ?

— Non, vous ne comprenez pas. Je n'ai personne dans ma vie. Je préfère cette solitude-là à cette fausse communauté de travail que vous formez. Il n'y a pas d'amitié possible ici, seulement de la compétition, des commentaires fielleux, des signes de connivence, mais c'est du toc.

— Enfin Camille, réfléchissez ! Il y a vingt-quatre mille avocats inscrits au barreau de Paris. Plus de la moitié gagne à peine le Smic. Sans nous, sans le cabinet, vous ne percerez pas, vous ne vous en sortirez pas.

— Je préfère l'incertitude du lendemain à un quotidien professionnel où j'applique des consignes sans savoir pourquoi, sans savoir pour qui ni pour quel objectif. J'en ai assez d'être étiquetée, enfermée dans mon rôle étroit de spécialiste. J'en ai assez de travailler sur des sujets qui ne m'enthousiasment pas, pour des clients que je ne connais pas. Je n'en peux plus d'être un rouage dans une grande machine juridique qui n'a qu'un seul but : maximiser les profits. Je veux des causes qui me donnent envie de me lever le matin, de me battre, d'avoir de la peine avec mes clients, d'être fière pour eux.

— Camille, soyez raisonnable, enfin. En matière de droit de la propriété, vous êtes une championne. Mais vous aurez des concurrents drôlement plus affûtés que vous dans tous les autres domaines. Vous avez quarante-trois ans. C'est un âge où l'on commence à avoir envie de confort, vous ne croyez pas ?

— J'ai de l'appétit, j'apprendrai. Vous avez raison, il y aura des matins où j'aurai peur, des audiences qui me décourageront. Et alors ? J'aurai aussi des dossiers magnifiques qui vaudront la peine d'être défendus. J'ai des économies et peu de besoins. Je choisirai mes batailles. Et si je n'y arrive pas, je m'en fous, je tricoterai des poufs et j'écrirai des tutoriels que je vendrai sur Internet. »

Le tricot fut l'estocade portée au directeur du personnel. Il en resta ahuri. Camille se leva et ajouta que sa lettre de démission serait sur son bureau avant 12 heures.

Revenue dans son bureau, Camille ramassa quelques affaires personnelles, une pomme rabougrie, une carte postale d'Ameline, ainsi qu'une lettre personnelle qui était arrivée pour elle durant son absence. Puis elle quitta les lieux sans même prendre la peine d'éteindre ses ordinateurs.

Place François-Ier, l'air lui parut comme pétillant. Elle décida de rentrer à pied jusqu'à Montmartre en prenant tout le temps dont elle avait envie. Arrivée chez elle, elle s'affala dans son nouveau pouf laineux et ouvrit la lettre qu'elle avait récupérée chez McAnton.

C'était un courrier à l'en-tête d'International Art. Le marchand d'art y indiquait qu'au nom de sa cliente, Mme Ana Revescu, veuve de Petru Minescu, il venait de saisir la justice française d'une demande de descellement du *Baiser* sis sur une tombe du cimetière Montparnasse.

Merde, je l'avais oubliée, celle-là, pensa Camille.

Elle saisit son téléphone et appela Jean-Pascal Tuilan :

« La veuve du rhinocéros mal lavé devait être mariée sous le régime de la communauté. Elle a hérité de tous ses biens et titres, notamment de la concession de Montparnasse.

— Vous parlez de la jeune artiste ?

— Oui, mon cher Jean-Pascal. La bagarre pour Tatiana et son *Baiser* est repartie », ajouta Camille, un sourire gourmand aux lèvres.

Remerciements

L'auteure tient à remercier :

Tabart Marielle, *Brancusi, l'inventeur de la sculpture moderne*, Gallimard/Centre Pompidou, « Découvertes ».
Lemny Doïna, *Brancusi, au-delà de toutes les frontières*, Éditions Fage.
Les carnets de l'Atelier Brancusi, Édition du Centre Georges Pompidou.

Billy André, *Paris vieux et neuf*, Éditions Eugène Rey.
De Cleyre Voltairine, Goldman Emma, *Femmes et anarchistes*, BlackJack Éditions.
Jevakhoff Alexandre, *Le roman des Russes à Paris*, Éditions du Rocher.
De Robien Louis, *Journal d'un diplomate en Russie, 1917-1918*, la Librairie Vuibert.

Winock Michel, *La belle époque, la France de 1900 à 1914*, Perrin, « Pour l'histoire ».

Aubin Emmanuel, Savarit-Bourgeois Isabelle, *Cimetières, sites cinéraires et opérations funéraires*, Berger-Levrault, « les indispensables ».
Caron Christophe, *Le droit moral,* Lexisnexis.
Moulin Raymonde, *Le marché de l'art, Mondialisation et nouvelles technologies*, Flammarion, « Champs Arts ».

Imprimé en France par CPI
en avril 2019

*Cet ouvrage a été composé et mis en pages
par Étianne Composition
à Montrouge.*

MIXTE
Papier issu de
sources responsables
FSC® C003309
FSC
www.fsc.org

L'Éditeur de cet ouvrage s'engage
pour la préservation de l'environnement
et utilise du papier issu de forêts gérées de manière responsable.

N° d'édition : 59150/04
N° d'impression : 152611